D1928716

Janette Oke

Ein Zuhause für Belinda

Janette Oke

Ein Zuhause für Belinda

Schulte & Gerth

Die amerikanische Originalausgabe erschien im Verlag
Bethany House Publishers, Minneapolis, MN 55438,
unter dem Titel „Love Finds a Home“
© 1989 by Janette Oke
© der deutschen Ausgabe 1990 Verlag Klaus Gerth, Asslar
Aus dem Amerikanischen übersetzt von Beate Peter

Best.-Nr. 15 127
ISBN 3-89437-127-7
1. Auflage 1990
Umschlaggestaltung: Bethany House / Gisela Scheer
Satz: Typostudio Rücker & Schmidt
Druck und Verarbeitung: Ebner Ulm
Printed in Germany

Personen

Clark und Marty Davis: Eheleute, die heirateten, nachdem jeder der beiden nach einer kurzen ersten Ehe verwitwet war.

Missie: Clarks Tochter aus erster Ehe. Missie heiratete Willie LaHaye und zog mit ihm in den Westen, wo die beiden eine Ranch bewirtschaften.

Luke: Martys Sohn, der nach dem Tod ihres ersten Mannes geboren wurde. Luke heiratete Kate und zog mit ihr in das kleine Haus am Rand von Clarks und Martys Farm. Ihre Kinder heißen Amy, Dan, David und Jacob.

Arnie: Clarks und Martys erstes gemeinsames Kind. Arnie ist mit Anne verheiratet und hat drei Söhne: Silas, John und Andrew.

Ellie: Clarks und Martys Tochter, die Lane Howard heiratete und ebenfalls mit ihm nach Westen zog. Ihre Kinder heißen Brenda, William und Willis.

Larry: Er wurde Arzt und kehrte in sein kleines Heimatdorf zurück, um dort eine Praxis zu betreiben. Er heiratete Abbie. Ihre Kinder heißen Thomas, Aaron und Ruth.

Jackson Brown: Ein ehemaliger Schulkamerad Belindas, der einmal für großes Aufsehen unter den Mädchen in seiner Klasse sorgte, besonders bei Melissa, Amy und Belinda.

Belinda: Clarks und Martys Jüngste, die Krankenschwester wurde und in die Großstadt Boston zog.

Sommermorgen

Belinda schlug die Augen auf und blinzelte in das Licht der hellen Morgensonne, doch nur, um sie schnell wieder zu schließen und sich die Decke schützend über das Gesicht zu ziehen. Es war noch früh, viel zu früh zum Aufstehen, doch mit dem hellen Sonnenlicht in ihrem Zimmer würde sie nun nicht mehr einschlafen können.

Selbst in ihrer Schlaftrunkenheit spürte sie etwas Ungewöhnliches in ihrer Umgebung. Eigentlich wachte sie nie mit hellem Sonnenschein im Zimmer auf. Die Vorhänge ...wo waren die Vorhänge? Plötzlich kam ihr alles wieder in den Sinn.

Es war der Mond gewesen, der sie daran gehindert hatte, die Vorhänge am Abend zuvor zuzuziehen. Der Mond war so rund und golden und leuchtend gewesen, daß sie einfach nicht die Vorhänge zuziehen gemocht hatte. Lieber wollte sie den Mond vom Bett aus durch das offene Fenster eine Weile betrachten. Später würde sie dann aufstehen, hatte sie sich vorgenommen, und die Vorhänge zuziehen, wenn der Mond nicht mehr zu sehen war. Bevor er jedoch aus ihrem Blickfeld gewandert war, hatte sie der Schlaf überwältigt, und jetzt strömte helles Sonnenlicht durch ihr Fenster herein, so daß es mit dem Schlafen endgültig vorbei war.

Belinda schob die Bettdecke beiseite und stand auf. Wenn sie sich noch eine Stunde Schlaf erhoffte, würde sie ihr Fenster verdunkeln müssen. Gähnend griff sie nach der Kordel, doch nicht, ohne schnell einen Blick in den hellen Sommermorgen hinaus zu werfen.

Thomas, der alte Gärtner, bückte sich gerade über die Blumenbeete und untersuchte die Begonien, die ihre leuchtenden Köpfe der Sonne entgegenstreckten. „Die Beete hat er einfach bezaubernd angelegt“, dachte Belinda. „Erst gestern hat Tante Virginia noch gesagt, sie wisse nicht, was sie anfangen solle, wenn Thomas eines Tages in den Ruhestand geht.“

Ein Lächeln breitete sich auf Belindas Gesicht aus, während sie dem alten Gärtner bei der Arbeit zuschaute. Sie teilte keineswegs die Befürchtungen ihrer Herrin. Es war nur zu offensichtlich, wie sehr Thomas an seinen Pflanzen hing. Der alte Mann pflegte sie hingebungsvoll.

Mit einem plötzlichen Entschluß ließ Belinda die Vorhangkordel wieder los. Draußen winkte ein strahlender Morgen. Unmöglich konnte sie wieder ins Bett gehen. Nein, lieber würde sie sich geschwind ankleiden und zu Thomas hinausgehen. Vielleicht würde er ihr sogar erlauben, ein wenig von dem Unkraut auf den Beeten zu jäten.

Eine Melodie summend, schlüpfte Belinda in ein einfaches Kleid. Tante Virginia würde noch eine Weile schlafen, und so blieb ihr genügend Zeit, die frühe Morgenstunde zu genießen.

Sie trug ihre Schuhe in der Hand, um nur keine störenden Geräusche zu verursachen. Ihre Zimmertür ließ sie einen Spaltbreit offen, damit sie ihre Herrin nicht aufweckte. Auf Zehenspitzen huschte sie durch den Flur und die Treppe hinunter.

Sie verließ das Haus durch die Verandatür und blieb auf den Stufen stehen, um tief Luft zu holen. Tausende von Blumen erfüllten die Luft mit ihren Düften. „Auf Gut Marschall ist es einfach wunderschön!“ dachte Belinda wie schon unzählige Male zuvor. An ihrem Heimweh nach der kleinen Präriestadt trug diese herrliche Umgebung gewiß keine Schuld. Nein, es war ihre Familie im mittleren Westen, die sie so sehr vermißte. In letzter Zeit hatte sie kaum einen anderen Gedanken fassen können. Sie sehnte sich so sehr danach, ihre Eltern und Geschwister endlich einmal wiederzusehen.

Doch Belinda lehnte es entschieden ab, sich dem Heimweh hinzugeben. Wie schon so oft, schob sie es auch jetzt von sich und dachte statt dessen an all die Dinge, für die sie dankbar sein konnte.

Frau Stafford-Smyth war zwei Wochen lang ernstlich an Grippe erkrankt gewesen, doch mit jedem Tag schien sie nun neue Kraft zu gewinnen. Belinda seufzte erleichtert. Es waren nicht die ständige Pflege und die viel zu kurze Nachtruhe, die ihr zu schaffen gemacht hatten, sondern vielmehr die Sorge um ihre Herrin, daß sie sich womöglich nie von ihrer Krankheit erholen könnte.

Belinda hatte die alte Dame ins Herz geschlossen, als gehöre sie zu ihrer Familie. Die beiden genossen es zuweilen sogar, „Familie" zu spielen. Frau Stafford-Smyth hatte Belinda gebeten, sie doch einfach mit „Tante Virginia" anzureden, und Belinda hatte sich gern dazu bereit erklärt. Tante Virginia nannte Belinda ihrerseits stets „Belinda, meine Liebe", und beide waren mit dieser Lösung einverstanden.

Frau Stafford-Smyth schien schon vor langer Zeit zu dem Schluß gekommen zu sein, daß keiner ihrer beiden Enkelsöhne, weder Pierre und seine Frau Anne-Marie noch Fred und seine Yvette, je zu ihr nach Boston ziehen würde. Pierre und Anne-Marie hatten die bevorstehende Geburt ihres ersten Kindes angekündigt. Tante Virginia und Belinda hatten sich so unbändig über diese Nachricht gefreut, daß sie Geschenke für den neuen Erdenbürger gehandarbeitet hatten, doch beide wußten im Grunde, daß Frau Stafford-Smyth kaum Aussichten hatte, dieses Kind je mit eigenen Augen zu sehen und es in ihren Armen zu wiegen.

Belinda blieb stehen, um eine Kletterrose zu betrachten. Die leuchtend rosafarbenen Blüten erfüllten die Morgenluft mit einem Duft so süß wie Honig. Frau Stafford-Smyth hatte Belinda erklärt, daß Thomas diese Rose in seinem Gewächshaus selbst gezüchtet hatte. Belinda schnupperte an den Blüten und ging dann weiter.

Mac, Thomas' langjähriger vierbeiniger Kamerad, begrüßte sie mit einem Schwanzwedeln und bettelte darum, gestreichelt zu werden.

„Guten Morgen, Mac“, grüßte Belinda zurück und strich dem Hund über den altersgrauen Kopf. „Du bist ja auch schon auf den Beinen!“ Das Augenlicht und das Gehör des alten Hundes waren nicht mehr so scharf wie früher, doch er ließ keine Gelegenheit aus, um an der Seite seines Herrchens zu sein.

Thomas hatte Belindas Stimme gehört und richtete sich langsam auf. Er blinzelte mit den Augen, als wolle er ihnen nicht recht trauen. Mit einer Hand hielt er sich den schmerzenden Rücken und lächelte dann erfreut, wobei ein paar Zahnlücken zum Vorschein kamen.

„Fräulein Belinda“, sagte er, „was tun Sie denn schon hier am frühen Morgen?“

„Der Tag ist zu schön, um ihn einfach zu verschlafen“, antwortete sie munter.

Mit einem Augenzwinkern antwortete Thomas: „Dabei ist's nur ein Morgen wie alle anderen, sag' ich.“

Belinda lächelte.

„Vielleicht“, antwortete sie langsam. „Vielleicht auch nicht. Als ich aber den herrlichen Sonnenschein sah, konnte ich einfach nicht anders – ich mußte schnell herauskommen. Später wird es bestimmt wieder heiß und stickig.“ Belinda warf einen Blick auf den tiefblauen Himmel. Schon jetzt schien die Sonne hell und warm.

„Jawohl“, meinte auch Thomas, „es wird eine schöne Hitze geben, fürcht' ich.“

„Ich habe gerade gesehen, daß Ihr Rosenstrauch schon in voller Blüte steht“, bemerkte Belinda. „Sie duften wunderbar!“

Thomas lächelte nur über das Kompliment.

„Und ob!“ Mehr sagte er nicht.

Dann machte er sich wieder an die Arbeit. Belinda kam näher und kniete sich neben ihn vor das Beet.

„Darf ich wohl ... Hätten Sie etwas dagegen, wenn ich ... wenn ich auch ein bißchen Unkraut jäte?“ fragte sie zaghaft.

„Unkraut jäten?“ Bei der Vorstellung ihrer zarten, weißen Hände bei einer solchen Arbeit sah er sie mit staunenden Augen an. „Haben Sie das überhaupt schon mal gemacht?“

„Aber sicher“, antwortete Belinda. „Daheim hab' ich immer im Garten geholfen.“

„Hatten Sie auch Blumen dort?“

„Nicht so schöne wie Sie hier“, erklärte Belinda aufrichtig. „Längst nicht so schöne! Aber meine Mutter hat immer ihre Lieblingsblumen gehabt, Rosen und Veilchen und Tulpen. Mama mag Blumen, sehr sogar. Die meiste Zeit arbeitet sie aber in ihrem Küchengarten. Sie baut Gemüse für die ganze Familie an. Fast das ganze Jahr über bringt sie Gemüse aus ihrem Garten auf den Tisch.“ Aus ihren Worten war deutlich die Sehnsucht zu hören. Belinda konnte förmlich ihre Mutter vor sich sehen, wie sie mit der Harke in ihrem Garten arbeitete oder heiße Einmachgläser aus dem dampfenden Kessel hob.

„Jawohl“, sagte der alte Thomas mit einem verständnisvollen Nicken. „Meine Mutter auch.“ Belinda fand, daß seine Augen plötzlich ein wenig verschleiert wirkten.

„Also schön, dann jäten Sie halt – von mir aus“, erlaubte ihr Thomas schließlich. „Aber vorsichtig, wenn ich bitten darf. Und stechen Sie sich nicht an den Dornen!“ Damit reichte er ihr seine Hacke, und Belinda beugte sich vor, um sich die sonnenwarme Erde durch die Finger rieseln zu lassen.

Schweigend arbeiteten sie nebeneinander, bis Thomas sagte: „Ich hab' eine ganz neue Rose im Gartenhaus. Die erste Blüte ist kurz vor dem Aufbrechen. Möchten Sie sie sehen?“

Belinda richtete sich mit leuchtenden Augen auf.

„Darf ich wirklich?“

„Aber natürlich!“ sagte der alte Mann und nickte. Umständlich erhob er sich vom Boden und straffte die schmerzenden Schultern. Dann warf er einen suchenden Blick um sich. Der Gärtner ging keinen Schritt ohne seinen Hund. Jetzt, wo Mac nur noch schlecht hörte und sah, befürchtete er, daß der Hund ihm nicht gleich folgen könnte.

„Mac“, rief er, „komm, wir gehen!“

Der Hund hob den Kopf und stellte sich langsam auf die Füße. Gemächlich trottete er auf Thomas zu, dann machten sich die beiden auf den Weg zum Gartenhaus.

Belinda ging neben ihnen her. Sie blieb nur einmal stehen, um die Kletterrose nochmals zu bewundern.

„Wie hübsch sie ist!“ murmelte sie und berührte sanft eins der Blätter.

„Jawohl“, sagte Thomas augenzwinkernd und strich liebevoll über eine samtweiche Blüte. „Rosa Rosanna hab' ich sie getauft.“

„Sie haben ihr einen Namen gegeben?“ fragte Belinda erstaunt.

„Jawohl. Ich gebe meinen neuen Damen immer einen Namen.“ Belinda lächelte über seine Beschreibung von neuen Rosensorten.

Bald hatten sie das Gewächshaus erreicht, und Belinda wartete, während Thomas sorgfältig die quietschende Tür aufschloß. Mac trottete auf seinen alten Sack am Eingang zu, der ihm als Lager diente, und legte sich darauf. Selbst dem guten alten Hund wurde kein Einlaß in Thomas' Heiligtum gewährt.

Langsam folgte Belinda dem alten Gärtner. Der grüne Blätterreichtum und die Vielfalt der bunten Blüten wollten ihr Ausrufe des Entzückens entlocken, doch sie hielt an sich.

Schließlich blieben sie vor einem kleinen Rosenstrauch stehen. Von geübter, geschickter Hand war die Pflanze veredelt worden. Belinda konnte noch die Stelle erkennen, an der der Pfropf eingesetzt worden war. Doch dann wanderte ihr Blick von dem Stamm zu der zarten Knospe, die sich bald voll entfalten würde. Eine zweite Knospe hatte sich an dem gleichen Zweig gebildet, und eine dritte brach aus ihrer Blätterhülle hervor.

„Oh!“ flüsterte Belinda. „Traumhaft schön ist sie. Ich

habe noch nie eine so schöne Rose gesehen. Die Farben sind einfach wundervoll!“

Thomas konnte sich weder eines Lächelns noch des Leuchtens in seinen Augen erwehren.

„Jawohl“, sagte er und fuhr mit seiner schwieligen Hand beinahe zärtlich über das Blattwerk.

Bevor Belinda wußte, wie ihr geschah, hatte Thomas seine Gärtnerschere gezückt und die Rosenblüte kurzerhand abgeschnitten, um sie Belinda zu überreichen.

„Aber ... aber ...“ stammelte sie hilflos.

„Kein Aber“, sagte der alte Gärtner und schob ihr die Rose in die Hand. „Ist doch das Selbstverständlichste von der Welt, daß Sie die erste Blüte bekommen.“ Er senkte den Blick auf seine abgenutzten Gartenschuhe. Als er ihn wieder hob, bemerkte Belinda eine leichte Röte in seinen wettergegerbten Wangen.

„Hab' sie ‚Belinda‘ genannt“, gestand er. „‚Prinzessin Belinda‘.“

Belinda fand keine Worte. Zaghaft hob sie die herrliche Blüte an ihr Gesicht. Tief sog sie den zarten Duft ein und fuhr sich mit den weichen Blütenblättern über die Lippen. Sie spürte, wie sich ihre Augen mit Tränen füllten.

„Sie ist wunderschön, Thomas!“ flüsterte sie. „Vielen, vielen Dank!“

„Schon gut“, nickte der alte Mann. „Das ist doch mein Dank an Sie, weil – Sie so gut zu meiner Herrin sind.“

Belinda verstand seine schlichte Erklärung. Sie erwiderte sein Nicken, lächelte und ging langsam wieder ins Freie zurück.

Auf dem Weg zur Veranda betrachtete sie die Rose in ihrer Hand. Jedes Blütenblatt ging von einem cremefarbenen Elfenbein zu einem tieferen Gelb und am Rand in eine flammende Aprikosenfarbe über. Nein, eine so unbeschreiblich schöne Blume hatte Belinda tatsächlich noch nie in ihrem Leben gesehen. Und daß Thomas diese Rose ausgerechnet nach ihr benannt hatte! Das junge Mädchen fühlte sich zugleich geehrt und zutiefst gedemütigt.

Belinda sah zur Sonne auf. Sie stand schon höher am östlichen Horizont. Der Sommertag zog mit großen Schritten über das Land. Bald würde Tante Virginia aufwachen. Belinda hatte nicht mehr viel Zeit, um sich zu waschen und in ein sauberes Kleid zu schlüpfen. Vergessen war alle Müdigkeit. Ihre Schritte waren beschwingt, und ihre Augen leuchteten geradezu mit der Sonne um die Wette. Sie war bereit, einem neuen Tag zu begegnen.

Ihr Blick fiel wieder auf die kostbare Rose.

Wieviel eine hübsche Blume doch ausmachte! Aber nein, so war es gar nicht. Es war nicht die Rose, so hübsch, wie sie auch sein mochte. Es war ein Mensch, der ihr diese Freude gemacht hatte, Thomas, der Gärtner. Ein liebenswerter alter Mann war er! Manch einer sah in ihm nicht mehr als den Gärtner von Gut Marschall, doch dahinter steckte ein Herz, treu wie Gold, ein Mensch, den Belinda sehr zu schätzen gelernt hatte.

Der Gedanke überraschte sie nicht. In dem Haus gab es viele ältere Menschen, die ihr ans Herz gewachsen waren. Da waren Tante Virginia, der alte Thomas, der stets höfliche Windsor, die Köchin, ja, sogar Frau Potter mit ihrem ständig griesgrämigen Gesicht. Belinda lächelte vor sich hin. Eigentlich hatte sie sie allesamt von Herzen gern. Sie waren nun ein Teil ihres Lebens geworden, gewissermaßen ihre Familie hier in Boston.

Zugegeben, andere junge Leute in ihrem Alter bemitleideten sie zuweilen, weil sie „in einem Haus voller alter Leute“ wohnen mußte, doch Belinda fühlte sich keineswegs übergangen und vergessen, jedenfalls nicht, seitdem sie Gott die erste Stelle in ihrem Leben eingeräumt hatte. Nun fühlte sie sich eher anerkannt und umsorgt, und sie wußte, daß sie für andere von Wichtigkeit war. Wenn doch nur nicht dieses Heimweh so sehr an ihr genagt hätte! Dann wäre sie mit ihrem Leben auf Gut Marschall restlos zufrieden. Das wußte sie genau.

Tante Virginia

„Guten Morgen, Tante Virginia!“ sagte Belinda sanft und betrat das Zimmer, nachdem sie sich davon vergewissert hatte, daß Frau Stafford-Smyth wach war.

Die noch recht schwache Frau lächelte zurück.

„Morgen, Belinda, meine Liebe“, erwiderte sie.

„Hast du gut geschlafen?“ erkundigte Belinda sich und zog die Vorhänge beiseite. Sie wußte, daß die alte Dame seit ihrer Erkrankung an Schlafstörungen litt.

„Ja, das habe isch. Kann's selbst kaum fassen, aber isch habe glänzend geschlafen. Es war einfach ... einfach traumhaft!“ Sie lachte über ihren kleinen Scherz. „Aber weißt du was? Jetzt, wo isch wieder gelernt habe, wie man schläft, könnte isch gleisch den ganzen Tag weiterschlafen.“

„Dann solltest du vielleicht genau das tun. Du hast ja schon seit Tagen – oder besser gesagt, seit Nächten kaum geschlafen“, sagte Belinda.

Frau Stafford-Smyth schmunzelte.

„Und du, meine Liebe, du brauchst deinen Schlaf nischt weniger als isch“, sagte sie. „Du bist ja Nacht für Nacht wegen mir auf den Beinen gewesen. Isch weiß gar nischt, wie du das schaffst.“

Belinda beugte sich über das Bett und legte der alten Dame eine Hand auf den silbergrauen Kopf.

„Nur keine Sorge, mir geht's gut“, lächelte sie. „Und ganz besonders heute morgen. Ich war nämlich schon draußen und habe Thomas beim Unkrautjäten geholfen.“

Frau Stafford-Smyth war überrascht.

„Wie – so früh schon?“

„Warte nur, bis du den neuen Rosenstrauch siehst“,

fuhr Belinda fort. „Er ist voller Blüten, eine hübscher als die andere. Und der Duft ist einfach wunderbar!"

Belinda hatte noch mehr Neuigkeiten zu berichten, doch sie wußte nicht recht, wie sie es anfangen sollte, um nicht selbstgefällig zu wirken. Aber erzählen mußte sie es der alten Dame einfach.

„Und weißt du, was passiert ist?" sagte sie mit leuchtenden Augen. „Thomas hat mich in sein Gewächshaus gelassen!"

Das Gewächshaus war seit eh und je als „Thomas' Gewächshaus" bekannt, und niemand hätte es gewagt, sich dort ungebeten Einlaß zu verschaffen. In Wirklichkeit gehörte es, wie auch alle anderen Gebäude auf Gut Marschall, der Gutsherrin persönlich.

„Tatsäschlisch?" Frau Stafford-Smyth war sichtlich beeindruckt.

„Ja, und nicht nur das. Er hat mir eine nagelneue Rosensorte gezeigt, die er selbst gezüchtet hat. Er hat sie noch nicht einmal nach draußen verpflanzt. Die erste Blüte war gerade aufgebrochen, aber es kommen noch viele neue Knospen."

„Ach, wirklisch?" Frau Stafford-Smyth genoß die Erzählerin nicht weniger als den Bericht selbst. Sie hatte das junge Mädchen schon lange nicht mehr so munter und frisch erlebt.

„Und du wirst nie raten, wie er die neue Rose getauft hat", fuhr Belinda fort, um dann innezuhalten.

„Ganz bestimmt nach einer liebenswerten jungen Dame, möscht' isch wetten", sann Frau Stafford-Smyth. „Das ist doch bei den meisten Rosen so."

Belinda errötete.

„Nun, er wird sie wohl kaum ‚runzlige Pflaume' nach mir benannt haben", scherzte die alte Dame.

„Aber Tante Virginia", protestierte Belinda, „so würde doch niemand von dir denken!"

Frau Stafford-Smyth lächelte nur.

„Nun, isch wüßte nischt, warum nischt", stellte sie

nüchtern fest. „Isch habe gestern vor dem Schlafengehen in meinen Handspiegel geschaut. Isch habe anscheinend so viel an Gewischt verloren, daß isch tatsäschlisch wie eine runzlige Pflaume aussehe."

Daß sie während ihrer Krankheit abgemagert war, konnte auch Belinda ihr an den spitzen Gesichtszügen ansehen.

„Jetzt, wo du wieder tüchtig essen kannst", tröstete sie Belinda, „wird die Köchin dir helfen, den Verlust innerhalb kürzester Zeit wieder wettzumachen, sollst nur sehen!" Sie lächelte und schüttelte das Kopfkissen der alten Dame auf, um sie bequemer darauf zu betten.

„Aber du wolltest mir gerade von der neuen Rosensorte erzählen", fuhr Frau Stafford-Smyth fort. „Wie hat Thomas sie denn nun genannt?"

„Hier, ich zeige dir die Rose", sagte Belinda eilig.

„Du willst doch nicht etwa sagen, daß er schon eine gepflückt hat? So etwas tut er sonst nie!"

„Hm, er hat nur diese eine gepflückt, die allererste", strahlte Belinda. „Ich hole sie schnell. Sie steht in einer Vase in meinem Zimmer."

„Unglaublisch!" rief die alte Dame überrascht.

Gleich darauf kehrte Belinda mit der kostbaren Rose zurück.

„Welsch ein seltenes Exemplar!" sagte Mrs. Stafford-Smyth bewundernd. „Eine rischtige Schönheit, nischt wahr? Isch hoffe, er hat einen ebenso hübschen Namen dafür gefunden."

Belinda spürte, wie sie wieder errötete.

„Also, er ..." begann sie. „Er ... hat mir die Ehre erwiesen, die Rose ‚Belinda' zu nennen." Nun glühten ihr die Wangen regelrecht, und sie wünschte, sie hätte ihr Geheimnis für sich behalten. Tante Virginia mochte sie für schrecklich eingebildet halten.

Doch die alte Dame strahlte vor Vergnügen.

„Höchst angemessen!" meinte sie anerkennend. „Thomas ist ein Gentleman, wie er im Buche steht. Er hat eine wunderhübsche Rose nach einer wunderhübschen jungen Dame benannt."

Das Rot in Belindas Wangen vertiefte sich.

„Nur einfach ‚Belinda'?" erkundigte sich Frau Stafford-Smyth weiter. „Meistens nimmt Thomas noch einen Begriff hinzu, eine Beschreibung, die auf die Dame paßt."

„‚Prinzessin Belinda'", gestand Belinda mit gesenktem Kopf, um ihre Verlegenheit zu verbergen.

„‚Prinzessin Belinda' – wie entzückend! Weißt du, das ist eine große Ehre, die Thomas dir damit erwiesen hat", sagte die alte Dame.

Nun hob Belinda den Blick und sah ihr offen ins Gesicht.

„Ich bin es eigentlich gar nicht, die er mit der Rose ehren wollte", erklärte sie. „Der Name zeigt, wie hoch er dich verehrt, Tante Virginia. Er hat die Rose nämlich nach mir benannt, weil ..." Belinda suchte nach den passenden Worten ... „weil er ... weil er mir damit seinen Dank aussprechen wollte ... ich meine, dafür, daß ich dich gepflegt habe, als du krank warst. Du bist diejenige, der seine Hochachtung gilt."

Frau Stafford-Smyth starrte Belinda aus großen Augen an.

„Isch? Aber wie kommst du denn darauf? Was hat er nun wirklich gesagt?"

„Er hat sich dafür bedankt, daß ich so gut zu seiner Herrin gewesen bin."

„Wie reizend von ihm!" murmelte Frau Stafford-Smyth, und in ihren Augen begann es verdächtig zu glänzen. Sie schwieg eine Zeitlang, während Belinda in ihrem Zimmer Ordnung machte.

„Weißt du", fuhr sie dann leise fort, „manchmal kommt man sisch vollkommen nutzlos vor. Das Leben könnte genausogut ohne einen selbst weitergehen, und niemand würde einen vermissen." Mit einem Seufzen fuhr sie fort: „Hier liege isch nun, und kein Mensch hat einen Nutzen von mir. Und dann zeigt einem ein guter alter Freund, ein Gärtner, wieviel man ihm bedeutet. Da lohnt es sisch, gleisch wieder gesund zu werden."

„Aber Tante Virginia!" rief Belinda und eilte an das Bett der alten Dame. „Die ganze Mannschaft ist ja nur auf Zehenspitzen umhergelaufen, und wir alle haben kaum zu atmen gewagt. Wir haben uns ja solche Sorgen gemacht, daß du ... daß du dich nicht von deiner Krankheit erholen könntest. Wir brauchen dich doch! Du bedeutest uns allen sehr viel. Hast du je daran gezweifelt?"

Die alte Dame regte sich unbehaglich auf ihren Kissen und erwiderte dann Belindas Lächeln.

„Isch bin ein unverbesserlischer Dummkopf", sagte sie leise. „Isch habe so viel Grund zur Dankbarkeit, so viele gute Freunde. Isch habe sie nischt verdient, aber isch bin dankbar für sie alle." Wieder seufzte sie auf und schob dann eins ihrer Kissen mit bleicher Hand von sich.

„Belinda, meine Liebe", sagte sie entschlossen, „bring mir doch bitte meinen Morgenrock und meine Pantoffeln."

Als Belinda widersprechen wollte, fuhr Frau Stafford-Smyth eilig fort: „Isch werde meine Kräfte ja nie wiedergewinnen, wenn isch nur ständig im Bett liege. Höchste Zeit, daß isch mit dem Genesen anfange, wenn isch den Sommer noch genießen will, bevor er vorbei ist. Den blauen Morgenrock, bitte!"

Belinda gab ihre Proteste auf. Wenn sich ihre Herrin zu etwas entschlossen hatte, waren alle Widerworte zwecklos.

Froh darüber, daß ihre Herrin wenigstens um den wärmsten Morgenrock aus ihrem Schrank gebeten hatte, erfüllte Belinda ihren Wunsch.

Während sie den Morgenrock aus dem Schrank nahm, spürte sie, wie ihr eine schwere Last vom Herzen fiel. Es war schon so lange her, seitdem sie einen Funken von Lebenslust in den Augen ihrer Dienstherrin erspäht hatte. Doch jetzt befand sich die alte Dame endlich auf dem Weg zur Besserung. Belinda konnte es kaum erwarten, in die Küche zu laufen und den übrigen Bediensteten die gute Nachricht zu überbringen. Alle im Haus hatten sich große Sorgen um Frau Stafford-Smyth gemacht.

„Als allererstes brauchst du ein kräftiges Frühstück", stellte sie fest, als sie der alten Dame in ihren Morgenrock half. Belinda wollte gerade die Glocke läuten, um Windsor Bescheid zu geben, als jemand sachte an die Tür klopfte. Belinda öffnete. Es war Windsor. Besorgnis war deutlich auf seinem Gesicht zu lesen.

„Ist die gnädige Frau schon wach?" fragte er flüsternd.

„Aber ja", versicherte ihm Belinda. „Kommen Sie nur herein! Heute morgen geht es ihr schon viel besser. Ich wollte gerade nach Ihnen läuten und ein Frühstückstablett für sie bestellen."

Windsor konnte seine Erleichterung kaum verbergen, so geübt er auch sonst in der Kunst war, seine Gefühle nicht zu zeigen.

„Nur herein, Windsor!" rief nun auch Frau Stafford-Smyth.

Zögernd betrat er das Zimmer.

„Thomas läßt fragen, ob Sie einen frischen Blumenstrauß möchten", sagte er höflich.

„Ach, gern", nickte Frau Stafford-Smyth, und ein Lächeln vertrieb die Mattigkeit aus ihrem Gesicht.

Windsor machte auf dem Absatz kehrt.

„Sofort, gnädige Frau", sagte er und verließ das Zimmer.

Während Windsor unterwegs war, half Belinda ihrer Herrin beim Ankleiden und führte sie zu einem bequemen Sessel am Fenster.

Sarah kam mit zwei Tabletts. Zum ersten Mal seit zwei Wochen betrachtete Frau Stafford-Smyth das nahrhafte Frühstück darauf mit Interesse. Belinda lächelte vor Erleichterung und stellte das eine der beiden Tabletts vor die alte Dame. Das andere war für sie selbst bestimmt.

Gerade hatten sie gemeinsam das Dankgebet gesprochen, als es wieder an die Tür klopfte. Windsor trat ein und brachte eine Vase mit duftenden, frischen rosafarbenen Rosen. Belinda erkannte die Blumen auf der Stelle.

„Das ist die neue Kletterrose vom hinteren Gartenweg!“ erklärte sie ihrer Herrin. „Ich habe dir doch vorhin schon davon erzählt. Thomas hat sie ‚Rosa Rosanna‘ getauft.“

„‚Rosa Rosanna‘“, sagte Frau Stafford-Smyth nachdenklich. „Welsch ein hübscher Name!“ Tief sog sie den Duft der Rosen ein. „Wunderhübsche Blüten sind es obendrein“, fügte sie hinzu.

Sie strich über ein samtweiches Blütenblatt und hob sie erneut an ihre Nase.

„Rischten Sie Thomas meinen Dank aus“, sagte sie mit rauher Stimme. „Isch ... isch habe misch sehr gefreut.“

Windsor nickte und zog die Tür wieder hinter sich zu. Belinda nahm die Vase und stellte sie behutsam auf einen kleinen Tisch in der Nähe.

„So, und jetzt essen wir am besten unser Frühstück, bevor es kalt wird“, sagte sie, und die alte Dame gehorchte bereitwillig.

Von nun an gewann Frau Stafford-Smyth mit jedem Tag etwas mehr von ihren Kräften zurück. Es dauerte nicht lange, bis sie jeweils für kurze Zeit aufstehen konnte, und bald konnte sie im Flur des oberen Stockwerks spazierengehen. Schließlich war sie wieder kräftig genug, um die Treppe hinunter in das untere Stockwerk zu gehen. Sie freute sich an dem warmen Sonnenschein, während sie im Nordsalon handarbeitete. Auch auf der Veranda verbrachte sie manche Stunde und genoß die Blumendüfte des Gartens. Ihre Mahlzeiten konnte sie wieder im Speisesaal einnehmen. Belinda war zumute, als habe für den gesamten Haushalt ein neuer Lebensabschnitt begonnen. Alle verspürten ein tiefes Gefühl der Dankbarkeit und Erleichterung.

Belinda war froh darüber, nun hin und wieder das Haus

verlassen zu können. Sie hatte besonders die Gottesdienste in der Kirche vermißt. Nun erfreute sie sich erneut an den Chorälen, der Schriftlesung und der Predigt des Pastors. Voller froher Erwartung sah sie dem Tag entgegen, an dem Frau Stafford-Smyth sie wieder zum Gottesdienst begleiten konnte. „Aber ich darf sie nicht voreilig dazu drängen“, sagte sich Belinda. „Sie ist sehr krank gewesen. Ein Rückfall wäre nicht zu verantworten.“

Belinda beschloß, Geduld walten zu lassen. Doch welch eine Wohltat war es, von der schweren Sorge befreit zu sein! Die Sommertage erschienen ihr heller, die Blumen bunter, die Mahlzeiten schmackhafter – kurzum, das ganze Leben hatte einen neuen Glanz für sie gewonnen, seitdem ihre Herrin wieder von ihrer Krankheit genesen war.

Reisepläne

Mit dem Verlauf des Sommers übernahm Frau Stafford-Smyth wieder das Kommando auf Gut Marschall und gab Windsor, Frau Potter und der Köchin täglich ihre Anweisungen. Belinda fand Gelegenheit, den versäumten Schlaf der vergangenen Wochen aufzuholen und ihre Flickarbeiten, ihre persönliche Post und ihre Einkäufe zu erledigen. Jedesmal, wenn sie an die sorgenschweren Wochen des Frühsommers zurückdachte, seufzte sie erleichtert auf. Sie hatte nicht gewußt, wie anstrengend die Zeit für sie gewesen war, als Frau Stafford-Smyth ständig ihrer Pflege bedurft hatte.

Jeden Morgen frühstückte sie mit ihrer Herrin in dem hell erleuchteten Nordsalon, wobei die beiden gemeinsam ihre Unternehmungen für den neuen Tag planten. Anschließend las Belinda einen Abschnitt aus der Bibel vor und betete. Sie hoffte sehr, daß auch Frau Stafford-Smyth eines Tages den Mut finden würde, selbst zu beten.

Die alte Dame besuchte regelmäßig die Gottesdienste in der Kirche und befreite ihr Hauspersonal am Sonntagmorgen von allen Pflichten, um auch ihnen die Gelegenheit zum Kirchgang zu bieten. Wenn sie auch in letzter Zeit mehr an der Bibel interessiert zu sein schien, so sprach sie doch niemals offen mit Belinda darüber.

Belinda wünschte sich jemanden, mit dem sie sich über Glaubensfragen austauschen konnte, doch der Pastor der Kirchengemeinde war viel zu beschäftigt, um sich die Zeit für Gespräche mit einer jungen Frau zu nehmen. Sein jüngerer Amtsbruder war ein lediger Mann, nicht viel älter als Belinda selbst. So gern sie auch mit einem ausgebildeten Theologen über geistliche Themen gesprochen hätte, hütete sie sich, so etwas auch nur vorzuschlagen. Nicht nur die gesamte Gemeinde, sondern auch der junge Pastor selbst hätten gewiß ihre Absichten falsch gedeutet. Belinda lag nicht das geringste daran, die Ursache von zahllosen Gerüchten zu werden.

So verging ein Tag nach dem anderen, an dem Belinda neue Kraft aus ihrer Bibel und aus dem Gebet in der Stille schöpfte. Dennoch sehnte sie sich nach der Gemeinschaft mit anderen Gläubigen. Wenn Tante Virginia doch nur verstehen könnte, was in ihr vorging!

Noch ein anderer Gedanke machte ihr zu schaffen. Wenn Tante Virginia plötzlich sterben sollte, wäre sie bereit für die Ewigkeit? Belinda sorgte sich sehr. Sie hatte die alte Dame ins Herz geschlossen, und die Befürchtung, daß sie womöglich nicht für den Tod vorbereitet war, bekümmerte sie zutiefst. So verbrachte Belinda viel Zeit im Gebet für ihre um viele Jahre ältere Gefährtin.

Gegen Ende des Sommers beschloß Frau Stafford-Smyth, ein festliches Abendessen für ihren Freundeskreis zu geben. Inzwischen war Belinda längst an den Umgang mit den wohlhabenden, einflußreichen Bekannten ihrer Herrin gewöhnt. Ein bevorstehendes Essen für eine solche Gruppe von Gästen bereitete ihr längst nicht so großes Unbehagen wie Pierre bei seinem letzten Besuch hier in Boston. „Um ganz ehrlich zu sein“, dachte Belinda bei sich, „ist mir die Gesellschaft von älteren Leuten hundertmal lieber als gar keine Gesellschaft!“ Obendrein wußte sie, daß Tante Virginia dringend eine solche Abwechslung brauchte.

„Was sollen wir denn auftischen lassen, meine Liebe?“ fragte Frau Stafford-Smyth, als die beiden im Salon beieinandersaßen.

Belinda sah von ihrer Stickerei auf. Im Grunde genommen war es ihr völlig gleichgültig, was es zu essen geben sollte, doch das konnte sie ihrer Herrin unmöglich sagen.

Statt dessen lächelte sie freundlich.

„Vielleicht hat die Köchin ein paar gute Vorschläge“, meinte sie.

Frau Stafford-Smyth überlegte.

„Ja“, nickte sie dann, „das hat sie ohne Zweifel, aber für die erste Einladung seit Urzeiten möschte isch lieber selbst bestimmen, was es geben soll.“

Belinda lächelte.

„Aber natürlich, wenn dir soviel daran liegt“, sagte sie.

„Isch dachte an einen saftigen Braten und Klöße dazu“, fuhr die alte Dame fort. „Dazu Spargelspitzen und Karotten in Butter und braunem Zucker.“

„Klingt lecker“, meinte Belinda.

„Vorher einen frischen Salat mit der besonderen Soße, du weißt schon, das eigene Rezept von unserer Köchin.“

„Und Mohnbrötchen“, fügte Belinda hinzu.

Frau Stafford-Smyth lächelte. Es war ihr gelungen, Belindas Interesse an dem Speiseplan zu wecken.

„Und zum Nachtisch?“ fragte die alte Dame.

„Liebe Güte“, seufzte Belinda, „an den Nachtisch habe ich überhaupt nicht gedacht. In den letzten paar Wochen habe ich bestimmt mehrere Pfunde zugenommen.“

„Das war auch dringend nötig“, stellte Frau Stafford-Smyth nüchtern fest. „Du hast davon gesprochen, daß isch kräftiger werden sollte, und dabei bist du dursch meine Grippe genauso abgemagert wie isch selbst.“

Das konnte Belinda nicht recht glauben. Sie wollte widersprechen, ließ die Sache aber dann auf sich beruhen.

„Ein Käsekuchen wäre nischt schlescht“, überlegte Frau Stafford-Smyth.

„Oder frische Erdbeertorte“, schlug Belinda vor.

„Hat Thomas denn noch Erdbeeren im Garten?“

„Er sagte, er hätte eine späte Sorte, die fast reif ist“, antwortete Belinda. „Er ist richtig stolz darauf!“

„Dann gibt es frische Erdbeertorte zum Nachtisch. Erdbeeren mag isch für mein Leben gern, und solange wir noch welsche haben, sollten wir sie auch genießen“, bestimmte Frau Stafford-Smyth. „Klingele doch bitte der

Köchin, meine Liebe. Isch möschte gern alles mit ihr besprechen."

Die rundliche Köchin erschien in einer blütenweißen Schürze. Sie wirkte ein wenig aufgeregt, wie es oft der Fall war, wenn sie in den Salon gerufen wurde, doch sie beruhigte sich schnell wieder, als ihre Dienstherrin von der Speisefolge für ein Festessen zu sprechen begann.

„Und Fräulein Belinda hätte gern von Ihren leckeren Mohnbrötschen – am besten gleisch drei Dutzend", sagte die Gutsherrin. Die Köchin lächelte erfreut. „Und was den Nachtisch betrifft, sagt Fräulein Belinda, daß Thomas noch frische Erdbeeren im Garten hat. Machen Sie uns davon eine Erdbeertorte. Die gelingt Ihnen immer so gut."

Nun strahlte die Köchin beinahe gegen ihren Willen. Sie hörte nichts lieber als Komplimente über ihre Kochkunst, besonders wenn es ihre Dienstherrin war, die ihr diese Anerkennung zollte.

„Wir essen um sieben", fuhr Frau Stafford-Smyth fort.

Belinda schmunzelte. Sie wußte genau, daß auch Frau Celia Prescott eingeladen werden würde, und diese kam, wie Pierre vor langer Zeit einmal bemerkt hatte, grundsätzlich zu spät.

Doch zu dem ersten Festessen seit Monaten auf Gut Marschall erschien selbst Celia Prescott beinahe pünktlich. Atemlos kam sie in den Salon geflattert und begrüßte die Gastgeberin.

„Virgy, meine Liebe, isch bin ja so froh, daß du wieder auf den Beinen bist! Isch habe misch ja zu Tode um disch geängstigt. Du hattest diese entsetzlische Grippe so endlos lange, daß isch schon befürschtet hatte, du würdest disch nie mehr davon erholen!"

„Mir geht es gut", versicherte Frau Stafford-Smyth ihr ruhig. „Isch hatte ja eine hervorragende Pflege." Damit warf sie Belinda einen dankbaren Blick zu.

„Isch bewundere deine weise Voraussischt, mit der du

eine private Krankenpflegerin eingestellt hast", sagte Frau Prescott mit einer Spur von Neid in der Stimme. „Isch weiß wirklisch nischt, wie du nur ohne sie zurescht-gekommen wärst."

„Isch auch nischt", meinte auch Frau Stafford-Smyth aus tiefster Überzeugung.

Belinda errötete vor Verlegenheit, was Frau Allenby, die ebenfalls zu Gast war, sichtlich belustigte. Belinda konnte dieser Dame beim besten Willen nicht viel abgewinnen. Stets schien sie sich an dem Unbehagen anderer zu ergötzen. Glücklicherweise waren die Gäste inzwischen vollzählig, so daß alle im Speisezimmer Platz nehmen konnten, wo Windsor und Sarah sie erwarteten.

Bei munteren Gesprächen verbrachte man einen vergnüglichen Abend. Frau Celia Prescott gab ihre Erlebnisse des Sommers zum besten, was Herrn Walsh sehr zu amüsieren schien. Frau Allenby zog eine säuerliche Miene, während Frau Whitley nur gutmütig lächelte. Ihr Ehemann machte ihr Schweigen wett, indem er zu allem lautstark seine persönliche Meinung verkündete. Insgesamt war es ein angeregter, lebhafter Abend, und Belinda fand, daß es ihrer Herrin durchaus guttat, unter andere Menschen zu kommen.

Als sich die Gäste verabschiedet hatten, empfand Belinda jedoch eine seltsame innere Leere. Einsamkeit wollte ihr am Herzen nagen.

„Das ist bestimmt nur die Stille nach dem Sturm", sagte sie sich. „Nach all dem Planen und Vorbereiten ist es jetzt doppelt so ruhig im Haus. Tante Virginia wird es wohl genauso ergehen."

Belinda zog ihr rotes Festkleid aus und schlüpfte in ein einfaches cremefarbenes Kleid. Dann machte sie sich auf den Weg zu ihrer Herrin, um ihr beim Zubettgehen behilflich zu sein.

„Wenn ihr so wie mir zumute ist", dachte sie dabei, „wird sie auch noch ein wenig Gesellschaft um sich haben wollen."

Doch Frau Stafford-Smyth fühlte sich keineswegs einsam. Sie dachte noch immer voller Begeisterung an das Festessen mit ihren Freunden, als Belinda ihr Zimmer betrat.

„War das nischt ein fabelhaft gelungener Abend?“ rief sie, und Belinda nickte. Tante Virginia hatte ihr violettes Seidenkleid abgelegt und trug nun einen zartrosafarbenen Morgenrock. Sie saß vor ihrem Spiegel, das silbergraue Haar von den Haarnadeln befreit, und bürstete sich die schütteren Strähnen, während sie sich mit Belindas Spiegelbild unterhielt. Ihre Wangen waren noch vor Aufregung gerötet, und ihre Stimme klang munter.

„Celia hatte eine wundervolle Idee“, verriet sie Belinda. „Beim Verabschieden hat sie misch beiseite genommen und mir vorgeschlagen, mit ihr zu ihrer Schwester nach New York auf Besuch zu fahren.“

Belindas Augen weiteten sich.

„Nun, was hältst du davon?“ fragte die alte Dame und wandte sich zu Belinda um. Was sie selbst von dieser Idee hielt, war ihr nur allzu deutlich anzumerken.

„Hm, das ... das klingt wunderbar“, antwortete Belinda überrascht.

„Ja“, sagte die alte Dame nachdenklich, „ja, isch glaube, das werde isch auch tun. Isch bin ja schon seit Jahren nischt mehr in New York gewesen. Überhaupt bin isch seit Urzeiten nischt mehr auf Reisen gegangen. Ein Ausflug nach New York wäre genau das Rischtige für misch.“

„Ja, das würde dir tatsächlich guttun“, meinte auch Belinda, doch zugleich verspürte sie ein merkwürdiges Gefühl in der Magengrube. Was sollte sie nur selbst in der Zwischenzeit tun? Sollte sie etwa ganz allein in dieser großen Villa bleiben?

„Isch könnte einkaufen gehen, das Theater besuchen und endlisch wieder einmal eine Oper hören. Ja, isch glaube, isch nehme die Einladung an.“

„Und wann wirst du losfahren?“ erkundigte Belinda sich.

„Nächste Woche. Bis dahin bleibt mir zwar nischt mehr viel Zeit, aber was isch an Einkäufen zu erledigen habe, kann isch auch in New York besorgen. Schließlisch ist Le-Souds nischt das einzige Bekleidungsgeschäft auf der Welt."

„Und wie lange wirst du bleiben?"

„Sechs Wochen", antwortete Frau Stafford-Smyth. „Sechs Wochen. Das ist genau die rischtige Dauer, lange genug, daß man sisch nischt mit allem abzuhetzen braucht, aber nischt so lange, daß man seinen Gastgebern lästig wird."

Belinda nickte.

„Kennst du Tante Celias Schwester eigentlich gut?" fragte sie.

„Oh ja, sehr gut sogar. Wir waren eng miteinander befreundet, bis sie nach New York zog. Wir drei waren unzertrennlisch. Sie ist ganz anders als Celia, viel ruhiger und würdevoller, jeder Zoll eine Lady. Hat ihren Mann vor fünf Jahren verloren, und von dem Kummer hat sie sisch nie wieder erholt, sagt Celia. Sie fühlt sisch oft einsam und sehnt sisch nach Gesellschaft. Celia besucht sie jedes Jahr, aber dieses Jahr hat sie darum gebeten, daß isch auch mitkomme."

„Wie nett!" Belinda lächelte. „Die Reise wird dir guttun." Sie wünschte der alten Dame eine gute Nacht und ging in ihr Zimmer.

Doch heute konnte Belinda nicht gleich einschlafen. Zu viele Gedanken gingen ihr im Kopf herum. Was sollte sie nur den lieben langen Tag mit sich anfangen, während ihre Herrin in New York war? Zuweilen hatte sie sich selbst mit Tante Virginia hier im Haus einsam gefühlt. Um die Gesundheit der alten Dame brauchte sie sich nun nicht mehr zu sorgen. Sie schien völlig von ihrer Erkrankung genesen zu sein, doch der Gedanke daran, ganz allein hier zu wohnen, erfüllte Belinda mit Unbehagen.

Plötzlich fuhr sie von ihrem Kissen auf, und ein Lächeln breitete sich auf ihrem Gesicht aus.

„Aber natürlich!“ dachte sie. „Das ist die Lösung! Warum habe ich nicht gleich daran gedacht? Ich wollte doch ohnehin so gern wieder einmal nach Hause fahren. Nun habe ich die beste Gelegenheit dazu. Und um Tante Virginia brauche ich mir derweil keine Sorgen zu machen.“

Jetzt konnte Belinda erst recht nicht einschlafen. Die Gedanken überschlugen sich förmlich in ihrem Kopf. Wie mochte es ihren Lieben zu Hause wohl gehen? Und wie sehr hatte sich ein jeder in der Zwischenzeit verändert? Welch ein Spaß es sein würde, sie alle mit ihrem Besuch zu überraschen! Es war schon beinahe Morgen, als sie endlich einschlief.

Daheim. Es war schon so lange her, seitdem sie von daheim fort war!

Während der nächsten Tage herrschte im ganzen Haus große Aufregung. Frau Stafford-Smyth hatte ihren Bediensteten ihre Reisepläne mitgeteilt, und jedermann war eifrig damit beschäftigt, die notwendigen Vorbereitungen zu treffen.

Am meisten von allen hatte jedoch Belinda zu tun. Es galt, die Reisegarderobe ihrer Herrin auszuwählen und ihre Koffer zu packen, kleinere Besorgungen für sie zu machen, Hutfedern abzustauben und neue Bänder anzunähen. Belinda tat ihre Arbeit mit einem Lächeln. Bald würde auch sie auf Reisen gehen.

„O Mama, ich kann's ja kaum erwarten!“ flüsterte sie im stillen.

An einem Nachmittag erschien Windsor im Wohnzimmer mit mehreren Kleidungsstücken über dem Arm.

„Madams Kleider aus der Wäscherei“, erklärte er Belinda. „Ich bringe sie gleich zu ihr.“

„Ich bin ohnehin auf dem Weg nach oben; ich nehme die Kleider gern mit“, erbot sich Belinda.

Windsor hatte sich mit der Zeit daran gewöhnt, daß das junge Mädchen hier und da ein wenig aushalf, wenn er auch eine feste Vorstellung von den Pflichten der Hausangestellten hatte. Belinda war die Betreuerin und Gesellschafterin seiner Dienstherrin. Es war unschicklich für sie, Wäsche durch das Haus zu tragen. Nach kurzem Zögern reichte er Belinda jedoch die Kleider. Er wußte, daß seine Proteste zwecklos sein würden.

„Verbindlichsten Dank, gnädiges Fräulein!" sagte er steif, und Belinda machte sich schmunzelnd auf den Weg zum oberen Stockwerk.

„Deine Kleider sind aus der Wäscherei zurück", kündete sie der alten Dame munter an.

„Bestens! Isch hatte schon befürschtet, daß isch sie nischt mehr reschtzeitig bekommen würde. Eigentlisch sollten sie nämlisch schon gestern zurück sein."

„Jetzt sind sie aber hier. Soll ich sie in deinen Schrank hängen oder in die Koffer packen?"

„Isch habe in diesem Koffer hier Platz für sie gelassen", sagte Frau Stafford-Smyth und deutete auf einen ihrer Koffer. Belinda mußte unwillkürlich schmunzeln.

„Liebe Güte", dachte sie im stillen, „was will sie nur mit all diesen Kleidern anfangen? Und obendrein will sie auch noch neue Kleider in New York kaufen! Dabei bleibe ich genauso lange fort, und ich reise nur mit einem einzigen Koffer und einer Hutschachtel als Gepäck!"

„Hast du deine Koffer auch schon gepackt?" erkundigte sich Frau Stafford-Smyth, als habe sie Belindas Gedanken erraten.

Die Frage überraschte Belinda, doch sie schüttelte den Kopf und antwortete: „Nein, aber das ist schnell erledigt."

Die alte Dame schaute ein wenig besorgt drein.

„Denk daran, genug Zeit einzuplanen", riet sie Belinda. „Der Zug fährt um zehn Uhr ab."

„Mein Zug fährt erst um vier Uhr nachmittags", antwortete Belinda. Sie hatte ihre Fahrkarte schon gelöst und alles Notwendige veranlaßt, doch bei ihrer Antwort fuhr Frau Stafford-Smyths Kopf überrascht in die Höhe.

„Was hat denn das zu bedeuten?“ fragte sie scharf.

Belinda errötete. Sie hatte es versäumt, sich die Erlaubnis ihrer Herrin für ihre Reise einzuholen. Eigentlich hatte sie sich vorgenommen, mit Frau Stafford-Smyth über ihr Vorhaben zu sprechen, doch sie hatte so viel zu tun gehabt, daß sich einfach keine Gelegenheit dazu ergeben hatte. Gewiß erwartete die alte Dame nicht von ihr, allein in dem großen Haus zurückzubleiben und das Kommando zu führen. Windsor, Frau Potter und die Dienstmädchen waren zur Stelle; Frau Stafford-Smyth hatte noch nie jemanden in ihrer Abwesenheit zur Aufsicht des Haushalts bestellt. Belinda hatte einfach angenommen, daß ihre Gegenwart nicht notwendig sein würde. Doch es war nicht richtig von ihr gewesen, sich auf ihre Vermutung zu stützen. Sie hätte sich die Erlaubnis ihrer Herrin einholen sollen, bevor sie ihre Fahrkarte löste.

„Was soll das nun bedeuten?“ fragte Frau Stafford-Smyth erneut.

„Ach, Tante Virginia“, sagte Belinda entschuldigend, „es tut mir leid; das war eine große Unbedachtheit von mir. Ich war wohl in einer solchen Aufregung, daß ich ganz versäumt habe, dich zu fragen. Ich hatte ja keine Ahnung, daß du von mir erwarten würdest, hierzubleiben, während du …“

„Hierzubleiben? Natürlisch nischt! Isch erwarte von dir, daß du mit mir nach New York fährst.“

„Mit dir nach New York?“ wiederholte Belinda tonlos.

Frau Stafford-Smyth wirkte verstört.

„Ja, selbstverständlisch.“

„Aber … aber davon hast du mir ja überhaupt nichts gesagt“, stotterte Belinda.

„Habe isch das nischt?“ Die alte Dame schaute verwundert drein. „Vielleischt habe isch das vergessen. Isch … isch habe wohl einfach vorausgesetzt, daß etwas anderes gar nischt in Frage kommen würde. Isch dachte, das wäre das Selbstverständlischste von der Welt. Wie nachlässig von mir!“

Belinda war bleich geworden.

„Nun, das ist keine Katastrophe", fuhr die alte Dame fort. „Dir bleibt noch genug Zeit, um deine Koffer zu pakken. Ich rufe Ella. Sie kann dir dabei helfen." Damit streckte Frau Stafford-Smyth die Hand nach dem Klingelknopf aus.

„Aber ..." stotterte Belinda. „Aber ... ich habe doch schon andere Pläne gemacht."

Frau Stafford-Smyth erstarrte.

„Wie bitte? Was denn für Pläne?"

„Ich ... ich habe eine Fahrkarte gekauft ... eine Fahrkarte nach Hause", brachte Belinda mühsam hervor.

Frau Stafford-Smyth sank auf einen Stuhl.

„Ach, so ist das also", sagte sie langsam.

Belinda hastete zu ihr und kniete neben ihr.

„Ich hatte wirklich nicht geahnt, daß du mich mitnehmen wolltest, Tante Virginia. Ich dachte, du würdest nur mit Tante Celia reisen. Ich wußte ja nicht, daß auch noch Platz für einen dritten Gast sein würde. Deshalb dachte ich, das wäre eine gute Gelegenheit für mich, einmal wieder nach Hause zu fahren. Entschuldige bitte, Tante Virginia. Ich hatte gehofft, du wärst damit einverstanden."

Auch Frau Stafford-Smyth war bleich geworden. Ihre Hand zitterte, als sie Belinda die widerspenstigen Locken aus dem Gesicht strich.

„Du ... du wirst doch nischt für immer daheim bleiben, oder?" fragte sie mit bebender Stimme.

„Aber nein!" versprach Belinda. „Ich bleibe nur so lange dort, wie du in New York bist."

Frau Stafford-Smyth atmete auf.

„Du liebe Güte, mein Kind", sagte sie mit einem nervösen Lachen, „du kannst einem vielleischt einen Schrecken einjagen!"

„Du hast doch nicht etwa gemeint ..." begann Belinda, doch dann wurde ihr klar, daß Frau Stafford-Smyth genau das befürchtet hatte. Jetzt, wo die Farbe allmählich wieder in die Wangen der alten Dame zurückkehrte, wurde

Belinda klar, wie sehr sie ihre Gegenwart in dem großen, leeren Haus schätzte.

Zugleich wurde Belinda auch klar, daß sie die alte Dame niemals einfach im Stich lassen konnte. Der Gedanke ernüchterte sie zutiefst. Sie hatte Tante Virginia sehr ins Herz geschlossen. Sie war ihr wie die Großmutter, die sie nie gekannt hatte, doch auf unbestimmte Zeit an sie gebunden zu sein, ohne zu ihrer Familie zurückkehren zu dürfen, das war ein großes Opfer. Belinda wußte nicht, ob sie in der Lage war, ein solches Opfer zu bringen.

„Du armes Kind", sagte Frau Stafford-Smyth sanft und strich Belinda über das Haar. „Wie selbstsüschtig isch gewesen bin! Isch habe mir ja keine Vorstellung davon gemacht, wie sehr du deine Angehörigen vermissen mußt. Und wie gern sie disch einmal wiedersehen würden! Selbstverständlisch sollst du nach Hause fahren. Hätte doch längst von selbst auf die Idee kommen sollen. Hier hast du nun eine einmalige Gelegenheit dazu. Isch bin froh, daß du daran gedacht hast, selbst wenn isch es nischt getan habe."

Ihre Hand ruhte nun auf Belindas Kopf. Ein Schatten überflog ihr Gesicht, als sie Belinda in die blauen Augen sah.

„Und isch verlange nischt von dir, daß du disch an dein Versprechen hältst", sagte sie leise, wenn ihre Augen auch darum baten, daß Belinda zurückkehrte. „Du weißt, wie sehr isch an dir hänge. Du weißt, wie gern isch disch hier bei mir habe, aber isch verlange dir kein Verspreschen ab."

„Ich komme wieder, Tante Virginia!" flüsterte Belinda und gab der alten Dame einen Kuß auf die Wange.

Daheim

Am nächsten Morgen herrschte große Aufregung im ganzen Haus. Das Frühstück wurde in aller Eile serviert, und die Dienstmädchen huschten im Haus umher, während Frau Stafford-Smyth eine lange Liste von letzten Anweisungen mit Frau Potter und Windsor besprach. Windsor nickte mit unbewegter Miene zu allem. Es war nur zu offensichtlich, daß er Madams „Vagabundenleben" für äußerst töricht hielt. Seiner Meinung nach waren die Reisepläne seiner Herrin nichts als eine kindische Laune.

Belinda lief wohl ein dutzendmal die Treppe hinauf, um dies und das zu holen, einzupacken oder abzustauben. Endlich traf die Kutsche mit Frau Celia Prescott ein, und Frau Stafford-Smyth stieg mit ihrem gesamten Gepäck ein.

„Aber lieber Himmel, Mädschen!" rief Frau Prescott beim Anblick von Belinda aus. „Wo sind denn nur Ihre Handschuhe und Ihr Hut?"

„Belinda begleitet uns nischt", erläuterte Frau Stafford-Smyth.

„Was, sie fährt nischt mit? Aber was in aller Welt wirst du nur ohne sie ..."

„Isch werde glänzend zureschtkommen", stellte Frau Stafford-Smyth klar. „Schließlisch kann isch durschaus für misch selbst sorgen."

„Aber isch dachte ... isch hatte einfach angenommen, daß ..."

„Belinda fährt in den Westen zu ihrer Familie, während isch unterwegs bin", fuhr Frau Stafford-Smyth fort.

„Und das läßt du zu? Wer weiß, ob sie je wiederkommt", gab Frau Prescott zu bedenken. Belinda mußte über die echte Besorgnis in ihrer Stimme schmunzeln. Es hatte Zeiten gegeben, als Frau Prescott sie für völlig unfähig gehalten hatte, ihre Freundin Virginia Stafford-Smyth in angemessener Weise zu versorgen.

Frau Stafford-Smyth zog Belinda an sich und gab ihr einen Kuß auf die Stirn.

„Das soll sie selbst entscheiden“, sagte sie leise. „Sie weiß, wie sehr isch sie vermissen würde.“

Belinda fand keine Worte. Tränen wollten ihr in die Augen steigen.

„Auf Wiedersehen, meine Liebe!“ sagte die alte Dame. „Du wirst mir fehlen. Rischte deiner Mama aus, wie glücklisch sie sisch schätzen kann, eine solsche Tochter zu haben.“

Belinda schluckte.

„Vergnüge disch gut, hörst du? Unternimm alles, was du so lange vermißt hast. Auf Wiedersehen!“

Belinda erwiderte ihren Abschiedsgruß und schaute der Kutsche nach, bis sie auf die Straße hinausfuhr und ihren Blicken entschwunden war. Dann wandte sie sich um und eilte in das große Haus zurück. Sie hatte nicht einmal mit dem Packen ihres eigenen Koffers begonnen. Viel an Gepäck würde sie allerdings nicht brauchen. In ihrem Schrank bei ihren Eltern hingen noch ein paar Kleider. Damit würde sie bestimmt auskommen.

An der Tür erwartete sie Windsor.

„Soll ich Ihnen Ella rufen, Fräulein?“ erkundigte er sich.

Belinda war überrascht.

„Nein, danke, ich komme schon allein zurecht“, antwortete sie.

„Aber Sie waren doch viel zu beschäftigt, um Ihre eigenen Koffer zu packen“, beharrte er. „Madam hat immer eine Menge Vorbereitungen zu erledigen, wenn sie verreist.“

„Ich nehme nur ein paar Kleinigkeiten mit“, versicherte ihm Belinda. Sie schmunzelte über Windsors höfliche Beschreibung von Madams Reisevorbereitungen.

„Daheim habe ich noch ein paar Kleider", erklärte sie. „Damit komme ich bestens aus."

Windsor wirkte überrascht, und Belinda besann sich darauf, daß es nun schon beinahe drei Jahre her war, seitdem sie von daheim weg war. Eine Dame, die etwas auf sich hielt, konnte sich unmöglich in den Kleidern, die vor drei Jahren Mode gewesen waren, sehen lassen. Belinda lächelte erneut.

„In meiner Heimat ändert sich die Mode nicht so schnell wie hier", versicherte sie dem Butler. „Wenn ich nur ein paar Dinge von hier mitnehme, werde ich bestens ausgestattet sein."

„Wie Sie wünschen, gnädiges Fräulein", antwortete Windsor höflich, doch es klang nicht sehr überzeugt.

Zu Belindas eigenem Erstaunen brauchte sie jedoch tatsächlich jede Minute bis zu ihrer Abfahrt für ihre Vorbereitungen. Wie würde Mama über das rosafarbene Kleid staunen! Doch dann würde ihr kein Platz mehr für das hellblaue bleiben, das so gut zu ihren blauen Augen paßte. Belinda tat sich schwer mit der Auswahl, doch endlich war dann doch der Koffer gepackt. Den modischen blauen Hut brachte sie mitsamt dem zusätzlichen Paar weißer Handschuhe in der Hutschachtel unter. Sie ließ einen letzten Blick durch ihr Zimmer schweifen, räumte ihre Kommode und ihr Bad auf und läutete nach Windsor.

Während der Butler ihr Gepäck nach unten trug, setzte Belinda sich ihren Reisehut auf und nahm ein leichtes Schultertuch aus dem Schrank. Der Tag war noch angenehm warm, so daß sie es unterwegs kaum brauchen würde. Sie folgte Windsor die Treppe hinab, verabschiedete sich mit einem freundlichen Lächeln von der Dienerschaft des Hauses, die sich am Eingang versammelt hatte, und stieg dann in die Kutsche.

Als das Gespann die gebogene Einfahrt hinabrollte, wandte sich Belinda ein letztes Mal um. Gut Marschall. Sie hätte sich ja nie träumen lassen, eine solche Villa einmal ihr Zuhause nennen zu dürfen!

Dann drehte sie sich schnell wieder um. Nein, ihr eigentliches Zuhause war nicht auf Gut Marschall, berichtigte sie sich. Daheim war sie im Westen bei Papa und Mama und Luke und Kate und Arnie und Anne. Daheim war sie, wo Larry und Abbie waren. Ihre Heimat war dort, wo ihre Nichten und Neffen wohnten, die gewiß längst vergessen hatten, wer sie eigentlich war und wie sie aussah. Das war ihre Heimat. Vor Aufregung und Vorfreude hielt Belinda die Luft an. Sie konnte es ja kaum erwarten, endlich nach Hause zu kommen – doch zugleich verspürte sie auch eine quälende Furcht.

Würde sie alles so vorfinden, wie sie es in Erinnerung hatte? Unmöglich konnte die Zeit spurlos an ihrem Heimatort vorübergegangen sein. Wie sehr mochte sich alles verändert haben? Und was, wenn ... Doch dann riß Belinda sich zusammen. Sie würde die Dinge so nehmen, wie sie kamen, beschloß sie. Jetzt wollte sie sich einfach nur auf das Wiedersehen mit ihren Lieben daheim freuen.

Belinda hätte schwören mögen, daß die Reise in westlicher Richtung unendlich viel länger dauerte als damals die Fahrt nach Boston; wenigstens erschien es ihr so. Mit jeder Haltestation, mit jedem Bahnhof, den der Zug hinter sich ließ, wuchs Belindas Ungeduld. Sie saß auf der Kante ihres Platzes, um möglichst weit nach vorn sehen zu können, und wünschte sich nichts sehnlicher, als die Meilen im Flug zurücklegen zu können.

Sie war viel zu unruhig, um ihren Mitreisenden Beachtung zu schenken. Gewöhnlich hatte sie stets ein Auge für die Menschen in ihrer Umgebung. Doch nun rieb und wand sie sich die Hände, bis ihre blütenweißen Handschuhe zerknittert und beschmutzt waren. „Wie gut, daß ich ein zweites Paar bei mir habe!“ dachte sie zerstreut.

Im Preis der Fahrkarte waren auch Mahlzeiten inbegriffen, doch Belinda konnte kaum etwas essen. Um sich jedoch die Zeit zu vertreiben, ging sie in den Speisewagen. Sie grüßte sogar hier und da einen älteren Menschen oder eine junge Mutter von kleinen Kindern mit einem freundlichen Lächeln, wenn dies auch längst nicht mit ihrem gewohnten Eifer geschah. Wieder an ihrem Platz angelangt, heftete Belinda den Blick wieder an den Horizont und sehnte sich danach, endlich die vertraute kleine Bahnstation zu entdecken.

Je näher sie ihrer Heimat kam, desto aufgeregter wurde sie. Unruhig rutschte sie auf ihrem Sitz hin und her und wand ihre Taschenriemen in den Händen. Nur ihre guten Manieren hielten sie davon ab, ständig in dem Waggon umherzugehen. Wollte diese Reise denn nie ein Ende nehmen?

Sie hatte nur Larry von ihrem Kommen in Kenntnis gesetzt. Auch ihn hätte sie am liebsten überrascht, doch sie hielt es für besser, wenn wenigstens einer von ihrer Ankunft wußte.

„Aber sage keinem etwas davon!" hatte sie ihm geschrieben. „Ich möchte, daß es eine Überraschung wird!" Belinda sah keinen Grund, weshalb er ihr Geheimnis verraten sollte, doch als sie nun unruhig auf ihrem plüschbezogenen Waggonplatz saß, fragte sie sich ernsthaft, ob sie womöglich einen Fehler gemacht hatte. Würde Mama den Schrecken verkraften können? Und wie sollte Belinda den Weg zur Farm zurücklegen? Vielleicht war Larry gerade zu einem Hausbesuch oder einem Notfall unterwegs und konnte sie nicht am Bahnhof abholen.

Unaufhörlich kreisten sorgenvolle Gedanken in Belindas Kopf. War es etwa zu kindisch von ihr gewesen, ihre Familie mit ihrem Besuch überraschen zu wollen? Hm, jetzt war es zu spät, um ihre Pläne zu ändern. Ihr blieb keine andere Wahl, als abzuwarten und das Beste zu hoffen.

Plötzlich entdeckte Belinda eine Farm, die ihr vertraut war. Nur noch ein paar Meilen, und sie würde ihre Heimatstadt erreicht haben! Belindas Mund war trocken, und ihre Hände begannen zu schwitzen. „Bald sind wir da! Bald bin ich wieder daheim!" jubelte sie innerlich. Sie holte tief Luft, um ihr pochendes Herz zu beruhigen, doch ohne Erfolg. Schließlich lehnte sie sich auf ihrem Platz zurück, schloß die Augen und versuchte zu beten, doch selbst ihr Gebet war nur ein Wirrwarr.

„Ach, lieber Gott", flüsterte sie, „ich bin ja so aufgeregt. Mir ist beinahe schwindlig vor Freude. Ich habe meine Heimat so unendlich vermißt, mehr, als ich je geahnt hatte. Hilf mir! Und hilf Mama! Und Papa! Hilf doch, daß sie sich nicht allzusehr erschrecken. Und mach doch, daß es allen gutgeht, allen meinen Lieben. Ich ... ich könnte es nie verwinden, wenn einer von ihnen an einer schweren Krankheit litte. Das könnte ich nicht ertragen, Herr. Sei doch mit uns allen und hilf uns, daß wir eine gute Zeit miteinander verbringen können. Und steh mir bei ... und Mama auch, wenn die Zeit kommt, daß ich wieder nach Boston zurückreisen muß. Das wird schwer werden, Herr, wirklich schwer."

Die Lokomotive stieß einen langgezogenen Pfiff aus, und Belinda setzte eilig hinzu: „Und hab Dank, Herr, daß ich diese Reise machen durfte." Endlich wieder daheim! Daheim, wo ihr Herz immer gewesen war. Als die Räder mit einem lauten Kreischen zum Stillstand kamen, holte sie tief Luft, nahm ihren Koffer und ihre Hutschachtel und ging auf den Ausgang zu. Außer ihr stieg nur ein anderer Passagier hier aus. „Wer reist auch schon in ein solch kleines Präriestädtchen?" dachte Belinda bei sich.

Und dann stand sie auch schon auf den Stufen des Waggons. Ein freundlicher Gepäckträger bot ihr seine Hilfe an. Belinda setzte einen Fuß auf den hölzernen Bahnsteig und schaute sich hilflos um. Jemand rief ihren Namen. Da! Da war er, ihr Bruder Larry, der Arzt, die Arme weit ausgestreckt und die Rockzipfel im Wind flatternd.

Mit einem freudigen Ausruf lief Belinda geradewegs in seine offenen Arme.

„Larry! Ach, Larry!" Mehr brachte sie nicht hervor.

Gemeinsam traten sie aus dem Stationsgebäude ins Freie. Larry trug Belindas schweren Koffer und die Hutschachtel.

„Das Gespann habe ich lieber daheim gelassen“, sagte Larry. „Abbie wäre bestimmt mißtrauisch geworden, wenn ich die Pferde angespannt hätte, nur um zur Praxis zu fahren.“

„Die Praxis!“ rief Belinda aus. „Ich kann's ja kaum erwarten, deine neue Praxis zu sehen!“

„Aber heute nicht mehr!“ bestimmte Larry. „Das kann warten. Heute bringe ich dich erst einmal geradewegs zu uns nach Hause. Ich weiß selbst nicht, wie ich's fertiggebracht habe, keinen Ton von deiner Ankunft zu sagen, Belinda. Abbie und die Kinder werden Augen machen! Und anschließend bringe ich dich zu Ma und Pa. Die werden nicht schlecht staunen! Um das Ganze ein bißchen vorzubereiten, habe ich Ma erzählt, daß Abbie und ich heute abend zum Essen auf die Farm kämen.“

Belinda lachte. Larry hatte wirklich an alles gedacht! Es würde ein riesiges Fest werden.

„Ich habe Jackson gesagt, daß ich mir den Rest des Tages freinehme“, fuhr Larry fort. „Zum Glück wollte er nicht den Grund wissen.“

Bei Jacksons Namen verspürte Belinda ein seltsames Gefühl in der Magengegend. Ob Jackson noch immer besondere Gefühle für sie hegte? Sie hoffte, daß es nicht so war.

„Übrigens, Belinda, hättest du gern deine alte Stelle als Krankenschwester wieder?“ fragte Larry gerade und riß sie damit aus ihren Gedanken.

Belinda schaute ihn verwundert an, und er beeilte sich, ihr zu erklären: „Niemand hat zwar etwas davon gesagt, aber ich habe das Gefühl, als würde ich meine jetzige Krankenschwester bald verlieren.“

„Was ist denn los mit Flo?“ fragte Belinda. „Sie ist doch nicht etwa selbst ernsthaft krank?“

„Aber nein!“ lachte Larry. „Es sei denn, du betrachtest das Verliebtsein als Krankheit.“

„Verliebt ist sie? Wie schön für sie!“ lächelte Belinda erleichtert. „Wer ist denn der Glückliche? Kenne ich ihn?“

„Recht gut sogar“, antwortete Larry und beobachtete Belinda dabei aus den Augenwinkeln. „Jackson Brown.“

„Jackson?“ Damit hätte sie niemals gerechnet. Dann stellte Belinda zu ihrer eigenen Überraschung fest, daß diese unerwartete Neuigkeit sie unendlich erleichterte. Nun brauchte sie sich wegen ihres früheren Schulkameraden wenigstens keine Sorgen mehr zu machen. Er würde an der Seite einer anderen Frau sein Glück finden.

„Wie schön!“ lächelte sie. „Jackson und Flo. Die beiden werden gut zueinander passen.“

Wenn Larry sich gesorgt hatte, wie Belinda die Nachricht aufnehmen würde, so war er jetzt beruhigt. Es war offensichtlich, daß Belinda in Jackson niemals mehr als einen guten Kameraden gesehen hatte.

„Ja“, schmunzelte er, „die beiden kommen tatsächlich großartig miteinander aus. Wir freuen uns alle sehr für sie!“

Frohes Wiedersehen

„Ich kann's gar nicht fassen! Nein, so eine Überraschung!" rief Abbie ein ums andere Mal. Sie hielt Belinda umarmt und lachte und weinte dabei zugleich. „Du bist wieder da, du bist wirklich wieder hier bei uns! Und wir dachten schon, du würdest nie wieder nach Hause kommen!"

Abbie schien anzunehmen, daß Belinda für immer zurückgekehrt sei. Nun, später würde sich noch genug Zeit für Erklärungen finden, dachte Belinda. In diesen Augenblicken wollte sie nur Abbies herzliche Umarmung erwidern. Ihre Augen füllten sich dabei mit Tränen der Wiedersehensfreude.

„Die Kinder!" rief Abbie schließlich. „Sie werden einen Freudentanz aufführen, wenn sie dich sehen! Sie sind draußen im Garten. Larry, würdest du sie wohl ...?"

Doch Larry hatte längst an die Kinder gedacht und war in den Garten gegangen, um sie zu holen. Da kamen sie auch schon ins Haus gelaufen, um den überraschenden „Besuch" zu begrüßen, von dem ihr Vater gesprochen hatte.

Der neunjährige Thomas kam in die Küche gestürzt, wo er wie angewurzelt stehenblieb und Belinda ungläubig anstarrte.

„Tante Belinda!" rief er dann überrascht, ohne sich vom Fleck zu rühren.

Der siebenjährige Aaron erreichte die Küche als zweiter. Mit einem einzigen Blick auf Belinda kam er auf sie zugelaufen und warf die Arme um sie, das Gesicht in ihren Rockfalten vergraben. Zu jedermanns Erstaunen begann er zu schluchzen.

Belinda bückte sich, um den Jungen in die Arme zu nehmen.

„Aaron", flüsterte sie, „Aaron, was hast du denn nur?" Sie löste sich aus seiner Umarmung und hob ihn auf ihre Arme. Er vergrub sein Gesicht an ihrer Schulter.

„Ich ... ich dachte, du würdest nie, nie wieder zu uns kommen!" weinte er. „Ich ... ich ... wir haben alle so für dich gebetet, und nie bist du gekommen." Belinda hielt ihn nur und wiegte ihn sanft in ihren Armen. Auch ihr rannen die Tränen über die Wangen.

„Ist ja gut!" tröstete sie das Kind. „Ich bin ja jetzt hier. Siehst du, alles ist gut!"

Thomas kam dazu und schlang auch seine Arme um Belinda. Sie konnte kaum fassen, wie er inzwischen gewachsen war.

„Thomas", sagte sie und strich ihm über den braunen Schopf, „schau nur, wie du in die Höhe geschossen bist! Du bist ja glatt einen halben Meter größer als früher!"

Thomas grinste lausbübisch.

„Zwei Füße hatte ich aber immer schon", gab er zurück, und die Küche war vom Gelächter der Umstehenden erfüllt.

Belinda setzte sich auf einen Küchenstuhl. Aaron hielt sie noch immer auf dem Schoß. Der Sturm seiner Gefühle hatte sich inzwischen etwas gelegt, und er wischte sich das Gesicht mit einem karierten Taschentuch, das seine Mutter ihm gereicht hatte. Thomas stand neben Belinda und betrachtete aufmerksam ihr Gesicht.

„Wo ist denn die kleine Ruth?" fragte Belinda.

„Papa holt sie gerade. Sie ist drüben bei Molly", erklärte Thomas.

„Wer ist denn Molly nur?" erkundigte Belinda sich ahnungslos. Abbie zog die Stirn kraus.

„Sie soll nicht einfach rübergehen, ohne zu fragen", sagte sie mit einer Spur von Verärgerung in der Stimme. „Das weiß sie ganz genau!"

„Molly ist ein Hund", teilte Aaron seiner Tante Belinda mit. „Er wohnt ein paar Häuser weiter."

Belinda warf Abbie einen erstaunten Blick zu. War die kleine Ruth etwa schon alt genug, um in der Nachbarschaft Besuche zu machen?

„Die Larsons, zwei Häuser weiter. Sie sind schon älter und haben Kinder gern. Ich glaube, Ruth würde auf der Stelle bei ihnen einziehen, wenn wir es ihr erlaubten. Dort wird sie nach Strich und Faden verwöhnt!" sagte Abbie kopfschüttelnd. „Sie haben einen kleinen Hund. Ruth nimmt ihn als Vorwand, um ..."

Im selben Moment kam Larry auch schon zur hinteren Haustür herein. Die kleine Ruth hielt er an der Hand. Larry und Abbie tauschten einen vielsagenden Blick aus. Für ihren Ungehorsam würde die Kleine in angemessener Weise bestraft werden, wenn auch nicht auf der Stelle. Sie würde später im stillen Kämmerlein ein paar ernste Worte zu hören bekommen, schienen sich die Eltern mit ihren Blicken zu sagen.

Die kleine Ruth wirkte plötzlich befangen und schüchtern. Sie war noch zu klein, um sich an ihre Tante Belinda zu erinnern, wenn Thomas und Aaron ihr auch gewiß von ihr erzählt hatten. Sie klammerte sich an der Hand ihres Vaters fest und versteckte sich hinter ihm.

„Guck mal, das ist Tante Belinda!" erklärte Thomas ihr und klopfte auf Belindas Schulter. Aaron schlang den Arm besitzergreifend um Belindas Hals.

Endlich ließ die kleine Ruth die Hand ihres Vaters los und ging zögernd ein paar Schritte auf Belinda zu. Den Kopf hielt sie gesenkt, und die Zungenspitze lugte zum Mundwinkel heraus. Schüchtern kam sie näher. Belinda fragte sich im stillen, wie sie nur noch ein drittes Kind auf ihrem Schoß unterbringen sollte. Sie streckte der kleinen Ruth eine Hand entgegen. Das Kind nahm sie, senkte den Blick und wiegte sich verlegen hin und her. Aaron zog sie näher.

„Du, das ist doch unsere Tante Belinda!" sagte er. „Weißt du denn nicht mehr? Wir haben dir doch von ihr erzählt. Sie ist lieb. Jetzt ist sie endlich wieder da!"

Endlich lächelte die Kleine zaghaft. Sie ließ sich sogar umarmen.

„Ruth erinnert sich nicht mehr an mich – so wie ihr", erklärte Belinda den beiden Brüdern. „Sie war ja noch so klein, als ich von hier abreiste, fast noch ein Baby."

„Weiß Großmama, daß du hier bist?" meldete Thomas sich aufgeregt zu Wort.

Belinda schüttelte den Kopf.

„Du, Pa, können wir sie zur Farm bringen?" wandte Thomas sich an seinen Vater. „Bitte! Denk nur, wie überrascht Großmama sein wird!"

Aaron kletterte so hastig von Belindas Schoß, daß sie befürchtete, er könnte fallen, und griff schnell nach dem Jungen. Dieser landete jedoch behende wie eine Katze auf den Füßen und leistete Thomas mit seinem Betteln Beistand. Selbst die kleine Ruth klatschte in die Hände und stimmte in das Bitten ein.

„Still, ihr drei!" lachte Larry mit erhobener Hand. „Ist doch klar, daß wir Tante Belinda zur Farm bringen. Zuerst muß sie sich aber von der Reise erholen. Deshalb schlage ich vor, wir lassen sie erst einmal in Ruhe, während eure Mama Tee kocht. Wir trinken nämlich zusammen Tee, und dann fahren wir alle miteinander zur Farm. Ich habe Großmama schon gesagt, daß wir heute zum Essen kommen."

Die drei Kinder brachen in ein lautes Jubelgeschrei aus, so daß Belinda sich am liebsten die Hände über die Ohren gehalten hätte. Statt dessen dachte sie belustigt: „So lebhaft ist es auf Gut Marschall wahrhaftig nie zugegangen!"

„Thomas, würdest du mir wohl meine Hutschachtel reichen?" bat Belinda.

„Du hast doch schon einen Hut auf", bemerkte Aaron und betrachtete sie verwundert.

Belinda lachte.

„Ja, das stimmt."

„Dann willst du ihn wohl in die Hutschachtel zurücklegen?" fragte Thomas.

„Das wäre zwar keine schlechte Idee, aber zuerst suche ich etwas ganz Bestimmtes ..." Belinda fuhr mit der Hand in die Hutschachtel, um eine Tüte mit Pfefferminzbonbons hervorzuholen. „Die sind für euch drei", sagte sie und reichte Abbie die Tüte. „Eure Mama verwahrt sie für euch auf."

Drei Augenpaare leuchteten auf, und drei Hände streckten sich nach der Tüte aus. Abbie gab jedem Kind ein Bonbon und verwahrte den Rest in ihrem Küchenschrank. Als Belinda die Küche verließ, um sich im Bad ein wenig frisch zu machen, hörte sie, wie Larry ein Gespräch unter vier Augen mit der kleinen Ruth begann.

„Und du, Fräuleinchen, hat Mama dir nicht ausdrücklich verboten, Molly zu besuchen, ohne sie vorher um Erlaubnis zu fragen?" sagte er.

Belinda hörte, wie das kleine Mädchen aufschluchzte.

„Oh, liebe Güte", dachte Belinda bei sich, während sie im Badezimmer ihren Hut abnahm, um sich zu frisieren und Gesicht und Hände zu waschen, „ich bin ja so froh, daß ich es nicht bin, die das Züchtigen zu besorgen hat. Es ist gewiß viel leichter, bei solchen Dingen einfach ein Auge zuzudrücken."

Doch das würde Larry niemals tun, so bequem, wie das auch sein mochte. „Erziehung muß konsequent geschehen", hatte sie ihn oft sagen gehört, „sonst ist es keine Erziehung, sondern nur Bestrafung." Und sie wußte genau, daß Larry ein gerechter, liebevoller Vater sein wollte. Niemals würde er herzlos Strafen verhängen.

Auf dem Weg zur Farm war Belinda genauso aufgeregt wie die Kinder. Thomas, Aaron und Ruth redeten unaufhörlich durcheinander und zeigten ihrer Tante jede Farm und jedes Merkmal in der Landschaft. Belinda hätte keinerlei Erklärungen bedurft, doch sie ließ den Kindern ihren Spaß, als „Reiseführer" zu dienen.

Je näher sie der Farm kamen, desto heftiger pochte Belindas Herz. Hatte sie es auch wirklich richtig gemacht?

Hätte sie den Eltern nicht lieber doch von ihrer Ankunft schreiben sollen? Und was, wenn der Schreck des unerwarteten Wiedersehens …? Belinda holte tief Luft und bemühte sich, dem Geplauder der Kinder ihre Beachtung zu schenken. Sie klammerte sich an ihrem Sitz in der Kutsche fest, bis ihre Knöchel weiß waren. Larry trieb das Gespann ohnehin schon so schnell voran, wie die Sicherheit es erlaubte.

Endlich bogen sie in die Einfahrt ein. Belinda hatte das weiße Wohnhaus der Farm immer für geräumig gehalten. Nun war sie überrascht darüber, wie klein es ihr erschien, geradezu winzig im Vergleich zu Gut Marschall. Winzig und sehr, sehr schlicht.

„Aber es ist meine Heimat", freute sie sich still, „meine geliebte, vertraute Heimat!" Belinda rutschte auf ihrem Platz vor. Sie konnte es kaum erwarten, bis der Einspänner endlich zum Stehen kam.

„Nun plappert unser Geheimnis nur nicht aus, wenn ihr zu Großmama in die Küche lauft", warnte Larry die Kinder. „Tante Belinda möchte sie überraschen." Die Kinder nickten mit großen Augen, und die kleine Ruth hielt sich vorsichtshalber die Hand über den Mund.

Der Hofhund begrüßte sie mit lautem Gebell. Er schien sich sogar an Belinda zu erinnern. Er leckte ihr die Hand und wedelte mit dem Schwanz, und sie strich ihm liebevoll über den Kopf.

„Du hast mich nicht vergessen, nicht wahr?" murmelte sie glücklich. Dann folgte der Hund den Kindern, die aufgeregt zum Haus vorausgelaufen waren.

Marty kam an die Tür. Gerade trocknete sie sich die Hände an ihrer Schürze ab.

„Ihr kommt früher, als ich erwartet hatte!" rief sie. „Wie konntest du nur so früh von der Praxis weg, Larry?" Sie beugte sich vor, um Aaron und Ruth in die Arme zu nehmen. „Wie war's in der Schule, Thomas?" erkundigte sie sich.

Belinda, die sich hinter Larry und Abbie versteckte,

konnte kaum noch an sich halten. Am liebsten wäre sie ihrer Mutter geradewegs in die Arme gelaufen. Statt dessen schluckte sie nur und unterdrückte das Schluchzen, das ihr in der Kehle steckte.

„Los!“ flüsterte Larry, und Belinda nickte mit Tränen in den Augen und einem Lächeln auf den Lippen. Die drei Erwachsenen gingen auf das Farmhaus zu. Marty war noch immer mit den Kindern beschäftigt. Belinda konnte es kaum fassen, daß keins der Kinder seiner Großmama die große Überraschung angekündigt hatte, wenn sie auch den Erwachsenen verstohlene Blicke über die Schultern zuwarfen.

Belinda hatte ihre Mutter fast erreicht, als die kleine Ruth mit ihrer Geduld am Ende war.

„Du, guck doch mal da, Großmama!“ rief sie und zeigte mit ihrem rundlichen Zeigefinger auf Belinda.

Marty sah auf. Larry machte schnell einen Schritt zur Seite, um den Blick auf Belinda freizugeben.

Belinda sah, wie es Marty den Atem verschlug.

„Belinda, mein Kind!“ rief sie dann überrascht und stürzte auf ihre Jüngste zu. Belinda lief ihr entgegen, und weinend fielen sich die beiden Frauen in die Arme. Marty flüsterte zärtliche, liebevolle Worte.

„Ach Mama!“ brachte Belinda schließlich hervor. „Ich bin ja so froh, wieder bei dir zu sein!“

Marty holte ihr Taschentuch aus der Schürzentasche und wischte sich Augen und Nase. Dann schob sie ihre Tochter eine Armlänge weit von sich und betrachtete ihr Gesicht eingehend.

„Hast dich verändert“, sagte sie. „Erwachsener bist du geworden, viel erwachsener, mein Kind.“ Dann zog sie sie wieder an sich.

Belinda dagegen stellte zu ihrer Erleichterung fest, daß ihre Mutter sich kein bißchen verändert hatte. „Danke, lieber himmlischer Vater“, betete sie still. „Dank’ dir, daß du deine Hand über Mama gehalten hast!“

Danach wollte der Rest der Familie sie mit Beschlag

belegen, und die beiden Frauen mußten sich aus ihrer Umarmung lösen. Die Kinder redeten allesamt gleichzeitig drauflos.

„Hast du auch gestaunt, Großmama? Richtig schwer gestaunt?“

„Nun, liebe Zeit, ich denk’ schon!“

„Das war doch eine gelungene Überraschung, nicht, Großmama? Da haben wir dich aber hinters Licht geführt, oder?“

„Und ob ihr das habt! Liebe Güte, wer hätte das gedacht!“ sagte Marty und warf Belinda einen liebevollen Blick zu. „Und eine schöne Überraschung war’s dazu!“ Damit ging sie zu der großen Farmküche voraus.

„Und Großpapa wird auch Bauklötze staunen, nicht? Nicht, Großmama?“

„Ja, das wird er, und wie!“

In dem munteren Stimmengewirr wurde Belinda nahezu schwindelig.

„Ich lauf’ schnell rüber zu Onkel Luke und Tante Kate“, rief Thomas und stürzte zur Tür. Doch plötzlich blieb er stehen und warf Belinda einen fragenden Blick zu. „Ich darf doch, oder?“ vergewisserte er sich.

„Ja, lauf nur!“ erwiderte Belinda lachend. „Warum sollen sie’s auch nicht von dir hören? Zudem kann ich’s ja selbst kaum erwarten, sie auch endlich wiederzusehen!“

Der Tumult im Haus wurde noch lebhafter, als Kate und die Jungen dazukamen. Nur zwei der Neffen waren gerade zu Hause gewesen. Daniel war mit seinem Vater zu einer Besorgung unterwegs. Belinda stellte mit Schrekken fest, daß David inzwischen größer als sie selbst war und daß auch Jacob auf dem besten Weg dazu war, sie zu überragen. Die beiden nahmen sie ein wenig verlegen in die Arme, doch Kate umarmte sie herzlich. Belinda fragte sich im stillen, ob Kate in diesem Moment an ihre Amy dachte.

„Wie geht’s denn Amy?“ erkundigte sich Belinda, als sie wieder Luft schöpfen konnte.

„Gut geht's ihr. Ihr zweites Kind soll jetzt in diesen Tagen ankommen.“ Kate wischte sich die Augen trocken, holte tief Atem und lächelte. „Ihr erstes ist schon fast drei. Kaum zu glauben, nicht?“

Belinda nickte. Sie konnte sich die lebenslustige Amy nicht recht als Mutter von zwei Kindern vorstellen.

„So ist es halt“, fuhr Kate achselzuckend fort. „Man zieht sie groß, und dann gehen sie fort. So ist das Leben. Dan hat ein Mädchen. Ein nettes dazu; da wird's wohl nicht mehr lange dauern, bis er auch auf eigenen Füßen steht.“

„Arbeitet Dan ... arbeitet Dan noch bei Randy?“ Belinda war selbst darüber verwundert, wie große Schwierigkeiten ihr diese einfache Frage bereitete.

„Aber nein!“ erklärte Kate. „Randy wohnt nicht mehr hier. Ist wieder in die Stadt gezogen, wo er früher mal gewohnt hat – weiß nicht, wie sie heißt. Dan verrichtet allerlei Bauarbeiten für die Nachbarn, aber hauptsächlich hilft er seinem Pa bei der Farmwirtschaft.“

Belinda war erleichtert. Ihr Besuch daheim würde also nicht durch eine schwierige Begegnung mit Randy getrübt werden, so gern sie ihn auch wiedergesehen hätte.

„Randy hat ein Mädchen von dort geheiratet“, fuhr Kate fort. „Sie wollte nicht von ihrer Familie wegziehen, und deshalb wohnen sie jetzt in der Stadt.“

Zuerst Jackson und dann Randy ... Belinda stand die Verwunderung in den Augen. Doch niemand schien das zu bemerken. Jacob wollte plötzlich wissen: „Und wirst du jetzt wieder Krankenschwester?“

„Ich bin die ganze Zeit über Krankenschwester gewesen“, antwortete Belinda, und aller Augen richteten sich auf sie. „Den Frühsommer über habe ich sogar Tag und Nacht nichts als nur Krankenpflege betrieben. Ich habe Mama – eurer Großmama – davon geschrieben. Tante Virginia – Frau Stafford-Smyth – war sehr krank. Wir haben sogar eine Zeitlang das Schlimmste befürchtet.“

„Du nennst sie Tante Virginia?“ fragte Marty.

„Ja. Sie hat mich darum gebeten“, erklärte Belinda nur, und Marty nickte.

„Geht es ihr denn jetzt besser?“ erkundigte sich die Mutter.

„Viel besser, wenn es auch lange gedauert hat. Jetzt ist sie aber wieder auf den Beinen. Sie fühlt sich sogar wieder so gesund, daß sie für sechs Wochen nach New York gefahren ist.“

Marty sah Belinda an, und ein Schatten überflog ihre Züge. Wenn sie es auch nicht aussprach, so konnte Belinda den Wortwechsel förmlich spüren. „Und während sie in New York ist, bist du nach Hause gekommen?“ schienen Martys Augen zu fragen. Es war so unmißverständlich, daß Belinda unwillkürlich nickte.

„Und danach wirst du wieder nach Boston reisen?“ fragte Martys Blick, und wieder antwortete Belinda mit einem fast unmerklichen Nicken.

Marty wandte sich ab, und Belinda wußte, daß sie ihre Tränen der Enttäuschung verbergen wollte.

Jetzt zog Thomas die Aufmerksamkeit aller auf sich.

„Wann kommt denn Großpapa nach Hause, Großmama?“ fragte er.

Marty sah auf die Uhr über dem Regal.

„Bald“, antwortete sie ruhig. „Bald kommt er.“

Im nächsten Moment hörten sie auch schon das freudige Gebell des Hofhundes. Clark war auf dem Weg ins Haus.

Wiedersehen mit Pa

Belinda war innerlich so erschöpft, daß sie kein zweites „Versteckspiel" ertragen hätte. Bevor sie auch nur eins der Kinder dazu drängen konnte, schnell in der Vorratskammer oder in der Wohnstube zu verschwinden, stand sie von ihrem Stuhl auf und lief zur Tür.

Das Gespann war noch nicht vor der Scheune zum Stehen gekommen, als Clark sah, wie jemand mit ausgestreckten Armen auf ihn zugelaufen kam.

„Pa!" Es war beinahe ein Schluchzen. „Pa!"

Clark sah ihr verwundert entgegen. Er konnte kaum fassen, was er sah und hörte. Doch dann warf er die Zügel beiseite, schwang sich über das Wagenrad und kam mit offenen Armen auf seine Tochter zu.

„Belinda! Du! Du bist es wirklich!" sagte er heiser und hob sie vom Boden, um sie sanft hin- und herzuwiegen. Belinda befürchtete, daß die eiserne Umarmung ihr die Rippen brechen könnte.

„Ach Pa", lachte sie und gab ihm einen Kuß auf die Wange. „Ich bin ja so froh, dich wiederzusehen!"

Er stellte sie wieder auf den Boden und sah ihr tief in die Augen.

„Wie geht's dir denn?" fragte er.

„Gut, Pa, wirklich gut", versicherte ihm Belinda.

Er nahm sie noch einmal in die Arme, wobei ihm ungehindert die Tränen über die Wangen liefen.

Belinda langte mit der Hand nach seinem Hut, der ihm bei der stürmischen Begrüßung verrutscht war, um ihn wieder geradezusetzen.

„Ach Pa!" konnte sie nur sagen.

„Gut siehst du aus, einfach blendend!" stellte er befriedigt fest.

Belinda lachte.

„Das kann aber nicht stimmen“, sagte sie schelmisch. „Die Frisur ist mir völlig zerzaust, mein Kleid ist verknittert, und mein Gesicht ist heiß und rot. Ich muß ja einen entsetzlichen Anblick abgeben!“

Clark lachte herzlich.

„Ich finde trotzdem, du siehst großartig aus. Wann bist du denn angekommen?“

„Gerade eben. Ich bin mit dem Zug gekommen. Larry hat mich abgeholt und hierhergefahren.“

„Larry wußte also Bescheid?“ fragte Clark, und Belinda nickte.

„Dieser Bengel! Hat ja kein Wort verlauten lassen – es sei denn, er hat deine Mama eingeweiht.“

„Nein, das hat er nicht. Keiner Seele hat er etwas gesagt. Ich hatte ihn gebeten, es nicht zu tun. Aber … aber später hab’ ich mir gewünscht, daß … daß ich nicht so ein großes Geheimnis aus der Sache gemacht hätte. Das war nicht fair von mir.“

„Tut nichts! Hauptsache, du bist jetzt hier“, meinte Clark und nahm sie erneut in die Arme, um ihr einen Kuß auf die Stirn zu geben.

David kam aus dem Haus gelaufen.

„Ich bring die Pferde für dich in den Stall, Großpapa!“ erbot er sich.

„Dank’ dir, mein Junge!“ antwortete Clark und führte Belinda, einen Arm um sie gelegt, ins Haus.

Er wollte sich nach ihren Plänen erkundigen, doch er schwieg. Später würde sich noch genug Zeit dazu finden. Es hatte keinen Zweck, die Wiedersehensfreude zu verderben. Er befürchtete, daß Belinda nicht für immer nach Hause gekommen war. Gewiß hatte Marty sich aber schon danach erkundigt. Von ihr würde er zur rechten Zeit alles erfahren.

„Wie geht’s deiner Patientin, Frau … nun, wie heißt sie auch wieder? Frau Stafford-Smyth?“

„Gut geht’s ihr“, erwiderte Belinda. „Sie hat sich von

ihrer Grippe erholt, wenn's auch lange gedauert hat. Jetzt ist sie für sechs Wochen in New York bei einer Freundin zu Besuch."

Nun wußte Clark die Antwort auf seine unausgesprochene Frage. Sechs Wochen also. Das war nicht lang. Aber vielleicht sollte er sich auch über die kleinsten Segnungen freuen. Immerhin war sie daheim, seine Tochter, und gemeinsam würden sie jede Minute ihres Aufenthalts hier genießen. Er legte den Arm fester um seine Jüngste.

„Und wie geht's dir, Pa?" erkundigte sich Belinda.

„Bestens", gab Clark zurück. „Siehst du mir das denn nicht an?"

„Du schaust tatsächlich blendend aus", lachte Belinda. „Kein bißchen älter bist du geworden – bis auf die grauen Haare", spaßte sie. „Aber abgesehen davon ..."

„Die grauen Haare", sagte Clark, nahm den Hut ab und fuhr sich mit der Hand über den noch immer dichten Schopf, „die kommen davon, wenn man seine Kinder in weiter Ferne verstreut wohnen hat."

Belinda lachte.

„Was hat denn deine Ma nur gesagt, als sie dich gesehen hat?" wollte Clark wissen. „Die hat bestimmt Luftsprünge gemacht!"

Belinda lachte, doch dann wurde sie ernster.

„Ich hoffe nur, ich habe keine große Dummheit mit meiner Überraschung angerichtet", antwortete sie. „Aber sie schien den Schrecken recht gut überstanden zu haben."

„Na also!" sagte Clark, während er ihr die Tür öffnete.

Ein Gewirr von Ausrufen empfing Vater und Tochter. Alle Kinder redeten gleichzeitig drauflos. Larry hatte dafür gesorgt, daß sie im Haus blieben, um Belinda ein paar Augenblicke allein mit ihrem Vater zu gönnen, doch jetzt gab es kein Halten mehr für sie.

„Das war aber eine Überraschung, Großpapa, nicht? Hast du auch richtig schwer gestaunt? War das nicht eine tolle Überraschung? Wir haben's aber schon vor dir gewußt. Wir wußten Bescheid. Da hast du aber gestaunt, was?“

Clark versuchte eine Antwort, doch in dem Jubel der Kinder ging seine Stimme unter. Mit erhobener Hand sorgte er für Ruhe, wie er es seit eh und je getan hatte. Als es stiller geworden war, antwortete er den Kindern auf ihre Fragen.

„Das war tatsächlich die Überraschung des Jahrhunderts“, sagte er. „Hab' ja nicht die geringste Ahnung gehabt, daß Belinda nach Hause kommt. Nein, so etwas. Besser hätte es gar nicht kommen können!“

Das aufgeregte Stimmengewirr wollte wieder anschwellen, doch erneut hob Clark die Hand.

„So, und jetzt brauch' ich erst einmal eine Tasse Kaffee, um mich von dem Schrecken zu erholen – falls Großmama eine zur Stelle hat, heißt das.“

Marty lächelte und nickte, um zum Herd zu gehen.

„Vielleicht hat sie sogar ein paar Plätzchen und Milch für hungrige kleine Leute“, fuhr Clark fort. „Zum Abendessen ist's ja noch zu früh, soviel steht fest. Großmama hat bestimmt nichts dagegen, wenn ihr eure Plätzchen draußen auf der Veranda eßt.“

Kate half dabei, die Plätzchen und Milch für die Kinder bereitzustellen, und Marty schnitt ein Früchtebrot in Scheiben. Nun wünschte sie sich, etwas von Belindas Lieblingskuchen, einem Zitronenkuchen, zur Hand zu haben. „Hm, wenn ich's doch geahnt hätte ...“ dachte sie bei sich, doch nur, um den Gedanken schnell wieder zu verwerfen. „Wenn ich's gewußt hätte, dann hätte ich mich vor lauter Aufregung ganz verrückt gemacht“, gestand sie sich ein.

Belinda ging zum Schrank. Die Kaffeetassen standen noch an ihrem gewohnten Platz. Es tat so wohl, nach Hause zu kommen und so viele Dinge, vor allem aber die Menschen, unverändert vorzufinden. Belinda goß den dampfenden Kaffee in die Tassen und ging dann in die Speisekammer, um Sahne und Zucker zu holen. Auch diese waren an ihrem gewohnten Platz. Belinda lächelte. Nach all der Zeit in Boston konnte sie einfach heimkommen und alles so wiederfinden, als sei sie nie fortgewesen. Ein tröstender Gedanke!

Als die Kinder auf die Veranda gegangen waren, wurde es merklich ruhiger in der Küche. Es erschien Belinda eine lange, lange Zeit, seitdem sie zum letzten Mal an dem alten, vertrauten Küchentisch gesessen und mit ihren Lieben über alltägliche Dinge geplaudert hatte.

Über jedes Familienmitglied erfuhr sie jetzt das Neueste. Sie hörte, was sich in der Nachbarschaft und in der Kirchengemeinde ereignet hatte, und dann sprachen alle von der guten alten Zeit. Belinda wünschte sich, daß die Unterhaltung nie enden würde, doch Marty brach sie unvermittelt ab.

„Liebe Güte!“ rief sie aus und starrte auf die Uhr. „Seht nur, wie spät es schon ist! Wir werden heut' überhaupt nichts mehr zu essen kriegen, wenn ich mich nicht spute!“

Kate sprang auf und ging zur Tür.

„Luke kommt auch gleich nach Hause!“ schalt sie sich selbst.

„Eßt doch einfach mit uns!“ lud Marty sie ein. „Ich hab' einen Braten im Ofen – das einzige, an das ich rechtzeitig gedacht habe. Der wird für uns alle reichen.“

„Ich hab' zwei Kuchen zu Hause“, antwortete Kate. „Die bring' ich gern mit.“

Marty nickte.

„Ich hab' heute nur einen gebacken“, antwortete sie. „Aber mit deinen zwei dazu kommen wir gut aus.“

„Ich mach' uns auch einen Salat“, rief Kate von der Tür her.

Wieder nickte Marty.

„Du, Kate“, rief sie ihrer Schwiegertochter nach, „könntest du David wohl zu Arnie schicken? Sie wissen ja noch gar nichts! Und richte Anne aus, sie soll ihr Abendessen einfach zu uns mitbringen, wenn sie mag, oder nach dem Essen zu uns kommen.“

Belinda lächelte. Bald sollte sie ihre ganze Verwandtschaft wieder um sich haben, jedenfalls alle Familienmitglieder, die in der Nähe wohnten. Missie und Willie, Ellie und Lane und ihre Kinder waren viele Tagereisen westlich von hier. Auch Nandry und Cathy und ihre Familien wohnten zu weit entfernt, um zum Abendessen zu kommen. Diejenigen jedoch, mit denen Belinda aufgewachsen war, die Lieben hier, sollte sie nun bald allesamt wiedersehen. Ach, es tat so gut, wieder daheim zu sein!

Als das letzte Gespann an diesem Abend den Hof verlassen hatte, nahm Kate ein wenig widerwillig ihr Schultertuch vom Haken.

„Wir müssen wohl auch wieder nach Hause gehen", seufzte sie. „Die Jungs haben ja morgen früh Schule."

„Ach Mama, müssen wir wirklich in die Schule?" seufzte Jacob.

„Wenn ihr morgen wieder nach Hause kommt, bin ich doch hier", erinnerte ihn Belinda.

„David ist im letzten Schuljahr", sagte Kate zu Belinda. „Er ist unser kleiner Gelehrter. In der Schule blüht er erst richtig auf, viel mehr als seine Geschwister. Brauch' ihn morgens nie zur Eile anzutreiben", fügte sie stolz hinzu.

„Was hat er denn vor, wenn er fertig ist?" fragte Belinda.

„Er weiß es noch nicht genau, aber er würde gern eine richtige Ausbildung machen."

„Prima!" lobte Belinda.

Nachdem sie sich voneinander verabschiedet hatten, ging Belinda zu ihren Eltern an den Küchentisch zurück, wo sie noch eine letzte Tasse Kaffee miteinander tranken.

„Bist du denn nicht schrecklich müde?" fragte Marty und strich Belinda sanft über die Wange.

„Und ob! Ich glaub', es liegt an all der Aufregung. Und unterwegs in der Eisenbahn konnte ich kaum schlafen. Die ganze Nacht lang rumpelte und ruckelte es. Am meisten hat mich aber die Vorfreude am Schlafen gehindert, glaub' ich!“

Marty nahm Belindas Hand in ihre, während sich ihre Augen mit Tränen füllten.

„Wenn ich gewußt hätte, daß du kommst“, gestand sie, „dann hätte ich auch keine Minute geschlafen.“

Clark lachte leise.

„Und das ist keine Übertreibung!“ pflichtete er ihr bei.

Belinda überlegte, daß ihre Überraschung am Ende vielleicht doch keine so schlechte Idee gewesen war.

„Arnie scheint es bestens zu gehen“, meinte sie dann, „sogar noch besser als damals bei meiner Abreise von hier.“

Marty nickte.

„Hat endlich mit seinem Leben aufgeräumt und seine Verbitterung überwunden“, sagte sie. „Verbitterung macht einen alt wie kaum was anderes.“

„So ist es“, gab Clark ihr recht. „Hat ja fast 'nen Greis aus ihm gemacht.“

„Andrews Arm sieht gut aus“, fuhr Belinda fort, „längst nicht so verdreht wie damals. Es fällt kaum noch auf. Man sieht ihm nicht an, daß er je dem Bullen in die Quere gekommen ist.“

„Drei Operationen hat er hinter sich“, sagte Marty kopfschüttelnd. „Drei Operationen, um den Arm wieder zu richten. Aber sie waren der Mühe wert, jede einzelne von ihnen. Selbst Arnie sieht das inzwischen ein, so schwer es ihm auch gefallen ist, seine Einwilligung zu den Operationen zu geben.“

„Ich bin so froh, daß er's getan hat“, seufzte Belinda erleichtert.

„Möchtest du noch eine Tasse Kaffee?“ fragte Marty unvermittelt.

„Nein, danke. Ich habe schon mehr als genug Kaffee getrunken.“ Belinda lachte auf. „Tante Virginia und ich trinken meistens Tee. An soviel Kaffee bin ich nicht mehr gewöhnt.“

„Dann koch' ich dir schnell eine Kanne Tee", erbot Marty sich und sprang auf.

„Mama!" Belinda hielt sie am Arm zurück, „Tee brauche ich jetzt auch nicht mehr. Ich habe ja in einem fort gegessen und getrunken, seitdem ich den Fuß über eure Schwelle gesetzt habe. In sechs Wochen werde ich mich nicht mehr rühren können, wenn ..." Sie unterbrach sich.

Wieder fiel ein dunkler Schatten über Martys Augen.

„Sechs Wochen also?" fragte sie langsam.

Belinda nickte und drehte ihre Tasse in den Händen hin und her.

„So etwas Ähnliches hatte ich befürchtet", sagte Marty. Lustlos schob sie ihre Tasse von sich.

„Es ... es ist nur, weil ... weil ich sie nicht einfach verlassen kann", versuchte Belinda, ihr zu erklären. „Sie ... sie ist so einsam, weißt du. Sie hat wirklich niemanden, keine Angehörigen, die sich um sie kümmern. Ihre Enkelsöhne leben in Frankreich, und sie ist so allein. Ich kann es in ihrem Gesicht sehen. Ich ... ich ..." Belinda verstummte.

„Das verstehen wir", sagte Clark und nahm Belindas Hand in die seine.

„Gibt es ... gibt es in Boston jemanden, der dir besonders nahesteht?" fragte Marty.

Belinda lächelte und schüttelte den Kopf.

„Weißt du", sagte Marty nachdenklich, „es würde die ganze Sache irgendwie erleichtern, wenn's so wäre – ich meine, wenigstens für mich. Dann wüßte ich, daß du nicht so einsam wärst."

Diese Bemerkung überraschte Belinda, doch sie verstand die Sorge ihrer Mutter.

„Ich bin noch keine alte Jungfer, Mama", versicherte sie Marty mit einem Lächeln.

„Das nicht gerade, aber jünger wirst du mir auch nicht. Die anderen Mädchen waren alle schon ..." Marty ließ den Satz unvollendet. Belinda wußte nur zu gut, daß ihre Schwestern in ihrem Alter längst verheiratet waren.

„Ich weiß, es zwingt dich ja niemand zum Heiraten",

rechtfertigte sich Marty hastig. „Das ist etwas, das jeder für sich selbst entscheiden muß."

Belinda nickte.

„Nicht, daß ich dich unbedingt verheiratet wissen will. Ich möchte nur nicht, daß du ganz allein und einsam in Boston bist. Kannst du das verstehen?"

Wieder nickte Belinda. Marty strich ihr über die Hand, die Clark noch in der seinen hielt.

„Bist du denn einsam?"

Martys Frage überraschte Belinda. Ein paar Sekunden konnte sie nicht antworten. Ein Schluchzen wollte ihr die Kehle zuschnüren. Tapfer kämpfte sie gegen ihre Tränen an und nickte langsam.

„Manchmal schon", gestand sie mit gesenktem Kopf. „Manchmal fühle ich mich schrecklich einsam. Ich würde ja auf der Stelle für immer wieder nach Hause kommen, wenn ich nur könnte!"

Belinda hob den Blick und sah von ihrer Mutter zu ihrem Vater. Auch die Augen ihrer Eltern waren tränenfeucht.

Marty strich ihr erneut über die Hand.

„Du mußt selbst wissen, was am besten für dich ist. Und du weißt auch, daß du jederzeit daheim wieder willkommen bist, jederzeit, wenn dir danach zumute ist."

Belinda suchte ihr Taschentuch hervor.

„Ich weiß", nickte sie. „Und das gibt mir auch Kraft, wenn das Heimweh groß ist. Danke. Ich dank' euch beiden."

Einen Moment lang begegneten sich ihre Blicke, dann stand Marty auf.

„So, und jetzt gehst du erst einmal zu Bett, bevor du vor Müdigkeit vom Stuhl fällst!" befahl sie liebevoll. „Pa und ich haben dich viel zu lange aufgehalten. Schließlich brauchen wir heute abend nicht mehr alles zu erzählen. Dazu bleiben uns noch sechs Wochen Zeit."

„Hast du Gepäck, das nach oben gehört?" erkundigte sich Clark und stand ebenfalls auf.

„Larry hat mir meinen Koffer schon nach oben getragen", antwortete Belinda.

„Dann geh nur", sagte Marty. „Dein Zimmer ist fertig. Ich hab gerade letzte Woche noch dort geputzt und aufgeräumt. Ich stelle nur noch schnell die Tassen in die Spülschüssel, und dann kommen wir auch nach oben, Pa und ich."

Belinda gab ihren Eltern einen Kuß und ging dann die vertraute Treppe hinauf zum oberen Stockwerk. Ihre Zimmertür stand offen; ihr Koffer wartete am Fußende des Bettes auf sie.

Sie trat ein und blickte sich um. Es war ein schlichtes Zimmer. Auf dem Bett lag noch die alte Steppdecke, an die Belinda sich so gut erinnerte. Die Vorhänge aus dem gleichen Stoff wehten leicht im Wind. Bunte Flickenteppiche bedeckten den schlichten Bretterfußboden. Belinda dachte an die Zeit zurück, als sie dieses Zimmer für das schönste der ganzen Welt gehalten hatte.

Auch jetzt strahlte es noch eine ganz besondere Gemütlichkeit aus, fand Belinda. Sie lächelte und ging auf das Bett zu, um die Decke zurückzuschlagen und das Kissen aufzuschütteln. In ihrem eigenen Bett würde sie schlafen wie in Abrahams Schoß, dachte sie. Sie gähnte und holte sich das Notwendigste für die Nacht aus ihrem Koffer.

Doch nach drei Jahren Abwesenheit wollte sich das Bett nicht so recht an ihren Körper anpassen, und trotz ihrer bleiernen Müdigkeit gelang es ihr erst, die Ereignisse des Tages zu vergessen und in einen erschöpften Schlaf zu sinken, nachdem die große Standuhr unten zweimal geschlagen hatte.

Allerhand Unverhofftes

Das Krähen der Hähne im Hof, das Muhen der Kühe und das Klappern der Farmgeräte weckten Belinda aus ihrem Schlaf, doch das nahm sie gern in Kauf. Sie wollte ohnehin keine kostbare Zeit im Bett vergeuden. Mit einem Ruck warf sie die Decke zurück und stand auf, um zuerst ihre Morgentoilette zu erledigen, bevor sie entschied, was sie heute anziehen wollte.

Gerade war sie mit einem Fuß in ihren Hausschuh geschlüpft, als sie sich darauf besann, daß es in dem Farmhaus ja kein Badezimmer gab. Sie würde sich wohl oder übel zuerst ankleiden müssen. Waschen würde sie sich in der Küche. Wenn sie ein Bad nehmen wollte, dann mußte sie sich Wasser ins Haus holen und es auf dem Herd aufheizen.

Sie lief an ihren Schrank, um sich eins der Kleider zu nehmen, die sie bei ihrer Abreise nach Boston hier zurückgelassen hatte. Nach all den seidenen Stadtkleidern war ihr nach etwas Einfachem, Schlichtem zumute – vielleicht ein geblümtes Baumwollkleid oder eins mit Karos. Ein blaubedrucktes Kleid fiel ihr gleich ins Auge. Es war eins ihrer Lieblingskleider gewesen. Erfreut holte sie es aus dem Schrank, doch nur, um es entgeistert anzustarren.

War es tatsächlich immer so ... so schulmädchenhaft, so schmucklos gewesen? Es sah ja geradezu aus, als gehöre es einem kleinen Kind! Gewiß war sie bei ihrer Abreise von hier nicht mehr so schrecklich jung gewesen, daß sie ein solches Kleid getragen hätte! Schließlich waren seitdem nur drei Jahre vergangen, sagte sie sich. Hatte sie damals tatsächlich solche ... solche geschmacklosen Kleider getragen?

Ernüchtert hängte Belinda das Kleid in den Schrank zurück und holte ein zweites hervor. Dieses wirkte noch unglaublicher als das erste auf sie. Nun holte sie ein Kleid nach dem anderen von der Kleiderstange und betrachtete es kritisch. Kein einziges davon war auch nur halbwegs passabel, urteilte sie.

Was trugen Kate und Abbie eigentlich? War ihre Garderobe wirklich so altmodisch wie diese Kleider hier? Oder war ihr das einfach noch nicht aufgefallen? Belinda rätselte stirnrunzelnd.

Was hatte Kate eigentlich gestern abend bei dem Familienessen getragen? Ja, tatsächlich, sie hatte ein einfaches Arbeitskleid angehabt, ganz ähnlich in der Art wie Martys Kleider. Belinda hatte noch nie genauer darüber nachgedacht, doch bei rechtem Licht betrachtet waren diese Kleider schlicht, geradezu langweilig und völlig aus der Mode, wenn sich die Frauen auf dem Land auch durchweg so kleideten.

Abbie bevorzugte modischere Kleidung, Dinge mit Eleganz und gutem Sitz, überlegte Belinda. Doch selbst sie als eine der bestgekleideten Frauen am Ort war längst nicht das, was die Damenwelt in Boston als modisch bezeichnen würde.

Belinda war vor ihrer Abreise nach Boston niemals ausgesprochen modebewußt gewesen, und selbst während ihres Aufenthalts dort war ihr nicht bewußt geworden, daß sie einen Blick für modische Kleidung entwickelt hatte.

Der Gedanke beunruhigte sie nun. War sie etwa überheblich und hochnäsig geworden? Ungehalten über sich selbst nahm sie das blaue Kleid aus dem Schrank und warf es auf ihr Bett.

„Dieses Kleid ist vollkommen in Ordnung“, schalt sie sich aus. „Für das Leben auf der Farm ist es zweifellos angemessener als alles, was ich mitgebracht habe.“ Sie zog sich ihr spitzenbesetztes Nachthemd aus und schlüpfte schnell in das schlichte Kleid, bevor sie es sich anders überlegen konnte.

Das Kleid paßte ihr noch immer, jedenfalls einigermaßen. Belinda stellte bekümmert fest, daß es nicht mehr so gut wie früher saß. Sie hatte zwar während der letzten drei Jahre nicht an Gewicht zugenommen, doch das Kleid spannte hier und da ein wenig. Belinda zupfte und zog an dem Stoff, doch es war zwecklos. Schließlich band sie sich die Schleife lockerer, rückte sich den Kragen zurecht und ging die Treppe hinunter.

Marty stand in der Küche an dem großen schwarzen Herd. Die Küche erschien Belinda schon heiß, obwohl es noch früh am Morgen war. Wie sollte es erst bis zum Abend hier werden? Das Wetter im Frühherbst konnte tagsüber noch sehr warm sein.

„Du siehst aber hübsch aus!“ begrüßte Marty sie lächelnd. Belinda wußte, daß ihre Mutter das alte Blaugeblümte besonders gern an ihrer Tochter sah. Belinda traute sich keine Antwort zu. Sie befürchtete, daß ihre Stimme zuviel von ihrer Meinung über ihre Garderobe oben in ihrem Zimmer verraten könnte.

„Ich bin gleich wieder da!“ sagte sie zu ihrer Mutter und folgte dem Pfad um das Haus in den Hinterhof. Es war lange her, seitdem sie ein stilles Örtchen außerhalb des Wohnhauses benutzt hatte, und der Gang dorthin war ihr seltsam zuwider.

Als sie in die Küche zurückkehrte, trug ihre Mutter gerade eine Schüssel mit Rührei und frischem Schinken auf.

„Pa läßt dir sagen, du sollst ihn zum Frühstück holen, sobald du auf den Beinen bist“, sagte Marty. „Möchtest du ihn rufen? Er ist drüben an der Quelle.“

Belinda nickte. Die Aussicht auf einen Morgenspaziergang an die Quelle war verlockend. Die Quelle hatte schon immer zu ihren Lieblingsplätzen gehört. Auch ihre Mutter hielt sich dort besonders gern auf. Sie nickte und machte sich auf den Weg.

„Sag ihm, daß alles fertig ist!“ rief Marty ihr nach, und Belinda nahm das zum Zeichen, daß sie sich beeilen sollte.

Bis zur Quelle war es nicht weit, dennoch beschleunigte sie ihre Schritte. Die Herbstblumen und das bunte Laub luden zum Verweilen ein, doch später würde sie sich die Zeit dazu nehmen, die Natur hier in aller Ruhe zu genießen.

Wie Marty gesagt hatte, fand sie ihren Vater an der Quelle vor. Er harkte gerade Laub aus dem kristallklaren Wasser.

„Pa!“ rief Belinda atemlos. „Pa, Mama läßt dir ausrichten, daß das Frühstück fertig ist.“

Clark sah von seiner Arbeit auf.

„Du siehst aber bildhübsch aus!“ sagte er anerkennend. Belinda lächelte nur. Ihre Eltern schienen sich sehr zu freuen, ihre Jüngste wieder bei sich zu haben.

„Hast du gut geschlafen?“ fragte ihr Vater und legte die Harke beiseite.

Die Frage war Belinda unangenehm.

„Hm ...“ Sie zögerte. „Es hat lange gedauert, bis ich endlich einschlafen konnte“, gestand sie und fügte dann hastig hinzu: „Ich war wohl einfach zu aufgeregt.“

Clark nickte.

„Ja, du hast allerhand erlebt an dem einen Tag“, meinte er.

Gemeinsam gingen sie zum Haus zurück. Belinda mußte beinahe laufen, um mit den langen Schritten ihres Vaters mithalten zu können.

„Hör mal“, beklagte sie sich im Scherz, „wie schnell bist du eigentlich geflitzt, als du noch zwei gute Beine hattest?“

Clark lachte leise.

„Auch nicht viel schneller als jetzt, denk’ ich. Hab’ mir damals einfach vorgenommen, mich durch den Verlust eines Beins nicht zum Stubenhocker machen zu lassen.“

„Das hast du allerdings nicht“, sagte Belinda atemlos.

Clark ging ihr zuliebe ein wenig langsamer.

„Als ich die Quelle saubergemacht hab’“, sagte er langsam, „da mußte ich wieder an den jungen Andy denken.“

Belinda spürte, wie ihr eine seltsame Wärme in die Wangen stieg.

„Hast du je wieder von ihm gehört?“ erkundigte sich Clark.

Belinda schüttelte den Kopf.

„Neulich war er hier“, fuhr Clark fort. „Hat deiner Mama und mir einen Besuch abgestattet.“

Belinda sah ihren Vater überrascht an.

„Ist er wieder zu Hause?“ fragte sie leise.

„Nur kurze Zeit. Jetzt ist er wieder fort. Wollte seine Mama besuchen. Sein Vater lebt ja nicht mehr.“

„Ach!“ sagte Belinda. „Das habe ich nicht gewußt. Was ist denn passiert?“

„Weiß nicht genau. Es war wohl sein Herz, heißt es. Er ist ganz plötzlich gestorben.“

„Das tut mir leid.“ Belindas Stimme war kaum mehr als ein Flüstern.

„Ja, schade drum, wirklich schade. Und soweit wir wissen, hat er auch nie viel um das gegeben, was die Kirche lehrt. Die Frau, die kommt allerdings regelmäßig zum Gottesdienst. Jetzt schon seit zwei Jahren. Hat vor der ganzen Gemeinde ihren Glauben bezeugt. Wirklich erstaunlich, wo sie doch so ’ne stille, empfindsame Seele ist.“

„Und der jüngere Bruder?“ erkundigte Belinda sich. „Ich meine den, der damals noch zur Schule ging?“

„Sidney?“

„Ja. Ich hatte seinen Namen vergessen.“

„Der wohnt noch bei seiner Mutter. Arbeitet in der Stadt in der Futtermühle. Die Leute sagen, er habe sich hohe Ziele in den Kopf gesetzt, aber bis jetzt hat er noch keine Ausbildung angefangen.“

Sie hatten das Haus fast erreicht. Belinda hatte noch keine der Fragen gestellt, die ihr auf dem Herzen brannten. „Was ist denn aus Andy geworden?“ hätte sie gern gefragt. „Folgt er Jesus noch immer nach? Ist er Rechtsanwalt geworden, wie er es sich erträumt hatte? Wird er je wieder in seine Heimat zurückkehren? Und ist er … ist er verheiratet?" Doch Belinda behielt ihre Fragen für sich. Statt dessen sagte sie nur: „Andys Mutter hat sich bestimmt riesig gefreut, daß er auf Besuch gekommen ist."

„Nanu, das klingt ja geradezu ein bißchen wehmütig", dachte Clark, doch andererseits war die ganze Familie zur Zeit ein wenig wehmütig gestimmt, überlegte er.

„Ja", antwortete er, „ja, das hat sie. Hat gesagt, daß sie ihn am liebsten gar nicht wieder hergegeben hätte."

Clark hielt Belinda die Tür auf, und gemeinsam betraten sie die geräumige Küche. Auf dem Tisch stand ein dampfender Teller mit frischen Pfannkuchen. Rührei, Schinken und der Kaffee, der schon in den Tassen neben den Tellern wartete, verbreiteten einen köstlichen Frühstücksduft.

Schnell wuschen Vater und Tochter sich die Hände in der blauen Schüssel auf dem Waschtisch. Belinda war an ihr eigenes Handtuch gewöhnt; es erschien ihr sonderbar, nun ein Handtuch mit jemandem teilen zu müssen.

Ihr Blick wanderte auf dem Tisch zwischen dem Sirup, den Marmeladen und Gelees hin und her, die um die Pfannkuchen und die Schüssel mit dem Rührei verteilt standen. Wie in aller Welt sollte sie nur ein solches Frühstück verspeisen? Ihre Mutter erwartete doch wohl nicht im Ernst von ihr, eine Portion wie ein Farmknecht zu essen? Belinda war an englisches Gebäck zum Frühstück gewöhnt; allenfalls aß sie zuweilen noch etwas Obst dazu, doch ein Landfrühstück wie dieses hier würde sie unmöglich bewältigen können. Sie setzte sich an ihren Platz.

„Möchtest du mit Hafergrütze anfangen?" fragte Marty. „Das war doch immer dein Lieblingsfrühstück."

Mit Hafergrütze anfangen? Liebe Güte, wie sollte sie das nur alles vertilgen können? Doch Marty hatte Belindas Entsetzen nicht bemerkt.

„Nur eine ganz kleine Portion bitte!" lächelte Belinda. „Ich … ich habe noch keinen Handschlag getan, um mir einen rechten Appetit zu erarbeiten."

Clark schmunzelte.

„Na, das läßt sich schnell genug ändern. Hab' nämlich 'ne Ladung Heu, die auf den Heuboden muß!"

Belinda lächelte nur und neigte den Kopf zum Tischgebet.

Nach dem Frühstück hielten sie ihre Familienandacht, wie sie es schon seit eh und je getan hatten, solange Belinda zurückdenken konnte. Es tat gut, ihren Vater aus der Heiligen Schrift vorlesen zu hören. Seine Stimme trug den Unterton von Ehrfurcht und Dankbarkeit, als er nun die biblischen Berichte las, die so viele Menschen gleichgültig lassen. Belinda hörte ihrem Vater gern zu. Seine Stimme ließ die Worte der Bibel lebendig werden.

Marty sprach das Morgengebet, und Belindas Gedanken reisten mit ihr quer durch das Land, während sie für ein jedes ihrer Kinder und Enkelkinder betete und Gottes Führung und Bewahrung für alle an diesem neuen Tag erflehte. Es war ein langes Gebet. Clark und Marty nahmen sich stets reichlich Zeit für ihre Morgenandacht.

Danach stand Clark auf und nahm seinen Hut. Auch Marty erhob sich, um den Tisch abzuräumen.

„Und du, meine Liebe", sagte sie zu Belinda, „du sollst den Tag dazu benutzen, um dich wieder mit deiner Heimat vertraut zu machen."

„Aber damit hat's doch keine Eile!" widersprach Belinda. „Ich habe doch sechs Wochen Zeit dazu. Da kann ich schnell beim Spülen helfen und ..."

„Kommt gar nicht in Frage!" bestimmte Marty. „Ich habe ohnehin heut' morgen nicht viel zu tun. Lauf nur los!"

„Also schön", willigte Belinda ein, „dann gehe ich halt zur Quelle und hole das letzte Laub aus dem Wasser. Pa war noch nicht ganz damit fertig, als ich ihn zum Frühstück gerufen habe."

Marty lächelte.

„Ich glaub', das Harken an der Quelle macht dein Pa ganz besonders gern", sagte sie leise. „Im Herbst geht er alle paar Tage dorthin. Nur gut, daß der Wind ihm immer wieder neue Blätter beschert. Clark gefällt das Rauschen und Murmeln des Wassers. Er freut sich aber bestimmt trotzdem, wenn du ihm bei der Arbeit hilfst."

Belinda lächelte.

„Die Quelle mag ich auch besonders gern", fuhr Marty fort. „Da kommen mir immer die klarsten Gedanken in den Sinn – und beten läßt's sich dort auch am besten."

Belinda verstand ihre Mutter gut. Auch auf sie übte das klare fließende Wasser eine wohltuende Wirkung aus. Sie mußte sich eingestehen, daß es sie nicht so sehr zum Laubharken dorthin zog, sondern eher zum Träumen und zum Nachdenken über die Vergangenheit.

Gedankenverloren ging sie wieder den Pfad entlang, und als sie den kleinen Bach erreicht hatte, nahm sie die Harke zur Hand, die Clark an einen Baum gelehnt hatte. Verträumt hielt sie sie nun in das klare, saubere Wasser und fragte sich dabei wie schon unzählige Male zuvor, wie der Bach nur so funkelnd klar bleiben konnte. Sie holte ein paar bunte Blätter an das Ufer.

Andy war also daheim gewesen, dachte sie. Es war ja schon so lange her, seitdem sie ihn zum letzten Mal gesehen hatte, so lange, seitdem sie überhaupt etwas von ihm gehört hatte. Andy war von daheim fortgezogen, als sie selbst erst sechzehn gewesen war. Sie hatte ja fast vergessen, daß es Andrew Simpson überhaupt gab! Belinda hielt mit dem Harken inne und starrte in die Ferne.

„Und doch ... und doch hat er mich damals geküßt, nur ein einziges Mal, vor langer, langer Zeit. Wir waren ja beinahe noch Kinder. Ich war erst sechzehn. Es war mein erster Kuß. So ein zärtlicher, unschuldiger Kuß ... wie ein Kuß unter guten Freunden. Und dennoch habe ich oft Tag und Nacht an nichts anderes als diesen Kuß denken können.

Seltsam ... seltsam, wie dieser Kuß uns dann aber irgendwie voneinander entfremdet hat. Als wären wir beide verlegen und wüßten nicht, wie wir nun mit unseren

Gefühlen umgehen sollten. Haben uns nur noch wie von fern gegrüßt und einander nicht mehr in die Augen gesehen."

Selbst jetzt noch errötete Belinda, doch dann mußte sie lächeln. „Wir waren ja noch so jung", dachte sie. „Wir mochten einander, haben uns aber nicht getraut, das zu zeigen."

Sie beugte sich über das Bächlein, um ihre Finger in das eiskalte Wasser zu halten. Es tat gut, die Wahrheit einzugestehen, selbst wenn sie es nur sich selbst gegenüber tat. Sie hatte noch nie, niemals mit jemandem über ihre Gefühle für Andy gesprochen.

„Ich muß ihm wohl recht gleichgültig gewesen sein", dachte sie dann und richtete sich wieder auf, „sonst hätte er doch bestimmt von sich hören lassen."

Seufzend holte Belinda eine zweite Harke voll Laub ans Ufer.

„Was, wenn wir beide gleichzeitig in der Heimat zu Besuch gewesen wären? Was, wenn wir einander plötzlich auf der Straße in der Stadt begegnet wären? Ob mir das Herz wie verrückt gepocht hätte?" Belinda wußte keine Antwort.

Doch dann sagte sie sich, daß Andy womöglich längst verheiratet war. Danach hatte sie sich bei ihrem Vater nicht erkundigt. Wo er auch inzwischen wohnen mochte, er hatte bestimmt nun einen gesicherten Beruf. Er war nur gekommen, um seine Mutter zu besuchen, hatte ihr Vater gesagt. Das klang nicht danach, als wolle er für immer in seine alte Heimat ziehen.

Belinda wurde unruhig. Vielleicht sollte sie das Grübeln lieber aufgeben, dachte sie. Sie zog die letzten Blätter von der Oberfläche des Wassers ans Ufer und lehnte die Harke dann wieder an den Baum, um ihren Rundgang durch die Farm fortzusetzen.

Erinnerungen

Belinda brauchte nicht lange dazu, ihre Lieblingsplätzchen von einst aufzusuchen. Zuerst ging sie in die Scheune. Sie hob ihre langen Röcke und stieg behende auf den Heuboden, um sich nach jungen Kätzchen umzusehen. Sie wäre schrecklich enttäuscht, wenn sie keine finden würde. Tatsächlich – in einer Ecke des Heubodens entdeckte sie ihr Versteck.

Die jungen Kätzchen waren allem Anschein nach nur zu dritt, doch sie waren so wild und unnahbar wie junge Füchse. Keins von ihnen wollte sich von Belinda streicheln lassen, sosehr sie sie auch lockte.

„Du, wenn ich nur hier gewesen wäre", teilte sie der Katzenmutter mit, „dann hätten mir die Kleinen längst die Finger geleckt und auf meinem Schoß gespielt, bevor sie die Augen geöffnet hatten, daß du's nur weißt!"

Doch diese Erklärung schien die Katzenmutter keineswegs zu beeindrucken. Auch war sie zu ängstlich, um sich Belinda zu nähern. Die Katze war es sicher nicht gewöhnt, von Menschen angefaßt zu werden, vermutete Belinda. So gab sie ihre Bemühungen schließlich auf und kletterte wieder die Leiter hinab.

Als nächstes machte sie sich auf die Suche nach den versteckten Eiernestern der Hühner. Amy Jo und sie hatten dieses Spiel einst hingebungsvoll gespielt. Gewonnen hatte, wer dem Hühnervolk am schnellsten auf die Schliche gekommen war.

Belinda fand zwei Nester mit insgesamt elf Eiern. Behutsam schüttelte sie ein jedes davon. Keins der Eier schien zum Ausbrüten bestimmt zu sein. Belinda sammelte sie in ihrem Rock und brachte sie ihrer Mutter ins Haus.

Schließlich holte Belinda sich eins ihrer Lieblingsbücher und setzte sich damit auf die Gartenschaukel. Bei dem sanften Hin und Her der Schaukel wurden jedoch bald Erinnerungen an die beiden Spielkameradinnen ihrer Kinderzeit wach, so daß sie sich nicht auf ihr Buch konzentrieren konnte.

„Warum muß sich im Leben alles ändern?“ fragte sie sich. „Warum konnten wir nicht einfach so sorglos, so unschuldig und glücklich wie damals bleiben, wir drei?“ Doch zugleich war ihr auch die Antwort klar. Damals hatten die drei Mädchen es eilig mit dem Erwachsenwerden gehabt. Jedes von ihnen hatte sich auf seine Weise danach gesehnt, endlich die Kinderschuhe abzulegen und erwachsen zu werden. Und nun wohnten Amy und Melissa, ihre beiden Nichten, Hunderte von Meilen entfernt und hatten jeweils ihre eigene Familie. Belinda selbst war nur für kurze Zeit hier auf Besuch. Auch ihr Aufgabengebiet lag viele, viele Meilen von hier entfernt.

Die wehmütigen Gedanken vertrieben Belinda von der Schaukel. Sie legte ihr Buch beiseite und schlenderte langsam durch den Garten.

Martys Apfelbäume versprachen eine reiche Ernte. Vielleicht waren sogar schon Äpfel davon in dem Kuchen gewesen, den es gestern abend zum Nachtisch gegeben hatte.

Sie ging weiter zu den Blumen. Die Dahlien leuchteten hell im Sonnenschein, und die Astern trugen volle, stolze Köpfe in den buntesten Farben. „Phantastisch“, dachte Belinda. „Phantastisch – das war immer Amys Lieblingsausdruck gewesen für alles, was ihr gefiel. Sie hatte das Wort in einem von Melissas Büchern entdeckt und war auf der Stelle davon hingerissen gewesen.“ Belinda schmunzelte. Wie lange das alles schon zurücklag!

„Ja, das hätte ich in diesen sechs Wochen tun sollen!“ kam es ihr plötzlich in den Sinn. „Amy und Melissa hätte ich besuchen sollen!“

Doch während sie es noch dachte, wußte sie genau, daß

sie ihre Eltern damit grenzenlos enttäuscht hätte. Im Grunde genommen war es ihr selbst auch wichtiger, nach Hause zu ihren Eltern zu kommen.

Sie ging weiter und bewunderte dabei Martys Blumengarten. „Wunderhübsch sind sie allesamt“, dachte sie dabei, „wenn die Beete sich auch längst nicht mit Thomas’ eleganten Anlagen vergleichen lassen können.“

„Was ist nur mit mir los?“ dachte Belinda dann mit einem ärgerlichen Stirnrunzeln. „In Boston sehne ich mich nach Hause, und zu Hause wünsche ich mir im stillen, wieder in Boston zu sein. Bin ich denn nirgends mehr richtig daheim?“

Der Gedanke war erschreckend, und Belinda wußte sich keine Antwort darauf.

Sie beschloß, zur Küche zurückzugehen. Vielleicht hatte ihre Mutter eine Arbeit für sie.

„Ich bin fertig mit dem Umherstreifen“, sagte Belinda zu Marty. „Jetzt würde ich mich gern nützlich machen.“

Marty warf ihrer Jüngsten ein strahlendes Lächeln zu.

„Nun, hat sich die Farm verändert?“ fragte sie.

Belinda zögerte. Wie sollte sie nur sagen, was sie empfunden hatte? In Martys Augen war gewiß alles völlig unverändert.

„Die Farm?“ wiederholte Belinda nachdenklich, während sie sich in der großen Schüssel die Hände wusch. „Nein, die Farm eigentlich nicht – nur wir selbst. Die Menschen. Wir ändern uns. Wir haben uns alle verändert, nicht wahr, Mama?“

Vielleicht verstand Marty genau, wie sie es meinte. In ihren Augen glitzerte es ein wenig, doch sie weinte nicht. Sie nickte ihrer Tochter nur mit ernstem Blick zu. Belinda merkte ihr an, daß auch sie an die Vergangenheit dachte.

„Ja“, nickte sie dann flüsternd, „ja, wir verändern uns. Alles im Leben hat seine Zeit. Es kommt mir so vor, als wäre es erst gestern gewesen, als ich das kleine Blockhaus dort drüben zum ersten Mal betreten hab’ – das Haus, in dem wir zu Anfang gewohnt haben und wo Luke und Kate später eingezogen sind. Jetzt wohnt niemand mehr darin. Zuerst hat Clark uns dieses schöne Haus hier gebaut, und dann hat Luke seiner Kate das Haus da drüben gebaut. Jetzt steht das kleine Blockhaus leer. Kalt und einsam ist's dort, und ... und manchmal ..." Marty zögerte, bis ihre Stimme fester wurde. „Manchmal", fuhr sie fort, „weiß ich genau, wie dem kleinen Häuschen zumute sein muß."

Belinda hätte am liebsten einfach geweint. Sie hatte sich nie klargemacht, was die Vergangenheit ihrer Mutter bedeutete. Sie hatte sich keine Vorstellung davon gemacht, wie schmerzlich es für Marty gewesen sein mußte, eine große Kinderschar heranwachsen zu sehen, von der dann eins nach dem anderen flügge wurde und das Elternhaus verließ. Nun verstand sie alles ein wenig besser.

„Aber so ist das Leben halt", seufzte Marty und straffte die Schultern. „Man soll der Vergangenheit nicht nachjammern. Davon wird auch nichts besser. Man soll lieber für das dankbar sein, was die Gegenwart bietet und was die Zukunft verspricht."

Marty tupfte sich die Augen mit einem Schürzenzipfel trocken. Dann sah sie Belinda lächelnd an.

„Weißt du", sagte sie, „ich bin rundherum zufrieden mit dem, was meine Kinder im Leben erreicht haben. Selbständig sind sie geworden, ein jedes von ihnen. Verantwortungsbewußt. Erwachsen. Wenn ich mich unter den Nachbarn umschaue, denke ich oft, wie glücklich ich mich doch schätzen kann. Allesamt sind sie gute Menschen, meine Kinder, nicht auf den Kopf gefallen und kerngesund. Das ist viel Grund, unserem himmlischen Vater dankbar zu sein!"

Belinda wußte, daß Martys Worte von Herzen kamen. Sie nickte verständnisvoll.

„Komm, wir trinken eine Tasse Tee zusammen!" schlug Marty dann vor. „Ich koche den Tee, und du läufst schnell rüber und holst Kate. Sie fühlt sich auch oft einsam. Vermißt ihre Amy noch so arg wie am ersten Tag." Marty zuckte resignierend mit den Achseln. „Aber das wird sich nie ändern“, sagte sie. „Diese Art von Einsamkeit wird man einfach nicht los.“

Belinda beeilte sich nicht. Das Leben erschien ihr plötzlich in einem völlig anderen Licht als je zuvor.

Sie hatte nicht gewußt, daß Einsamkeit zu den Erfahrungen gehört, mit denen die ganze Menschheit vertraut ist. Sie hatte diese Not eher für etwas Vorübergehendes, Vermeidbares gehalten. In ihrer Unwissenheit hatte sie geglaubt, man könne der Einsamkeit einfach aus dem Weg gehen oder sich von ihr befreien, wie man sich von einer schlecht passenden Jacke befreit. Und nun hatte ihre Mutter ihr in aller Ruhe, wenn auch nicht ohne Bedauern, eröffnet, daß Einsamkeit ein unvermeidlicher Teil des Lebens ist.

Jemand, der liebt, ist verwundbar. Es gibt keinerlei Sicherheit dafür, daß die Dinge immer so bleiben, wie sie sind. Ältere Menschen sterben. Kinder wachsen heran. Junge Leute stehen auf eigenen Füßen. Nichts bleibt so, wie es ist.

Diese Gedanken beunruhigten Belinda. Gab es denn keine Möglichkeit, das Gute, Schöne, Angenehme festzuhalten? Bot die Zukunft einem denn keinerlei feste Gewißheiten?

Doch die Antwort auf diese Fragen wußte Belinda im Grunde ihres Herzens selbst. Würden Missie und Ellie je fern in den Westen gezogen sein, wenn ihre Mutter sie hier bei sich hätte behalten können, ohne ihren jungen Seelen Schaden zuzufügen? Wäre Amy so weit von daheim fortgezogen, wenn Kate sie im Haus hätte halten können, ohne ihr die Freiheit zum Reiferwerden vorzuenthalten? Nein, man konnte nicht alles im Leben selbst bestimmen, besonders nicht solche Dinge, die die engsten Angehörigen und Freunde betrafen. Zu lieben bedeutete, Freiheit zu gewähren. Und Freiheit zu gewähren war oft schmerzlich.

Wozu hatte man dann eine Familie? Warum sollte man den Schmerz auf sich nehmen, den innige Liebe mit sich brachte? Belinda grübelte. Vielleicht hatte sie ja, ohne es zu ahnen, einen leichteren Weg gewählt. Wenn sie niemals liebte, wenn sie niemals heiratete und Kinder bekam, dann würde ihr der Kummer erspart bleiben, mit dem ihre Mutter und auch Kate so vertraut waren. War das die Antwort? Vielleicht! Ja, vielleicht lag hier die Lösung!

Ein paar Augenblicke fühlte sich Belinda erleichtert. Sie hatte eins der großen Rätsel ihres Lebens gelöst.

Doch dann kam ihr ein ernüchternder Gedanke in den Sinn. „Aber ich liebe ja schon – es ist zu spät! Ich bin wohl schon als liebesfähiges Wesen zur Welt gekommen, oder zumindest hat man mir schon in frühster Kindheit beigebracht, was wahre Liebe ist. Ich liebe doch die Menschen um mich her – Pa und Mama, die ganze Familie. Tante Virginia. Sogar Windsor und Frau Potter und jeden anderen der Dienstboten, jeden auf seine Weise. Ich bin längst dem Kummer ausgeliefert, schon seit meiner Kindheit. Niemand kann sich wie mit einer alten Ritterrüstung dagegen schützen. Jedenfalls nicht, solange man Liebe und Zuneigung zu seinen Mitmenschen hegt, wer es auch sein mag."

Belinda war klug genug, um zu wissen, daß das Leben nicht leichter, sondern geradezu unerträglich wäre, wenn man niemanden auf der Welt hätte, den man liebte.

„Mama hat wohl recht", gestand sie sich schließlich ein. „Man hat keine andere Wahl, als sich von der Vergangenheit zu lösen, sich an der Gegenwart zu freuen und der Zukunft erwartungsvoll entgegenzusehen."

Sie hob ihr Gesicht zum Himmel.

„Aber das, lieber himmlischer Vater", flüsterte sie, „das ist manchmal schwer. Unendlich schwer."

Ein paar Tage später beschloß Belinda, das kleine Blockhaus aufzusuchen. Sie sprach mit ihrer Mutter darüber. Immerhin hatte das Häuschen zuletzt Luke und Kate gehört; die beiden hatten womöglich Einwände dagegen, daß sich jemand dort umsah. Belinda wollte kein ungebetener Eindringling sein.

„Geh nur unbesorgt!“ meinte Marty.

„Wird Kate auch wirklich nichts dagegen haben?“

„Aber nein! In ihrem neuen Haus ist sie so glücklich wie ich in meinem.“

„Aber ich möchte auf keinen Fall …“

„Sie hat alle persönlichen Dinge mitgenommen“, versicherte Marty ihr. „Das Haus steht leer. Eigentlich gehört es abgerissen, wenn du mich fragst – aber nach all den Jahren steht es noch immer an seinem alten Fleck.“

„Aber warum … warum …“ stotterte Belinda. Ohne das alte Häuschen konnte sie sich die Farm ihrer Eltern nicht vorstellen.

Doch Marty hatte sie mißverstanden. Anstatt auf die Gründe gegen den Abriß des Hauses einzugehen, versuchte sie, Belinda zu erklären, warum es noch immer stand.

„Weiß nicht recht“, sagte sie achselzuckend. „Vielleicht sind Papa und ich einfach zu sentimental; weiß selbst nicht. Immerzu heißt es: ‚Eines Tages könnte Dan es vielleicht gut gebrauchen‘, und so weiter. Wir haben sogar davon gesprochen, etwas ganz anderes daraus zu machen – einen Kornspeicher vielleicht oder einen Hühnerstall, aber im Grunde wissen wir beide ganz genau, daß es nie dazu kommen wird.“ Marty lachte leise über das kleine Spiel, das sie mit ihrem Mann spielte.

„Ich werd' einen Schlüssel brauchen. Ist es abgeschlossen?“ fragte Belinda.

„Aber nein! Ich glaube, es ist noch nie abgeschlossen gewesen. Weiß nicht einmal, ob man's überhaupt abschließen kann – es sei denn, man bringt eine Art von Vorhängeschloß an.“

Zögernd folgte Belinda dem Pfad zu dem Haus, in dem einst Amy gewohnt hatte. Noch immer war sie nicht recht davon überzeugt, das Richtige zu tun. Irgendwie hatte sie jedoch das Gefühl, als müsse sie in das Haus gehen, wenn sie je Frieden mit der Vergangenheit schließen wollte.

Die Tür öffnete sich widerstrebend und quietschte in

den Angeln. Belinda stieß mit aller Kraft dagegen, bis sie sich durch einen kleinen Spalt zwängen konnte.

Am hinteren Eingang waren noch die gleichen braunen Wände und das gleiche Viereck im Fußboden, unter dem sich der Flaschenzug zum Keller befand. Amy und Belinda waren manches Mal ausgescholten worden, weil sie mit den Seilen gespielt hatten.

Belinda stand da und sah um sich. Der Raum erschien ihr sehr klein und leer. An den Kleiderhaken hingen keine Jacken. In der Ecke standen keine Stiefel. Nirgends stand ein Eimer mit Küchenabfällen für die Schweine. Alles wirkte leblos, tot.

Belinda erschauderte und ging weiter.

Nun konnte sie ihren Augen kaum trauen. Die Küche sah so aus, als gehörte sie in ein Puppenhaus. Belinda hatte sie immer für – nun, wenigstens für ausreichend gehalten, vielleicht sogar für geräumig, aber jetzt wirkte sie geradezu winzig und einfach, viel zu einfach, um einer Frau tagein, tagaus zu genügen. Die Farben waren noch die gleichen wie damals. An der Wand hing ein alter Kalender mit dem Bild eines kleinen Jungen, der ein junges Hündchen auf dem Arm hielt. Belinda vermutete, daß Kate es einfach nicht übers Herz gebracht hatte, das Bild wegzuwerfen, als das Jahr um war. Das letzte Kalenderblatt war abgerissen worden.

Belinda ging weiter in die Wohnstube. Erinnerungen überfluteten sie, als sie sich in der kleinen Stube umschaute. Hier hatten Amy und sie früher oft bäuchlings auf dem Fußboden gelegen, um Bilder zu zeichnen. Vor dem offenen Kamin hatten sie es sich mit einer Schüssel Puffmais gemütlich gemacht und miteinander über die Jungen in der Schule geplaudert und gekichert. Sie hatten in dem großen Schaukelstuhl gesessen, der dort in der Ecke gestanden hatte. Sie hatten ihre Puppen warm angezogen und sie auf den Kaminsims gesetzt.

In Lukes und Kates einstiges Schlafzimmer ging sie nicht; sie sah sich auch nicht in dem Schlafzimmer der

Jungen um. Statt dessen ging sie geradewegs in das Zimmer, das einmal Amy gehört hatte. Es war ursprünglich blaßgrün und gelb tapeziert gewesen, bis es Amy in den Sinn gekommen war, das zu ändern. Amy Jo hatte sich ein Zimmer in einem „lebhaften Farbenspiel" gewünscht. Luke und Kate hatten ihre Erlaubnis dazu gegeben, und so war in der Tat ein „lebhaftes Farbenspiel" in diesem Zimmer zustande gekommen.

Belinda wäre unsagbar enttäuscht gewesen, wenn sie das Zimmer verändert vorgefunden hätte, doch bis auf die Tatsache, daß keine Möbel mehr darin standen, war es unangetastet geblieben. Eine Zeitlang stand Belinda regungslos da, während die Erinnerungen sie geradezu überwältigten. Dann schloß sie die Augen und stellte sich das Zimmer so vor, wie sie es zuletzt gesehen hatte. Das Bett war dort drüben gewesen. An der Wand die Kommode mit Amys Strümpfen und Unterwäsche. Ihr Nachthemd hatte immer an dem Haken dort in der Ecke gehangen. Hier hatte der kleine Schreibtisch gestanden, an dem Amy manche Stunde mit Zeichnen und Malen verbracht hatte. Die Puppen, die Bücher, die Wasserfarben und Buntstifte. Belinda sah alles so deutlich vor sich, als wäre es Wirklichkeit.

Schließlich öffnete sie langsam die Augen wieder. Der leere, verlassene Raum starrte sie an. Am Boden waren noch die Kratzspuren, die die Bettpfosten hinterlassen hatten. Die rauchblaue Tapete mit den kleinen violetten Blümchen war hier und da von Rissen und Schmutz verunziert. Wo der Schreibtisch gestanden hatte, war sie durchgescheuert. Amy hatte dort unendlich viele Stunden zugebracht. Vielleicht hatte Kate die Tapete an dieser Stelle sogar hin und wieder abzuwaschen versucht.

Nochmals sah Belinda sich in dem Zimmer um. Sie konnte die Kinderstimme ihrer damaligen Spielkameradin förmlich hören. „Ach, Lindy!" hatte sie oft ausgerufen, und Belinda lächelte. So verschieden waren die beiden Mädchen gewesen und dennoch so unzertrennlich!

Mit einem Schaudern wandte Belinda sich ab. Erinnerungen waren nicht immer erfreulich; zuweilen konnten sie auch regelrecht schmerzlich sein.

Sie verließ das Haus, ohne sich auch nur ein einziges Mal umzuschauen, und trat in den hellen Nachmittagssonnenschein hinaus. Wieder lief ihr ein Schaudern über den Rücken. Es war ihr zumute, als hätte sie sich soeben erkältet. Sie zerrte die schwere Holztür hinter sich zu.

Auf dem Rückweg zu dem weißen Farmhaus pochte es unablässig in Belindas Gedanken: „Nichts ist mehr so, wie es früher war. Die Farm, die Familie – nichts, rein gar nichts ist mehr so wie früher! Auch ich habe mich verändert. Ich liebe meine Familie, aber ich passe einfach nicht mehr hierher."

„Du Fremdling, du Fremdling!" schienen ihre Schuhe mit jedem Schritt zu schreien, den sie auf das große Haus zumachte. Es fiel ihr schwer, nicht einfach loszulaufen, so schnell sie konnte.

Rückkehr nach Boston

Die Tage vergingen viel zu schnell für Marty, doch Belinda empfand sie zuweilen als schleppend. Mit jedem Morgen, an dem sie aufstand, wurde sie aufs neue daran erinnert, daß sie nun nicht mehr das junge Mädchen war, das einst dieses Zimmer bewohnt hatte. Sie gehörte nicht mehr auf die Farm, sie paßte nicht mehr hierher. Boston hatte das bewirkt. Zumindest mußte es so gewesen sein, dachte Belinda.

Es gab nur noch einen Ort, an dem sie sich so wohl wie einst fühlte: in der kleinen Landkirche, wo die Leute zwar schlicht gekleidet waren, doch wo eine warme Herzlichkeit herrschte und der Pfarrer Gottes Wort in aller Klarheit verkündigte. Schon seit langem hatte sie sich nach solchen Predigten und einer solchen Gemeinschaft mit Gläubigen gesehnt. Zuweilen hatte sie in der großen Steinkirche in Boston tief in ihrem Herzen etwas Grundlegendes vermißt.

Ja, in der kleinen Landkirche fühlte sich Belinda rundherum zu Hause. Niemand konnte sich jedoch die ganze Woche über in die Kirche flüchten.

Für Belinda waren die Familienandachten gewissermaßen eine Verlängerung der Gottesdienste am Sonntag. Sie fühlte sich innerlich gestärkt und erneuert, wenn sie mit ihren Eltern gemeinsam in der Bibel gelesen hatte, sich über die Bedeutung des Gelesenen mit ihnen ausgetauscht und in aller Ruhe gebetet hatte.

„Das habe ich wohl am meisten vermißt“, erkannte Belinda. „Die geistliche Nahrung. Das Miteinander unter Gläubigen. Es ist schwer, geistliches Wachstum zu erfahren, wenn man keine Nahrung bekommt.“

Belinda beschloß, keinen Tag verstreichen zu lassen, ohne ihren inneren Menschen geistlich zu erfrischen. Oft verging der ganze Vormittag mit Bibellesen und Gebet zusammen mit ihren Eltern.

„Ich wußte, daß mir die Gemeinschaft mit anderen Gläubigen fehlt", erklärte Belinda eines Morgens, als sie nach der Familienandacht noch mit ihren Eltern zusammensaß, „das Austauschen von Erkenntnissen und Erfahrungen habe ich einfach vermißt, ohne zu ahnen, wie sehr es mir eigentlich gefehlt hat."

„Hast du denn niemanden, mit dem du dich austauschen könntest?" fragte Marty.

„Hm ... eigentlich nicht, jedenfalls nicht über Glaubensfragen."

„Und was ist mit deiner Kirche?" fragte Clark. „Verkündigt der Pastor dort nicht das Evangelium?"

„Nun ... ja und nein", sagte Belinda unsicher.

Clark und Marty sahen ihre Tochter fragend an.

„Er ... er predigt, daß Christus der Sohn Gottes ist", erklärte Belinda. „Und auch, daß Christus gekommen ist, um die Menschen zu erlösen. Er spricht sogar von der Sünde und darüber, daß wir uns davon abkehren müssen, daß wir unsere bösen Taten bereuen müssen. Er spricht von Buße, Vergebung und Errettung."

Clark nickte. Er war zufrieden mit dem, was Belinda da berichtete.

„Aber er erklärt den Gottesdienstbesuchern nie, wie sie diese Vergebung finden oder die Erlösung für sich beanspruchen können", fuhr Belinda fort. „Manchmal wünsche ich mir verzweifelt, er würde einen Schritt weitergehen und den Leuten klarmachen, daß sie Gott um Vergebung bitten sollen, daß sie Jesus in ihr Herz aufnehmen und ihm ihr Leben übergeben sollen. Es reicht einfach nicht aus, wenn man sich bemüht, ein guter Mensch zu sein."

Clark nickte ernst.

„Und hält er die Leute dazu an, selbst in der Bibel zu lesen?“ fragte er.

„Nein ... nein, das habe ich ihn noch nie sagen gehört.“

Clark schüttelte sorgenvoll den Kopf.

„Das ist schade“, sagte er. „Wenn die Leute nur in der Bibel lesen würden, dann würden sie früher oder später von selbst begreifen, was es mit der Erlösung auf sich hat.“

„Deshalb sorge ich mich ja auch so um Tante Virginia“, sagte Belinda. „Ich befürchte, sie hat einfach noch nicht verstanden, daß sie eine Entscheidung treffen muß, eine bleibende, immerwährende Entscheidung.“

„Wir werden auch für sie beten“, sagte Marty. „Wir haben schon oft für sie gebetet, aber jetzt, da wir wissen, wie's um sie steht, wollen wir um so mehr in der Fürbitte an sie denken.“

Belinda nickte. Sie war dankbar für die Unterstützung ihrer Eltern im Gebet.

Während ihres Besuchs daheim unternahm Belinda mehrere Ausflüge. Sie besuchte Larry und Abbie, Arnie und Anne, Luke und Kate und ließ sich jeweils die neuesten Familiengeschehnisse berichten. Marty und sie spannten die Kutsche an und fuhren zu Nandry, Belindas Stiefschwester. Nandry und Josh waren nun ebenfalls allein. Alle ihre Kinder waren erwachsen, und Nandry erzählte voller Stolz von ihren sieben Enkelkindern.

Auch über Cathy und Joe erfuhr Belinda das Neueste. Sie waren niemals in die kleine Stadt zurückgekehrt, die sie vor so vielen Jahren verlassen hatten, obwohl sie es sich oft vorgenommen hatten. Belinda glaubte, den Grund nur allzu gut zu kennen. Cathy und Joe, der Pastor, würden sich wohl ebensowenig in der ländlichen Umgebung heimisch fühlen wie Belinda selbst.

Belinda erfuhr, was sich im Leben von Willie und Missie, Lane und Ellie und deren Kindern im fernen Westen ereignet hatte. Mit besonderer Wißbegier nahm sie jeden

Brocken an Neuigkeiten auf, den sie über Amy und Melissa in Erfahrung bringen konnte. Ohne sich dessen bewußt zu sein, vermißte sie die Gegenwart der beiden Mädchen im Grunde ihres Herzens während ihres ganzen Besuchs auf der elterlichen Farm. Wie sehnte sie sich danach, sich wie einst quer über ihr Bett zu werfen und stundenlang mit ihren beiden Nichten zu plaudern!

Belinda sattelte Copper und unternahm ein paar Ausritte durch die nähere Umgebung. Das Pferd war genauso störrisch wie eh und je. Belinda wagte nicht, abzusitzen und es an einem Busch festzubinden, um sich eine Lichtung voller Wiesenblumen aus der Nähe anzuschauen. Sie wußte genau, wie gut Copper die Kunst beherrschte, ohne seine Reiterin wieder nach Hause zu galoppieren. Dennoch genoß Belinda diese Ausritte sehr und kehrte stets mit leuchtenden Augen und geröteten Wangen wieder heim.

Eines Tages im Herbst, als der Wind durch die Zweige pfiff und trockenes Laub zu Boden wirbelte, kam Larry mit seinem Gespann in den Hof gefahren.

„Hast du gerade etwas Zeit?“ fragte er Belinda.

„Aber sicher!“ antwortete sie, und Marty warf ihrem Sohn einen prüfenden Blick zu.

„Keine Sorge, Ma, ich werd’ sie dir schon nicht entführen“, rief Larry ihr lachend zu. „Wollte sie nur fragen, ob sie Lust hat, einen Krankenbesuch mit mir zu machen.“

Ein Krankenbesuch würde Belinda gewiß guttun, fand Marty im stillen. Sie hatte ihrer Jüngsten eine gewisse Rastlosigkeit abgespürt. Vielleicht langweilte sie sich. Ja, ein Krankenbesuch wäre bestimmt das richtige für Belinda, dachte Marty. Außerdem war es möglich, daß Larry tatsächlich ihre Hilfe brauchte, und wenn Belinda danach zumute sein sollte, ihre Arbeit hier auf dem Land wiederaufzunehmen, nun, vielleicht würde sie dann in Erwägung ziehen, nicht wieder nach Boston zurückzukehren.

Marty nickte und lächelte aufmunternd, und Belinda holte sich ein warmes Schultertuch.

„Ist es kalt draußen?“ erkundigte sie sich.

„Es weht ein kühler Wind“, antwortete Larry. „Du tust gut daran, dir einen Mantel anzuziehen.“

Belinda holte ihren Mantel und kletterte zu Larry in den Einspänner.

„Machst du noch immer so viele Hausbesuche wie früher?“ fragte sie ihn.

„Nicht mehr so viele wie vor Jacksons Ankunft hier, aber eine ganze Reihe sind's immer noch.“

„Wohin fahren wir denn heute?“

„Die kleine Becky Winslow hat eine schlimme Halsentzündung. Ihre Mutter möchte, daß ich mir den Hals einmal anschaue. Ich wollte sie nicht zu mir in die Praxis bestellen, weil so etwas ansteckend sein kann“, erklärte Larry.

„Ich hoffe, es ist nichts Ernstes“, meinte Belinda.

„Es klang nicht gerade besorgniserregend, aber man muß stets auf der Hut sein“, antwortete Larry.

Schweigend fuhren sie eine Zeitlang durch die Felder. Schließlich sagte Larry: „Jetzt ist es besiegelte Sache mit Flo und Jackson: die beiden haben ihre Verlobung bekanntgegeben.“

„Wie schön für sie!“ erwiderte Belinda lächelnd. Sie hatte Jackson während ihres Besuchs nur einmal gesehen. Zu ihrer Erleichterung war diese Begegnung nicht gezwungen und peinlich verlaufen, sondern gelöst und kameradschaftlich. Wie zwei alte Freunde hatten sie sich begrüßt und miteinander geplaudert. Belinda freute sich aufrichtig für Jackson.

„Wann soll denn die Hochzeit stattfinden?“

„Im Frühjahr. Ich werde also meine Krankenschwester nicht auf der Stelle verlieren. Vorsichtshalber lernen wir aber schon eine andere junge Frau als Helferin in der Praxis an. Auf keinen Fall wollen wir in einem Notfall plötzlich ohne Krankenschwester dastehen. Wir hatten uns schon vor langer Zeit darauf geeinigt, immer mindestens zwei Frauen im Ort als Helferinnen ausgebildet zu haben."

Belinda nickte.

„Erinnerst du dich noch an die Farm da drüben?" fragte Larry und deutete mit der Hand nach rechts. Belinda erkannte das Landgut der Familie Coffin, das Josh an die Simpsons verpachtet hatte.

„Pa sagt, Herr Simpson lebt nicht mehr", sagte Belinda, wobei ihr allerlei Gedanken durch den Kopf schwirrten.

„Ja, das stimmt. Es kam ganz plötzlich und unerwartet. Als Jackson ankam, war es schon zu spät."

„Das tut mir leid", sagte Belinda aufrichtig.

„Frau Simpson und Sidney wohnen noch dort", fuhr Larry fort.

„Ja, das hat Pa mir erzählt. Sie scheinen das Haus und die Felder gut in Ordnung zu halten."

„Ja, das tun sie wirklich. Herr Simpson hat viel Mühe darauf verwendet, das Anwesen wieder zu dem zu machen, was es einmal war. Man kann über die Familie sagen, was man will, aber Faulpelze sind sie nicht, soviel steht fest. Jeder von ihnen weiß, was harte Arbeit ist."

Belinda hing ihren eigenen Gedanken nach, während der Einspänner an der Farm der Simpsons vorüberratterte.

„Du hast gerade von Jackson gesprochen", fuhr sie fort. „Jackson war derjenige, der gerufen wurde, als Herr Simpson im Sterben lag. Bedeutet das etwa, daß sie dir immer noch nicht verziehen haben?"

„O nein! Ich bin schon mehrmals bei ihnen gewesen. Ich war nur zu einem anderen Krankenbesuch unterwegs, als es passierte, weiter nichts. Andy selbst ist ja vor einiger Zeit bei mir gewesen, um mich zu besuchen. Er war ein paar Wochen bei seiner Mutter zu Besuch."

Belinda nickte.

„Ja, das hat Pa mir auch erzählt."

Wieder schwiegen sie. Endlich brach Belinda das Schweigen. Sie wußte nicht, wie sie ihre Fragen vorbringen sollte, doch schließlich siegte ihre Neugier.

„War Andy ... ich meine, hat er sich sehr verändert?“

Larry schüttelte den Kopf und schnalzte mit der Zunge, um das Pferd voranzutreiben.

„Ja und nein“, antwortete er. „Erwachsen ist er geworden, breitschultrig und gutaussehend.“

Darin hatte er sich also nicht verändert, dachte Belinda im stillen. Gutaussehend war er ihrer Meinung nach schon immer gewesen.

„Er ist ... nun, er ist ein reifer Mann geworden“, fuhr Larry fort. „Ein guter Rechtsanwalt wird einmal aus ihm werden, ein erstklassiger sogar. So einen könnten wir hier gut gebrauchen.“

„Er hat also nicht vor ... ich meine, er will nicht wieder hierherziehen?“

„Das glaube ich kaum. Er hat zwar nicht direkt darüber gesprochen, aber er hat gesagt, daß er zur Zeit mit seinem Leben rundherum zufrieden sei. Hat einen guten Posten bei einer angesehenen Anwaltspraxis. Lernt viel Neues hinzu und verdient auch nicht schlecht. Hier gibt's nicht viel, was ihn locken könnte.“

Belinda nickte.

„Er hat sich auch nach dir erkundigt“, fuhr Larry fort. Belinda war überrascht.

„Wirklich?“

„Hat gesagt, er hätte sich niemals richtig bei dir bedankt für deine Hilfe bei seiner Operation.“

Belindas Blick verdunkelte sich. Die Operation war eine der schlimmsten Erfahrungen ihres Lebens gewesen.

„Und was hast du ihm erzählt?“ fragte sie.

„Hab' ihm nur gesagt, daß eines Tages eine ältere Dame zu uns in die Praxis gebracht wurde, die unterwegs in der Eisenbahn ernsthaft krank geworden war, und daß du als ihre private Pflegerin mit ihr in die Stadt gereist bist. Er schien sich für dich zu freuen.“

Wieder verfielen die beiden Geschwister in Schweigen.

„Larry“, fragte Belinda dann nachdenklich, „glaubst du, daß ich wirklich in die Stadt gehöre?“

Die Frage klang so ernst, daß Larry daraus die Tiefe von Belindas Zweifeln spürte.

„Das ist etwas, was nur du allein entscheiden kannst“, antwortete er sanft, und Belinda nickte.

„Es ist nur … Ich bin so unsicher geworden“, gestand sie. „Ich … ich fühle mich hier nicht mehr heimisch.“

„Heimisch“, wiederholte Larry. „Was bedeutet das eigentlich, sich heimisch zu fühlen?“

„Hm, ich … ich … Halt so, wie ich mich früher einmal hier gefühlt habe“, stotterte Belinda. „Damals habe ich mir überhaupt keine Gedanken darüber gemacht.“

Larry nickte.

„Als ich zum Studium fort war“, sagte er langsam, „und ich dann wieder nach Hause kam – nun, da war ich mir anfangs auch nicht sicher, ob dies wirklich der richtige Ort für mich war. Ich fühlte mich irgendwie fremd. Aber dann habe ich eingesehen, daß es keinen Zweck hat, wenn man sich in der Vergangenheit verliert. Der Bub von einst, der an Herrn Doktors Rockzipfel Krankenbesuche machte, wollte ich ohnehin nicht mehr sein. Deshalb blieb mir wohl oder übel nichts anderes übrig, als mir einen neuen Platz zu suchen, einen, der für mich zugeschnitten war. Das habe ich dann auch getan. Jetzt bin ich eigentlich sehr zufrieden mit meinem Leben hier, und Abbie und die Kinder scheinen ebenfalls glücklich zu sein.“

„Dasselbe werde ich wohl auch tun müssen“, meinte Belinda und dachte dabei an Boston. Sie freute sich zwar nicht besonders auf das Leben in der Großstadt, aber soweit sie absehen konnte, war ihre Aufgabe dort, jedenfalls vorläufig. Tante Virginia brauchte sie, und auf dem Land schien kein Platz für sie zu sein.

Sie seufzte. Das Leben war doch manchmal sehr verworren.

„Weißt du“, fuhr Larry fort und legte ihr brüderlich die

Hand auf den Arm, „ich traue dir allerhand zu. Du wirst schon die richtige Entscheidung treffen, wenn es an der Zeit ist."

„Aber das kann ich doch nicht ewig vor mir herschieben", wandte Belinda ein. „Ich kann doch nicht ziellos durchs Leben stolpern. Irgendwann muß ich mich zu einem Entschluß durchringen."

„Und das wirst du auch", tröstete sie ihr Bruder. „Das weiß ich ganz genau."

Inzwischen hatten sie die Farm der Winslows erreicht. Larry sprang auf den Boden und half Belinda aus der Kutsche. Dann band er das Pferd fest und holte seine schwarze Tasche aus dem Wagen.

„So, dann wollen wir uns mal Beckys schlimmen Hals anschauen", sagte er zu Belinda, als sie gemeinsam das Haus betraten.

Es handelte sich um einen einfachen Fall von Mandelentzündung, und Larry händigte der Mutter eine Flasche mit Arznei aus. Wenig später waren die beiden Geschwister wieder auf dem Heimweg.

„Es ist immer eine Erleichterung, wenn es nichts Ernstes ist", sagte Larry, und Belinda nickte. Wenn doch nur alles im Leben so einfach und unkompliziert wäre!

Marty fragte ihre Tochter, ob sie gern ein paar Besuche in der Nachbarschaft machen würde. Belinda überlegte. Ihre ehemaligen Schulkameradinnen waren längst verheiratet, und mehrere von ihnen wohnten nicht mehr hier. So schüttelte sie den Kopf und sagte: „Nur Ma Graham. Sonst kenne ich kaum noch jemanden hier in der Nähe."

So kam es, daß Mutter und Tochter die Kutsche anspannten und sich auf den Weg zu den Grahams machten.

„Ist schon lange her, seitdem ich Ma besucht habe", gestand Marty. „Ständig sag' ich mir, daß es höchste Zeit für einen Besuch bei ihr ist, aber dann kommt wieder etwas dazwischen, was ich dringend erledigen muß."

Marty hatte tatsächlich während der ganzen Zeit, die

Belinda daheim gewesen war, viel Arbeit gehabt. Das Gemüse aus dem Garten mußte in den Keller zum Lagern gebracht werden, die Äpfel mußten gepflückt und das Sauerkraut eingemacht werden. Marty war nahezu ununterbrochen beschäftigt gewesen, doch sie hatte Belinda nicht oft erlaubt, ihr zu helfen.

„Du kannst doch nicht mit rauhen, ungepflegten Händen nach Boston zurückfahren“, hatte sie gescholten. „Komm, setz dich zu mir und unterhalte dich mit mir, während ich arbeite!“

Das hatte Belinda nur ungern getan. Meistens hatte sie sich eine nützliche Beschäftigung gesucht und Butter gestampft oder Kuchenteig gerührt, während sie sich in der Küche mit ihrer Mutter unterhielt.

Nun war aber ein Besuch in der Nachbarschaft an der Reihe. Marty schien sich sehr auf diesen Ausflug zu freuen.

„Ma ist es in letzter Zeit gar nicht so gut ergangen“, erklärte sie ihrer Tochter.

Belinda erkundigte sich besorgt nach der Ursache.

„Larry meint, es ist schlicht und einfach ihr Alter. Sie hat ein arbeitsreiches, hartes Leben hinter sich, und wenn sich dann die Folgen einstellen, kann man wohl nicht viel dagegen tun. Sie selbst schiebt die Schuld auf ihre Gallenblase.“

„Hat sie je erwogen, sich operieren zu lassen?“

„Hm, für eine Operation müßte sie ins Krankenhaus in die Stadt, und das will Ma auf keinen Fall. So schlimm ist's mit ihrer Galle auch wieder nicht, sagt sie. Lieber will sie's aushalten.“

„Das könnte aber ein Fehler sein“, gab Belinda zu bedenken.

„Fehler oder nicht – manchmal denken wir älteren Leute halt einfach so“, sagte Marty, wobei sie sich mit Ma Graham gemeinsam als „älter“ bezeichnete.

Ma begrüßte die beiden Besucherinnen voller Freude.

„Belinda, laß dich mal anschauen!“ rief sie und nahm

das junge Mädchen in den Arm. „Prächtig siehst du aus, so erwachsen und bildhübsch! Liebe Güte, wie die Jahre vergehen! Mir ist ja so, als wär's erst gestern gewesen, daß du meiner Enkelin ans Licht der Welt geholfen hast."

Belinda erinnerte sich noch gut daran. Es war die erste Entbindung, zu der Larry sie mitgenommen hatte.

„Und auf dem Heimweg ist Andy mir begegnet", dachte sie bei sich und spürte, wie sich ihre Wangen ein wenig röteten. Lange, lange war das nun schon her!

„Und du, Marty", sagte Ma dann augenzwinkend, „dich hab' ich ja beinahe genauso lange nicht mehr zu sehen bekommen!"

Marty lachte, und die beiden Frauen umarmten sich.

Bald war der Tee fertig, und die drei setzten sich zu einem gemütlichen Plauderstündchen an den Tisch. Die Zeit verstrich im Nu, während Belinda sich nach jedem Mitglied der Familie Graham erkundigte. Ma hatte sogar schon einige Urenkel. Voller Stolz erzählte sie Belinda von ihnen.

Viel zu früh war es wieder Zeit zum Aufbruch. Marty verabschiedete sich mit dem Versprechen, mit dem nächsten Besuch nicht gar so lange auf sich warten zu lassen, und Ma ihrerseits nahm sich vor, einen ihrer Enkel zu bitten, sie bald einmal zu Besuch zur Davis-Farm zu fahren.

„Das war wirklich eine großartige Idee von dir, die gute Ma zu besuchen", sagte Marty auf dem Heimweg zu Belinda. „Bin ja so froh, daß du daran gedacht hast. Ma hat schon immer große Stücke auf dich gehalten."

„Ich hab' sie in der Kirche vermißt", sagte Belinda. „Es ist ein sonderbares Gefühl, sie dort nicht mehr zu sehen."

„Durch ihr schlimmes Bein kann sie nicht mehr zur Kirche", erklärte Marty ihrer Tochter. „Du hast sicher bemerkt, daß sie ohne Stock keinen Schritt gehen kann. Treppen kann sie überhaupt nicht mehr steigen."

Belinda hatte es bemerkt, und es hatte sie schmerzlich berührt. Wieder etwas, das sich verändert hatte, und Belinda war völlig machtlos dagegen.

Schließlich war der Tag gekommen, an dem Belinda nach Boston zurückkehren mußte. Es war kalt und windig, und sie fror in ihrem leichten Reisemantel. Sie hätte sich etwas Wärmeres aus Boston mitbringen sollen, schalt sie sich, doch bei ihrer Abfahrt war es noch so warm gewesen, daß sie sich keine Gedanken darüber gemacht hatte, wie kühl das Wetter sechs Wochen später sein würde.

Ihre einfachen Landkleider hingen allesamt wieder in ihrem Schrank. Belinda sah, wie Martys Blick nachdenklich auf ihnen ruhte.

„Wer weiß, wann ich sie wieder hervorhole“, sagte sie sorglos, doch im stillen fragte sie sich, ob ihre Mutter wohl den gleichen Gedanken hatte wie sie selbst: daß diese Kleider womöglich nie wieder von Belinda getragen werden würden.

„Am besten legst du dir diesen warmen Schal hier um die Schultern!“ sagte Marty besorgt, und Belinda gehorchte ohne Widerrede.

Die Fahrt in die Stadt verlief schweigsam. Ein jeder hatte gesagt, was zu sagen war. Nun machte der bevorstehende Abschied allen das Herz schwer.

„Wirst du auch ganz bestimmt nicht frieren?“ fragte Marty liebevoll, als Belinda ihr den Schal zurückgab.

„In der Eisenbahn ist es doch warm“, versicherte ihr Belinda.

„Brauchst du denn nicht umzusteigen?“

„Nein, der Zug fährt bis Boston durch.“

„Wissen sie denn dort, wann sie dich zu erwarten haben?“

„Ich habe Windsor meinen Fahrplan gegeben“, antwortete Belinda. „Er wird mich mit der Kutsche abholen. Der gute Windsor ist absolut zuverlässig in solchen Dingen.“

Marty nickte.

Die Familie hatte sich vor dem kleinen Bahnhof versammelt, um Belinda an den Zug zu bringen. Selbst die Kinder waren heute früher als gewöhnlich aus der Schule entlassen worden, um ihre Tante zu verabschieden. Viele belanglose Bemerkungen wurden ausgetauscht, während man auf den Zug wartete.

Schließlich ertönte das schrille Pfeifen der Lokomotive in der Ferne. Bald würde der Zug am Bahnsteig einfahren. Belinda verabschiedete sich reihum von ihren Angehörigen. Ihre Eltern sparte sie sich bis zuletzt auf.

Es tat so weh, Lebewohl sagen zu müssen. Belinda haßte die Tränen, die Umarmungen, die Versprechungen und Ermahnungen. Wenn es doch nur einen Ausweg gäbe, eine einfachere Art des Abschieds! Doch es waren die Zweifel, die dieses Lebewohl so unerträglich machten. Belinda hatte so viele Zweifel, so viele Sorgen. Wohl zum hundertsten Mal fragte sie sich, ob sie tatsächlich die richtige Entscheidung getroffen hatte. Wann würde sie ihre Heimat wiedersehen? Und was würde der Anlaß ihrer Heimkehr sein? Eine Krankheit? Oder gar ein Todesfall in der Familie? Sie betete, daß es nicht so kommen möge, doch wer konnte das schon vorhersagen? Ihre Eltern wurden beide rasch älter. Belinda hatte die Folgen des Alterns an Ma Graham gesehen. In wenigen Jahren konnten solche Beschwerden auch ihre Eltern treffen.

Der Gedanke ließ Belinda erschaudern.

„Du brauchst einen wärmeren Mantel.“ Marty schaute ihre Tochter besorgt an.

„Ich habe doch einen in Boston, Mama, und bis ich dort ankomme, brauche ich keinen. In der Eisenbahn ist geheizt.“

Marty zog Belinda an sich, als wolle sie sie nicht nur vor der Schärfe des Windes, sondern auch vor allem Kummer der Welt schützen.

„Schreib uns!“ flüsterte sie. „Ich lebe ja fast nur von deinen Briefen!“

„Natürlich schreib’ ich!“ versprach Belinda.

„Und mach dir keine Sorgen um uns hier. Uns geht’s gut!“ fuhr Marty fort. Belinda fragte sich, ob ihre Mutter wohl ahnte, was in ihrem Herzen vorging.

Zuletzt nahm Clark sie in die Arme. Sie spürte, wie er

sie an sich drückte, und einen Augenblick war sie versucht, ihren Plan kurzerhand zu ändern, doch sie wußte, daß sie nach Boston zurückkehren mußte. Rasch gab sie ihrer Mutter einen letzten Kuß, und unter lauten Lebewohlrufen stieg sie in den Waggon. Kaum hatte sie einen Platz gefunden, als sich der Zug auch schon in Bewegung setzte.

Belinda lehnte sich aus dem Fenster und winkte ein letztes Mal.

Der Zug würde sie nach Boston zurückbringen, nach Boston, wo ihre neue Heimat war.

„Wenn Boston aber tatsächlich meine neue Heimat ist", fragte sie sich dann, „warum fühle ich mich dann innerlich so leer, so zerrissen? Warum ist mein Gesicht tränennaß? Warum ist mir so zumute, als wäre mir gerade alles, was im Leben Wert hat, aus der Hand geschlagen worden?"

Darauf wußte Belinda keine Antwort.

Zurück in den Alltag

Belinda hatte ihre Rückfahrt vorsorglich so geplant, daß sie einen Tag vor Frau Stafford-Smyth ankommen würde. Das würde ihr die Gelegenheit geben, sich auf Gut Marschall wieder einzuleben, um dann ihrer Herrin ihre gesamte Aufmerksamkeit widmen zu können.

Wie Belinda im voraus gewußt hatte, erwartete sie der treue Windsor am Bahnhof in Boston. Belinda glaubte, einen fast unmerklichen Ausdruck der Wiedersehensfreude in seinem Gesicht zu entdecken, wenn er dies auch niemals offen gezeigt hätte. Belinda lächelte still, während sie sich in die Kutsche setzte und den warmen Mantel anzog, den Windsor ihr mitgebracht hatte. In Boston wehte ein eisiger Wind, und Windsor hatte zweifellos bemerkt, daß Belinda bei ihrer Abreise nur einen leichten Mantel getragen hatte.

Das Haus hatte sich während ihrer Abwesenheit nicht verändert. Jeder Zoll davon war so geräumig, elegant und einladend wie eh und je. Belinda bemühte sich, es nicht mit dem kleinen Farmhaus zu vergleichen, in dem sie soeben sechs Wochen verbracht hatte, doch das fiel ihr nicht leicht. Auf den Luxus von fließendem warmem Wasser freute sie sich allerdings schon sehr. Ein heißes Bad direkt aus der Leitung wäre nach der langen Reise eine wahre Wohltat! Belinda war so zumute, als hätte sie seit ihrer Abreise von hier kein einziges richtiges Bad genossen. Eine Zinkbadewanne, die Eimer um Eimer gefüllt werden mußte, war einfach nicht mit einem blitzsauberen Badezimmer zu vergleichen.

Selbst die sonst so reservierte und kühle Frau Potter schien sich zu freuen, Belinda wiederzusehen, und erkundigte sich sogleich danach, wie sie dem gnädigen Fräulein dienen dürfe und was sie zum Abendessen zu speisen wünsche. Belinda konnte kaum ihren Augen und Ohren trauen.

Windsor trug ihren Koffer und ihre Hutschachtel die Treppe hinauf, und Belinda folgte ihm, um sich davon zu überzeugen, ob ihr Zimmer tatsächlich so hübsch war, wie sie es in Erinnerung hatte.

Mit einem tiefen Seufzen blickte sie um sich. Alles war genau so, wie sie es sich vorgestellt und wie sie es verlassen hatte. Sie wies Windsor an, das Gepäck neben der Schreibkommode abzustellen, und bedankte sich.

Sie konnte es kaum erwarten, ihre Badewanne mit warmem Wasser zu füllen und duftenden Seifenschaum dazuzugeben. Kaum hatte sie es gedacht, als sie auch schon das Wasser nebenan rauschen hörte. Erstaunt betrat sie ihr Badezimmer, wo sie Ella vorfand.

„Isch dachte, Sie möschten vielleischt als erstes ein Bad nehmen", erklärte Ella, und Belinda gab ihr recht.

„Baden Sie nur in aller Ruhe, gnädiges Fräulein", sagte Ella und schickte sich an, das Badezimmer wieder zu verlassen. „Isch packe derweil Ihren Koffer aus. Welsches Kleid soll isch Ihnen fürs Abendessen zureschtlegen?"

Hatte sie wirklich je ein solches Leben geführt? Belinda konnte es kaum fassen, doch dann besann sie sich; ja, sie hatte es nur vergessen. Sie hatte sich beinahe daran gewöhnt, als eine … eine hoffnungslos vom Luxus verdorbene Dame von Welt behandelt zu werden.

„Etwas Schlichtes", bat sie sich mit einem Lächeln aus. „Ich werde wohl heute allein essen. Außerdem bin ich viel zu müde, um mich lange mit der Mahlzeit aufzuhalten."

„Selbstverständlisch, gnädiges Fräulein", erwiderte Ella.

„Suchen Sie mir einfach irgendwas aus!" rief Belinda ihr über die Schulter zu und machte sich auf den Weg ins Badezimmer.

Es war einfach herrlich, sich in dem warmen Wasser

auszustrecken und sich die Erschöpfung einfach von den Schultern spülen zu lassen. Belinda hätte Stunden in dem Bad zubringen können, wenn Ella sie nicht gerufen hätte.

„Isch habe alles ausgepackt, Fräulein Belinda, und Ihnen Ihr Kleid zureschtgelegt. Die Köchin läßt ausrischten, daß das Essen in einer halben Stunde aufgetragen wird. Wünschen Sie, daß isch Sie frisiere?"

Belinda erwog das Angebot. Es wäre eine reine Wohltat, sich von Ella frisieren zu lassen. Schon seit Wochen hatte sie keine tadellos sitzende Frisur mehr gehabt. Jetzt war sie jedoch zu müde, und zudem blieb ihr nicht mehr genug Zeit.

„Nein danke!" rief sie zurück. „Ich muß mich beeilen. Ich werd' mir die Haare schnell selbst hochstecken."

„Sehr wohl, gnädiges Fräulein", antwortete Ella, und Belinda hörte, wie sie die Tür hinter sich schloß.

Sie stieg aus der Wanne und trocknete sich an einem großen, flauschigen Badetuch ab. Wie weich und blütenweiß es war! „Vielleicht war es gut für mich, eine Weile zu verreisen", dachte sie im stillen. „Jetzt erscheinen mir manche Dinge längst nicht mehr so selbstverständlich wie früher."

Belinda beeilte sich mit dem Ankleiden; Frau Potter schätzte Verspätungen ganz und gar nicht.

Beinahe außer Atem betrat sie das Speisezimmer. Es war ein sonderbares Gefühl, sich ganz allein an den großen Tisch zu setzen, nachdem sie jetzt sechs Wochen mit ihrer Familie verbracht hatte, wo die Teller dicht an dicht auf dem Tisch standen.

Heimweh wollte sich in ihr Herz schleichen, als sie sich an den Tisch setzte und den Kopf zum Gebet senkte, während Windsor stehend darauf wartete, sie zu bedienen.

Das Essen sah köstlich aus, und Belinda hätte es mehr genossen, wenn sie nicht so müde gewesen wäre – und nicht so einsam. Mechanisch führte sie ihre Gabel zum Mund, doch sie nahm kaum wahr, was sie aß. Nachdem sie ihren Teller halbwegs geleert hatte, zog sie sich für die Nacht auf ihr Zimmer zurück.

Weder das Krähen von Hähnen noch laut muhende Kühe weckten sie am nächsten Morgen, so daß sie zu lange schlief. Als sie endlich die Augen aufschlug und auf die Uhr schaute, stellte sie erschrocken fest, daß es schon fast zehn Uhr war. Blitzschnell warf sie die Bettdecke zurück und klingelte nach Ella.

Das Mädchen meldete sich unverzüglich, und Belinda hielt beim Bürsten ihres Haars nur so lange inne, um ihr über die Schulter zuzurufen: „Bitte lassen Sie mir doch ein Bad einlaufen, Ella! Ich habe verschlafen. Frau Stafford-Smyth kommt um halb eins am Bahnhof an."

Ella nickte.

„Windsor hat sisch schon Sorgen gemacht", sagte sie.

„Warum hat mich denn niemand geweckt?"

„Wir wußten doch alle, wie müde Sie waren, Fräulein Belinda. Frau Potter hat Anweisung gegeben, Sie schlafen zu lassen."

„Frau Potter?" Belinda hob die Augenbrauen und schmunzelte. Es hatte Zeiten gegeben, als Frau Potter sie mit dem größten Vergnügen aus dem Bett gescheucht hätte.

„Die Köchin läßt fragen, wann Sie frühstücken möschten", fuhr Ella fort. Die Wanne im Badezimmer hatte sie inzwischen mit warmem Wasser gefüllt.

„Kein Frühstück für mich. Ich habe keine Zeit", sagte Belinda. „Richten Sie der Köchin aus, daß ich nicht sehr hungrig bin."

Ella runzelte die Stirn.

„Wenigstens ein Glas Obstsaft. Darauf wird sie bestehen", meinte Ella.

„Also gut, ein Glas Saft. Und vielleicht ein Butterhörnchen dazu. Nicht mehr."

Ella machte sich auf den Weg, und Belinda beeilte sich mit ihrem Bad.

Pünktlich zu der Uhrzeit, die Windsor angegeben hatte,

fand Belinda sich in der Diele ein, den Hut auf dem Kopf und den Wintermantel ordnungsgemäß zugeknöpft. Nun konnte die Kutschfahrt zum Bahnhof losgehen.

Belindas Herz klopfte schneller, als die Räder der Kutsche über das Kopfsteinpflaster ratterten. Es war schon so lange her, seitdem sie sich von ihrer Herrin verabschiedet hatte. Sie freute sich schon darauf, ihr die Neuigkeiten aus ihrem Heimatort zu berichten – oder wenigstens einen Teil davon. Einige ihrer Eindrücke und Gedanken würde sie lieber für sich behalten, beschloß sie.

Je länger sie darüber nachdachte, desto mehr zweifelte sie daran, ob es überhaupt etwas Erwähnenswertes über ihre Reise zu berichten gab. Sie hatte viele persönliche Erfahrungen gemacht. Aber dafür würde sich Frau Stafford-Smyth bestimmt nicht interessieren.

Statt dessen würde sie ihre Herrin nach deren Erlebnissen in New York fragen und sich alles haargenau erzählen lassen. Gewiß hatte die alte Dame allerhand zu berichten: über das Theater, die Oper, die eleganten Geschäfte. Über Frau Stafford-Smyths Reise würden sie sich unterhalten, doch die Zweifel und Bedenken, die Belinda während ihres Aufenthalts daheim geplagt hatten, würde sie lieber für sich behalten.

Pünktlich fuhr der Zug ein, und Belinda zog ihren Mantel fester um sich und hielt auf dem Bahnsteig Ausschau nach Frau Stafford-Smyth. Windsor entdeckte sie zuerst.

„Da ist die gnädige Frau!“ rief er, und selbst der sonst so förmliche Windsor konnte es nicht verhindern, daß seine Stimme regelrecht aufgeregt klang.

Auch Belinda hatte inzwischen die alte Dame entdeckt und lief ihr entgegen.

„Oh, meine liebe Belinda!“ rief Frau Stafford-Smyth voller Freude. „Wie habe isch disch vermißt!“

Die alte Dame hatte Tränen in den Augen, als sie Belinda in die Arme schloß. Wenn diese je Zweifel an ihrer Rückkehr nach Boston gehegt hatte, so hatte sie jetzt völlige Klarheit gewonnen. Frau Stafford-Smyth brauchte sie. Ein Haus voller Bediensteter war eben keine Familie, sosehr die Herrin des Hauses auch um das Wohlergehen eines jeden einzelnen von ihnen besorgt war.

Windsor brachte die beiden Frauen zur Kutsche. Das Gepäck würde er später holen, erklärte er.

„Und wie war deine Reise, meine Liebe?" fragte Frau Stafford-Smyth ihre Begleiterin.

„Schön", antwortete Belinda. „Ich hab' die ganze Familie wiedergesehen – jedenfalls alle, die noch in der Nähe wohnen."

„Wie nett!" freute sich die alte Dame. Trotz ihres Lächelns trug ihr Gesicht den Ausdruck von Abgespanntheit.

„Fühlst du dich nicht wohl?" fragte Belinda.

Frau Stafford-Smyth winkte ab.

„Mir geht es gut", behauptete sie. „Nur keine Sorge!"

Belinda ließ es auf sich beruhen.

„Und wie war es in New York?" fragte sie statt dessen. „Ich bin ja schrecklich gespannt. Es war bestimmt alles hochinteressant."

Die alte Dame sah sie geradeheraus an.

„Eigentlisch kaum", antwortete sie.

Belinda war überrascht. Ob Frau Stafford-Smyth unterwegs etwa Schwierigkeiten gehabt hatte?

„Du verschweigst mir etwas", sagte Belinda leise. „Was ist denn los? Bist du in New York krank geworden?"

Frau Stafford-Smyth schüttelte den Kopf. Doch plötzlich füllten sich ihre Augen mit Tränen, die ihr über die Wangen rannen und auf den Kragen tropften.

„Es ... es ist nur ..." schluchzte sie, „daß isch ständig nur an disch denken mußte, mein liebes Kind. Isch habe mir solsche Sorgen gemacht, daß isch disch vielleischt bei meiner Heimkehr nischt in Boston vorfinden würde. Isch habe solsche Angst gehabt, daß isch kaum Lust hatte, etwas in New York zu unternehmen. Celia hätte misch am liebsten an die Luft gesetzt, aber isch ... isch konnte es einfach nischt ändern."

Belinda reichte ihrer Herrin ein Taschentuch und legte ihr tröstend eine Hand auf den Arm.

„Jetzt ist aber alles gut“, sagte sie sanft. „Ich bin doch hier. Ich bin zurückgekommen, wie ich's versprochen hatte.“

„Und isch bin so froh darüber“, seufzte die alte Dame. „Jetzt kann das Leben wieder wie gewohnt weitergehen.“

Wie gewohnt? Belinda war gerade zwischen zwei sehr verschiedenen Welten hin- und hergereist. In welcher davon konnte sie eigentlich ein „normales“ Leben führen?

Doch es dauerte nicht lange, bis der Alltag wieder auf Gut Marschall eingekehrt war. Die beiden Frauen nahmen ihre Mahlzeiten gemeinsam ein, handarbeiteten zusammen und führten manches vertraute Gespräch dabei. Nach und nach unterhielten sie sich auch über ihre Erlebnisse während der sechs Wochen der Trennung. Beide hatten sich in dieser Zeit recht unglücklich gefühlt, wenn es dafür auch sehr unterschiedliche Ursachen gab.

Aus den windigen Herbsttagen wurde eisiges Winterwetter, und der Schnee häufte sich auf den Blumenbeeten im Park. In diesem Jahr sprach keine der beiden Frauen von einer Reise in den Süden, um dem Winter ein Schnippchen zu schlagen. Ohne ein Wort davon zu erwähnen, waren sie sich darüber einig, diesen Winter in Boston zu bleiben. Schon jetzt freute sich Belinda auf den Frühling, als sie dem Wind dabei zusah, wie er die Blumenbeete unter einer hohen Schneedecke begrub.

Belinda hielt das Versprechen, das sie ihrer Mutter gegeben hatte. Jede Woche schrieb sie einen langen Brief an ihre Eltern und freute sich auf die Antworten, die sie regelmäßig erhielt und dann Frau Stafford-Smyth vorlas. Auch sie freute sich beinahe genauso wie Belinda selbst über die Berichte von der Farm.

Auch dieses Weihnachtsfest feierten die beiden mit Fremden. Auf seine Weise war es eine frohe Zeit für alle. Frau Stafford-Smyth hatte es große Freude gemacht, die

Feiertage zu planen und das Festessen im Kreis von geladenen Gästen einzunehmen. Auch die Gäste ihrerseits freuten sich über die Einladung der freundlichen alten Dame und ihrer Bediensteten.

Das Schönste für Belinda waren jedoch die Vormittage, wenn sie gemeinsam mit Frau Stafford-Smyth in der Bibel las. Seit ihrer Reise nach New York schien ihre Herrin sich viel mehr für den christlichen Glauben zu interessieren. Belinda fragte sich im stillen, ob wohl ein besonderes Erlebnis dieses Interesse bewirkt hatte.

Doch davon erwähnte ihre Herrin nichts, und Belinda stellte ihr auch keine Fragen. Dennoch gab ihr das Verhalten der alten Dame zu denken, und Belinda betete im stillen oft für sie.

… wie Schuppen von den Augen

Belinda wußte, daß auch ihre Eltern zu Hause für Frau Stafford-Smyth beteten. Jeden Morgen, wenn die beiden Frauen gemeinsam in der Bibel lasen, suchte Belinda Anzeichen des Verstehens bei der alten Dame.

Frau Stafford-Smyth hörte stets aufmerksam zu. Sie besuchte auch die Gottesdienste in der Kirche regelmäßig. Dennoch hatte Belinda das unbestimmte Gefühl, als habe die alte Dame die wahre Bedeutung, den wahren Sinn des Christseins nicht recht begriffen. Frau Stafford-Smyth schien der Meinung zu sein, daß es ausreiche, ein halbwegs rechtschaffenes Leben zu führen, um vor Gott bestehen zu können.

Belinda suchte Bibelabschnitte aus, die von dem Opfertod Jesu Christi handelten, von der Notwendigkeit einer persönlichen Hinkehr zu Gott und der herrlichen Hoffnung auf den Himmel, die jeder Sünder haben darf, wenn er sein Vertrauen auf Jesus Christus setzt. Doch so aufrichtig Frau Stafford-Smyths Interesse auch war, so schienen die Worte der Bibel sie nicht im tiefsten Herzen zu treffen. Belinda fühlte sich oft an das Gleichnis vom Sämann erinnert. Sie fragte sich ernsthaft, ob Frau Stafford-Smyth je ein „guter Boden" werden würde, oder ob der Widersacher ihr für alle Zeiten die Saat entreißen würde, bevor sie Wurzeln schlagen und gedeihen konnte.

Belinda betete inständig und suchte eifriger denn je nach passenden Bibelstellen, die sie ihrer Herrin vorlesen könnte.

An einem Sonntag in der Passionszeit trat Belinda unerfüllt und enttäuscht aus der Kirche ins Freie. Der Pfarrer hatte zwar das Kreuz und dessen Bedeutung für die sündige Menschheit erwähnt, doch seine Predigt war Belinda trocken und kraftlos erschienen. Er hatte es versäumt, einige wesentliche Punkte zu erläutern, fand sie.

Wenn er doch nur noch einen Schritt weitergegangen wäre, dachte Belinda, wenn er doch nur den Sinn des Kreuzestodes Jesu verdeutlicht hätte! Aber statt dessen hatte er einfach mitten in den Geschehnissen abgebrochen und es der Gemeinde selbst überlassen, die Schlußfolgerung zu ziehen. Kein Wunder, daß niemand die wahre Bedeutung des Kreuzes zu begreifen schien!

Belinda hätte am liebsten geweint, als sie zu ihrer Herrin in die Kutsche stieg, um wieder nach Hause zu fahren.

„War das nischt eine wundervolle Predigt, meine Liebe?“ fragte Frau Stafford-Smyth, sobald sie ihre Röcke geglättet hatte.

Belindas Kopf fuhr in die Höhe. Etwas Ungewöhnliches lag in der Stimme der alten Dame. Belinda stellte überrascht fest, daß ein Leuchten auf ihrem Gesicht lag, das sie noch nie zuvor an ihr gesehen hatte. Belinda fand keine Worte. Sie nickte nur verwirrt.

„Unzählige Male habe isch es schon gehört“, fuhr die alte Dame lebhaft fort, „aber rischtig verstanden habe isch es heute zum ersten Mal. Heute morgen wurde mir alles plötzlisch sonnenklar! Stell dir nur vor, der Sohn Gottes selbst ist an dem Kreuz gestorben, an das isch eigentlisch genagelt werden müßte. Ist das nischt wunderbar? Einfach herrlisch! Isch war so überwältigt, daß isch auf der Stelle den Kopf geneigt und ihm vom Grunde meines Herzens dafür gedankt habe. Es war beinahe wie bei einer ... wie nennt man das wieder ... ach ja, eine Erwekkung.“

Belinda starrte sie verwundert an. Frau Stafford-Smyth hatte das erlebt, was der Pastor in ihrer kleinen Landkirche „Bekehrung“ nannte, und obendrein in einer Umgebung, in der Belinda so etwas niemals für möglich gehalten hätte, nämlich in einer kalten Steinkirche in der Großstadt Boston.

„O Tante Virginia!“ rief Belinda und schloß die alte Dame in die Arme. Am liebsten hätte sie gesagt: „Sieh doch nur, genau das wollte ich dir schon seit Monaten klarmachen. Wie sehr habe ich mich bemüht und dafür gebetet!“ Doch das erschien plötzlich unwichtig. Die Hauptsache war, daß Frau Stafford-Smyth die Wahrheit selbst entdeckt hatte. Belinda konnte es ja kaum abwarten, ihren Eltern die wunderbare Neuigkeit mitzuteilen. Sie würden sich nicht weniger freuen als Belinda selbst.

„Weißt du“, fuhr die alte Dame mit leuchtendem Blick fort, „all die Bibelverse, die wir gemeinsam gelesen haben – erinnerst du disch noch, wo sie stehen? Isch würde sie gern allesamt noch einmal mit dir lesen. Jetzt verstehe isch nämlisch erst rischtig, was es damit auf sisch hat. Was meinst du?“

„Aber natürlich“, willigte Belinda nur zu gern ein.

„Isch muß es unbedingt Windsor erzählen und Frau Potter auch. Möschte wetten, daß sie's auch nischt verstehen. Die Köchin vielleischt schon eher … hab' so ein Gefühl, daß sie mehr darüber weiß, als wir ahnen. Aber die Mädschen werden kaum wissen, wovon isch rede, oder glaubst du, daß sie's doch tun?“

Daran hatte Belinda noch gar nicht gedacht. Es beschämte sie, sich bislang kaum um die übrigen Bediensteten gekümmert zu haben. Sie hatte in erster Linie für ihre Herrin gebetet und ihr die Botschaft der Bibel nahezubringen versucht.

„Weißt du, wir sollten das ganze Personal allesamt zu unseren kleinen Morgenandachten einladen“, fuhr Frau Stafford-Smyth fort. „Es wäre ja geradezu entsetzlisch, wenn einer von ihnen mitten in meinem Haus an der Wahrheit vorbeiginge!“

Belinda konnte ihren Ohren kaum trauen, doch Frau Stafford-Smyth war längst noch nicht fertig.

„Ja, das tun wir, und zwar jeden Morgen nach dem Frühstück. Wir treffen uns im Nordsalon. Du suchst uns die Bibelverse aus, und dann spreschen wir gemeinsam darüber."

Eine Morgenandacht für das gesamte Personal? Belinda war ein wenig mulmig bei diesem Gedanken zumute. Was, wenn jemand eine schwierige Frage an sie richtete? Belinda war immerhin kein ausgebildeter Theologe. Es brauchte nicht viel, um sie an die Grenzen ihrer Bibelkenntnisse zu bringen, dachte sie.

Doch sie gab dennoch gern ihre Einwilligung. Vielleicht würde Frau Stafford-Smyth ihr sogar nun dabei helfen können, schwierige Bibelstellen zu erläutern.

An diesem Abend fand Belinda endlich die Gelegenheit dazu, die Frage zu stellen, die sie schon den ganzen Tag lang bewegt hatte. Bei Tee und englischem Gebäck in dem kleinen Salon sprach Frau Stafford-Smyth noch immer begeistert von dem Erlebnis, das sie am Morgen gehabt hatte. Belinda hörte ihr voller Freude zu, und als die alte Dame innehielt, fragte Belinda sie: „Was war es eigentlich, das dir die Wahrheit so plötzlich vor Augen geführt hat?"

Frau Stafford-Smyth stellte die Teetasse, die sie gerade in der Hand hielt, auf den Tisch zurück, um über die Frage nachzudenken. Dann antwortete sie mit einfachen, überzeugten Worten: „Es war wohl der Heilige Geist. Von ihm heißt es doch in der Bibel, daß er der Welt die Augen auftun wird. Von allein konnte isch es einfach nischt begreifen. Meine inneren Augen waren blind. Isch wollte die Wahrheit nischt einmal verstehen lernen. Isch habe misch davor verschlossen, wie es schon in der Bibel steht. Lieber wollte isch meine Geschicke selbst in die Hand nehmen. Isch mußte erst an den Punkt kommen, an dem isch dazu bereit war, die Wahrheit mit offenen Ohren zu hören."

Belinda konnte die alte Dame nur verwundert ansehen.

„Genau diese Verse hast du doch gerade vor kurzem noch vorgelesen", sagte die alte Dame. „Erinnerst du disch? Zu der Zeit habe isch kein Wort davon begriffen, aber jetzt ist mir alles klar."

„Ja", nickte Belinda.

Als Belinda an diesem Abend vor ihrem Bett niederkniete, hatte sie einen neuen Grund zur Dankbarkeit. Dazu hatte sie aber auch ein Eingeständnis zu machen.

„Lieber himmlischer Vater", betete sie, „vergib mir doch bitte, daß ich geglaubt hatte, Tante Virginia ‚bekehren' zu müssen, wo das doch einzig und allein deine Sache war. Ich weiß zwar, daß wir als Christen zum Zeugnisgeben berufen sind, und Herr, hilf mir doch bitte, das auch treu zu tun. Aber laß mich nie in dem Irrglauben, daß ich es bin, die andere bekehren kann. Nur durch das Wirken des Heiligen Geistes kann eine verlorene Seele sich zu dir, dem Vater, bekehren. Tante Virginia hat das Opfer deines Sohnes nur deshalb für sich in Anspruch angenommen, weil dein Heiliger Geist ihr alles klargemacht hat. Hab Dank, himmlischer Herr, daß du es ihr gezeigt hast. Hab Dank, daß sie die Frohe Botschaft verstanden und angenommen hat. Hilf uns doch nun, gemeinsam ein Zeugnis für dich hier im Haus zu sein. Und erinnere mich immer wieder daran, daß es nur meine Aufgabe ist, ein Zeugnis zu sein. Das Bekehren kannst nur du allein bewirken."

Der ganze Haushalt spürte bald die Veränderung, die mit der „gnädigen Frau" vorgegangen war. Frau Stafford-Smyth scheute sich nicht, über ihr Erlebnis zu sprechen. Sie zwang zwar niemandem ihre neuen Erkenntnisse auf, doch sie machte auch keinen Hehl daraus, daß sie das gesamte Dienstpersonal zu den morgendlichen Andachten im kleinen Salon erwartete.

Sie bat Belinda, aus der Bibel vorzulesen, und gab dann die Gelegenheit zu einem Austausch über das Gehörte, ohne jedoch die übrigen Zuhörer dazu zu drängen, sich auf der Stelle für oder gegen die biblischen Aussagen zu entscheiden.

„Das wird Gott schon selbst dursch seinen Heiligen Geist besorgen", sagte sie oft zu Belinda. „Schließlisch kennt niemand die Herzen der Menschen so gründlisch wie er." Dennoch nahm Frau Stafford-Smyth ihre Pflicht als Gläubige nicht auf die leichte Schulter. Gemeinsam mit Belinda betete sie täglich für einen jeden, der sich zur Andacht eingefunden hatte.

Schließlich zog sie den Kreis noch weiter.

„Wir müssen unbedingt wieder Gäste zu einem großen Abendessen einladen", sagte sie eines Tages zu Belinda. „Isch weiß nischt, ob überhaupt einer von meinen alten Freunden die Wahrheit begriffen hat. Isch vermute eher, daß sie alle so denken wie isch bis vor kurzem: daß man Gott seinen Respekt zollt und seine Mitmenschen anständig behandelt und daß Gott dann schon ein Auge zudrükken wird, wenn man eines Tages in den Himmel will."

Belinda lächelte.

Frau Stafford-Smyth dachte eine Zeitlang nach. Dann fuhr sie fort: „Weißt du, es geht um viel mehr. Isch habe eigentlisch niemals rescht erfaßt, was Sünde ist. Isch habe immer gedacht, Mord wäre Sünde, oder Diebstahl oder Unterdrückung der Armen. Und das ist es auch – aber bei weitem nischt nur. Isch wußte einfach nischt, daß die Sünde, die Gott das Herz brischt und die einem den Weg zum Himmel verwehrt, die Sünde des Unglaubens ist. Jemand, der den stellvertretenden Tod Jesu am Kreuz nischt anerkennt und ablehnt, der hat gesündigt. Aus diesem Grund hätte auch eine gewisse Virginia Stafford-Smyth den Himmel niemals betreten können. Isch hatte einfach nischt begriffen, daß isch dursch meine Gleichgültigkeit, dursch meinen Unglauben gesündigt hatte, bis isch endlisch das Geschehen von Golgatha als persönlisches Geschenk angenommen habe."

Wieder nickte Belinda ernst.

„Oh, aber es ist so herrlisch, von dieser Last befreit zu sein", fuhr die alte Dame fort, und Tränen glitzerten ihr in den Augen. Dann fügte sie hastig hinzu: „Wir müssen unbedingt ein großes Abendessen veranstalten, darüber gibt's keinen Zweifel."

Frau Potter, Windsor und die Köchin wurden herbeigerufen, damit Frau Stafford-Smyth ihre Pläne mit ihnen besprechen konnte. Der alte Freundeskreis sollte eingeladen werden, sagte sie, und irgendwie würde ihr der Heilige Geist klarmachen, wie sie ihren Gästen ihren neugefundenen Glauben bezeugen sollte. Auf keinen Fall wollte sie eines Tages aus dieser Welt scheiden, ohne ihren lieben alten Freunden das Evangelium gesagt zu haben, erläuterte sie ihren Bediensteten.

Der Abend des großen Festessens war gekommen.

„Was wirst du nun tun?" fragte Belinda ihre Herrin, während die beiden auf die ersten Gäste warteten.

„Isch weiß selbst noch nischt", antwortete Frau Stafford-Smyth aufrichtig. Noch immer hatte sie keine klare Vorstellung davon, wie sie ihren Glauben zur Sprache bringen sollte.

Bald saßen alle Gäste am Tisch, und Windsor wartete auf das Zeichen von seiner Herrin, mit dem Auftragen zu beginnen. Irgend etwas würde sie sagen müssen. Sie würde Zeit gewinnen, indem sie zuerst einmal für die geeignete Stimmung sorgte, während sie auf eine Eingebung Gottes wartete.

„Belinda und isch haben eine neue ..." Sie zögerte und suchte nach einem passenden Wort – „eine neue Angewohnheit", fuhr sie fort. „Eine sehr gute sogar. Wir lesen gemeinsam in der Bibel, bevor wir essen. Belinda, meine Liebe, würdest du wohl die Bibel holen und den gleischen Abschnitt vorlesen, den wir heute morgen zusammen gelesen haben?"

Mit einem ziemlich blassen Gesicht stand Belinda auf, um die Bibel zu holen. Befangen setzte sie sich wieder an ihren Platz am Tisch und begann zu lesen. Zuerst klang ihre Stimme leise und ein wenig unsicher, doch allmählich wurde sie fester. Die Gäste hoben die Köpfe, um jedes Wort zu verfolgen.

Belinda las aus dem fünften Kapitel des Römerbriefs:

„Denn Christus ist ja zu der Zeit, da wir noch schwach waren, für uns Gottlose gestorben. Nun stirbt kaum jemand um eines Gerechten willen; um des Guten willen wagt er vielleicht sein Leben. Gott aber erweist seine Liebe gegen uns darin, daß Christus für uns gestorben ist, als wir noch Sünder waren."

„Ja", seufzte Frau Stafford-Smyth aus tiefstem Herzen, als Belinda die Bibel wieder zugeschlagen und sie Windsor gereicht hatte. „Laßt uns beten." Und Frau Stafford-Smyth sprach ein Gebet, in dem sie nicht nur für das Essen dankte, sondern auch für die Botschaft der Wahrheit in den verlesenen Bibelversen.

Hier und da war ein verlegenes Räuspern zu hören, dann wurde das Essen aufgetragen.

Bevor die Unterhaltung bei Tisch eine Wende zum Belanglosen nehmen konnte, wandte sich Frau Stafford-Smyth an Herrn Allenby.

„Und wie deuten Sie die Bibelworte von vorhin?" fragte sie ihn geradeheraus.

Einige Augenlicke suchte der ehrwürdige Mann nach einer Erklärung, während seine scharfsinnige Frau verstohlen um sich schaute.

Schließlich meldete sich Herr Walsh zu Wort.

„Nun, es geht um den Tod des Gottessohnes für die Sünder", stellte er nüchtern fest.

„Für die Sünder also", sann Frau Stafford-Smyth. „Wer sind denn die Sünder eigentlisch?" Damit nahm ein lebhaftes Gespräch seinen Anfang. Belinda mußte hin und wieder unwillkürlich lächeln. Sie hatte diesen Kreis älterer Leute noch nie bei einem so eifrigen Wortwechsel erlebt.

Natürlich ging es nicht ohne gewisse Meinungsverschiedenheiten ab. Herr Allenby vertrat die Ansicht, daß sich die gesamte Menschheit hier und da Fehler zuschulden kommen ließ, doch daß letztendlich jedermann Einlaß in die ewigen Freuden des Himmels erhalten würde. Herr Whitley widersprach. Für ihn war der Himmel nur ein

Seelenzustand, eine Art von innerer Verfassung. Herr Walsh war sogar zu der Einschränkung bereit, daß der Himmel nur einer Elitegruppe von Menschen vorbehalten war, doch was es mit dieser Gruppe auf sich hatte, das wußte er nicht recht zu sagen.

Frau Allenby saß schweigend da, während ihre Blicke zwischen den Wortführenden hin- und herschossen. Frau Whitley zerrte und zupfte unruhig an ihrer Serviette, und ihre Gesichtsfarbe wurde abwechselnd kreidebleich und dann wieder dunkelrot.

Celia Prescott war keineswegs gewillt, die Männer allein das Gespräch bestreiten zu lassen. Sie gab ihre Meinung mit Nachdruck zum besten, um sie anschließend hinter einem kleinen Scherz zu verstecken. Belinda gewann den Eindruck, daß Celia Prescott nicht allzu ernst genommen werden wollte, sobald es um religiöse Themen ging.

Behutsam und mit gekonnter Höflichkeit lenkte Frau Stafford-Smyth jedoch die Unterhaltung in die Richtung, die sie beabsichtigt hatte, bis sie an dem Punkt angelangt war, wo eine Schlußfolgerung unvermeidlich war.

„Nach dem, was Sie gerade gesagt haben", wandte sie sich an Herrn Allenby, um ihm seine eigenen Worte entgegenzuhalten, „ist es also ein Ding der Unmöglischkeit, ein vollkommenes Leben zu führen, weil wir allesamt einmal in irgendeiner Weise ... hm, sündigen."

Herr Allenby wollte aufbegehren, mußte jedoch letztlich Frau Stafford-Smyth recht geben.

Schließlich wandte sie sich an Herrn Walsh.

„Und Sie, mein werter Herr Walsh, halten den Himmel also für einen besonderen Ort für solsche, die ihn verdient haben."

Er lachte und nickte amüsiert. Herr Walsh mit seinem ausgeprägten Sinn für Humor schien nicht einmal den Himmel ernst nehmen zu können.

„Nun, isch teile Ihre Meinung, und zwar aus gutem Grund", fuhr die alte Dame fort. „Wenn der Himmel jedem offenstehen würde, wie Sie es behaupten, John", sagte sie und richtete ihren Blick auf Herrn Whitley, „dann wäre der Himmel ja keinen Deut besser als das, was wir hier auf der Erde haben, nämlich ein Ort, wo Mord, Totschlag, Krieg und Armut an der Tagesordnung wären. Auf einen solschen Himmel könnte isch misch nischt freuen."

Ihre Gäste stimmten kopfnickend zu.

„So bleibt also nur noch die Frage zu lösen", fuhr Frau Stafford-Smyth fort, „wie man nun eigentlisch in den Himmel kommt."

Frau Whitley zerrte mit höchster Nervosität an ihrer Serviette; sie war soeben wieder rot und blaß geworden. Frau Allenby warf ihrer Gastgeberin einen nicht gerade freundlichen Blick zu und schien dann die Entfernung zur Tür abzumessen. Belinda fragte sich, ob sie wohl gleich darauf zustürzen würde.

Die Männer hatten anscheinend nicht die geringste Ahnung davon, in welcher Richtung und mit welcher Absicht das Gespräch geführt wurde. Sie betrachteten es eher als amüsanten, willkommenen Zeitvertreib. Sie hatten schon lange nicht mehr so begeistert an einer derartig interessanten Tischrunde teilgenommen.

„Wir schaffen uns unseren Himmel selbst", behauptete Herr Whitley. „Wenn wir ein böses, griesgrämiges Leben führen und uns unsere Mitmenschen zu unseren Feinden machen, dann sterben wir auch so."

„Aber das stimmt nischt", widersprach Herr Allenby. „Es muß einfach mehr geben, eine Art von Jenseits – das wissen wir doch allesamt im Grunde unseres Herzens." Er deutete mit einer Hand auf seinen Brustkorb.

„Woher nehmen wir schon das Rescht, zu entscheiden, wer in den Himmel kommt und wie? Wir sind doch alle nischt besser als unsere Mitmenschen", meinte Herr Walsh mit einem vergnügten Lachen. Er war sehr damit zufrieden, ein schlagendes Argument vorgebracht zu haben, ohne jedoch selbst allzusehr davon überzeugt zu sein.

„Genau so ist es!“ rief Frau Stafford-Smyth kopfnikkend, worauf Herr Walsh noch erfreuter strahlte. „Haargenau. Wir haben keinerlei Rescht, das zu tun.“

Die ganze Tafelrunde nickte zustimmend. Schließlich faltete Frau Stafford-Smyth ihre Serviette behutsam, sah ihren Gäste der Reihe nach in die Augen und fuhr fort: „Nur Gott allein hat das Rescht dazu. Und er sagt uns genau, was seine Regeln sind. Wir sind allesamt Sünder, ein jeder von uns, genau, wie Sie gerade gesagt haben, Wilbur. Als Sünder kommen wir nischt in den Himmel“ – sie warf Herrn Walsh ein Kopfnicken zu – „jedenfalls nischt aus eigener Kraft. Deshalb mußte auch Jesus, der sündlose Sohn Gottes, an unserer Stelle am Kreuz sterben. Die einzige Hoffnung auf den Himmel liegt darin, das anzuerkennen und für sisch persönlisch anzunehmen, was Jesus am Kreuz für uns getan hat.

Wie heißt es in der Heiligen Schrift, Belinda? ‚Gott aber erweist seine Liebe gegen uns darin, daß Christus für uns gestorben ist, als wir noch Sünder waren.‘ Es verhält sisch genauso, wie Sie gesagt haben, Herr Walsh. Der Himmel ist nur für eine ganz besondere Sorte von Menschen reserviert, nämlisch solsche, die das glauben und annehmen, was Jesus für sie getan hat.“

Sie wandte sich an Herrn Whitley.

„Und auch Sie hatten rescht, jedenfalls beinahe. Wir haben unser Schicksal tatsäschlisch selbst in der Hand. Wir schaffen zwar nischt unseren eigenen Himmel oder unsere eigene Hölle, aber wir treffen hier auf dieser Erde die Entscheidung darüber, wo wir die Ewigkeit verbringen. Gott verurteilt niemanden. Er hat den Himmel für die Gereschten bestimmt, und dursch den Glauben werden wir gerescht. Die Hölle ist für die Ungereschten, die Ungläubigen. Es liegt ganz bei uns, für was wir uns entscheiden: für die Erlösung, die Jesus Christus uns anbietet, oder für unsere eigenen Wege, die uns nur in die Irre führen. Wir können selbst entscheiden, wo unsere ewige Wohnung sein wird.“

Die Gäste holten tief Luft. Das Gespräch hatte plötzlich eine sehr persönliche Wende genommen. Die Gastgeberin war jedoch noch nicht am Ende.

„Es hat lange gebraucht, bis isch das endlisch begriffen hatte", gestand sie. „Erst vor ein paar Wochen ist mir alles klargeworden. Endlisch habe isch die Dinge so erkannt, wie sie in Wirklischkeit sind. Deshalb habe isch das getan, was die Bibel uns ans Herz legt: isch habe eingesehen, daß ich gesündigt habe, und die Erlösung angenommen, die Jesus Christus vor so langer Zeit schon für misch am Kreuz vollbracht hat. Isch habe ihm von Herzen gedankt und ihn gebeten, mir dabei zu helfen, von nun an so zu leben, wie es ihm gefällt. Isch weiß, es hat lange gedauert, bis isch es verstanden hatte. Isch hatte die Botschaft schon jahrelang gehört, ohne sie je rischtig zu begreifen. Isch hoffe sehr, daß Sie alle mehr Weisheit auf diesem Gebiet besitzen, als es bei mir der Fall war. Wie isch nur so lange so blind sein konnte, weiß isch selbst nischt."

Schließlich warf Frau Stafford-Smyth ihren Gästen ein liebenswürdiges Lächeln zu.

„Wissen Sie", sagte sie sanft, „die Sache ist es wert, erwogen zu werden. Wir werden schließlisch alle nischt jünger. Es ist nur von Vorteil, wenn wir für das Jenseits bereit sind." Sie machte eine Pause, um ihren Gästen die Gelegenheit zu geben, über das Gesagte nachzusinnen. Dann wechselte sie das Thema und rief: „Windsor, den Kaffee bitte."

Ein unerwarteter Schlag

Wenige Tage später kam Frau Celia Prescott zu Besuch. Sie plauderte munter über die Reise nach New York, die neueste Frühjahrsmode und die Theatersaison in Boston, doch Belinda gewann den Eindruck, als habe sie etwas völlig anderes auf dem Herzen.

„Wenn Sie mich entschuldigen wollen", sagte Belinda nach dem Tee, „es ist so ein herrlicher Tag, daß ich gern ein bißchen im Garten spazierengehen würde." Die beiden Damen nickten, und Belinda verließ den Salon. Sie wußte es selbst nicht zu erklären, doch sie hatte das unbestimmte Gefühl, als wolle Frau Prescott mit ihrer Freundin unter vier Augen sprechen.

Belinda unterhielt sich eine Weile mit Thomas. Sie blieb draußen und genoß die klare Luft und den leuchtenden Sonnenschein, bis sie Frau Prescotts Kutsche abfahren hörte.

Als sie wieder ins Haus ging, fand sie ihre Herrin noch in dem gleichen Sessel vor, eine aufgeschlagene Bibel auf dem Schoß. Als sie Belindas Schritte hörte, sah sie auf.

„Wir müssen beten", sagte sie entschlossen. „Celia … nun, sie tut sisch sehr schwer."

„Hat sie …" begann Belinda, doch Frau Stafford-Smyth kam ihr zuvor.

„Ihr geht es so wie mir damals: für die Wahrheit ist sie blind. Sie will unbedingt aus eigener Kraft ein gutes Leben führen, um in den Himmel zu kommen. Wenn sie sisch eingestehen würde, eine Sünderin zu sein, dann würde sie sisch ja mit der gesamten Menschheit auf die gleische Stufe stellen, und Celia Prescott hat sisch noch nie als eine gewöhnlische Person betrachtet. Wie dumm und vermessen sind wir doch", bedauerte die alte Dame, und Tränen füllten ihre Augen. „Das Geschöpf will alles besser wissen als der Schöpfer. Die Menschen geben vor, etwas zu sein, was sie in Wirklischkeit gar nicht sind. Warum ist das nur so, Belinda?"

Belinda wußte keine Antwort.

„Nun, wir werden nischt aufhören zu beten", sagte Frau Stafford-Smyth. „Wer weiß, was der Heilige Geist in den Herzen derer bewirken wird, die neulisch bei uns das Wort Gottes gehört haben!"

Eine Folge des Tischgesprächs an jenem Abend kam jedoch von ganz anderer Seite als erwartet, selbst für Frau Stafford-Smyth und Belinda, die regelmäßig gemeinsam gebetet hatten. Es war der treue, würdevolle Windsor, der sich die Worte der Heiligen Schrift am Abend des Festessens zu Herzen genommen hatte. Der Butler hatte sich geduldig und unauffällig im Hintergrund aufgehalten, um die Gäste während ihres angeregten Gesprächs über die Bedeutung des Bibelabschnitts zu bedienen.

Die Verse der Bibel waren ihm so zu Herzen gegangen, daß er in der Stille seines Zimmers noch am gleichen Abend Jesus Christus als seinen Erlöser angenommen und ihm sein Leben ausgeliefert hatte.

Frau Stafford-Smyth war vor Freude außer sich. Wenn Windsor auch mit seiner wohlüberlegten Entscheidung keinesfalls ein großes Aufsehen auslösen wollte, so gab es doch den übrigen Bewohnern des Hauses sehr zu denken.

Ein paar Tage später stürzte Windsor mit aschfahlem Gesicht in den Salon, wo Belinda auf ihre Herrin gewartet hatte, um mit ihr zu frühstücken.

„Kommen Sie schnell, Fräulein", drängte er. Seine Stimme klang rauh. „Es ist die gnädige Frau!"

Belinda eilte ihm nach.

„Holen Sie am besten gleich den Arzt!" rief sie dem Dienstmädchen im Vorübereilen über die Schulter zu.

Eine verstörte, schluchzende Sarah stand händeringend an der Schlafzimmertür. Sie hatte ihre Dienstherrin reglos im Bett gefunden, als sie gekommen war, um ihr beim Ankleiden zu helfen. Belinda rannte an ihr vorbei in das Zimmer. „Sie wird doch nicht wieder ernsthaft krank sein?" dachte sie entsetzt. „Vielleicht braucht sie sofort Hilfe!"

Doch als sie sich über die alte Dame beugte, erkannte sie, daß auch ein Arzt ihr nicht mehr helfen konnte. Frau Stafford-Smyth war tot. Sie war während der Nacht gestorben, allem Anschein nach ohne jeden Kampf und ohne Schmerzen.

Belinda preßte die Hände zusammen. Sie war zu verstört, um zu weinen. „O mein Gott", betete sie still, „was sollen wir jetzt tun? Wie sollen wir nur ohne sie auskommen?"

Sie faltete die Hände der Verstorbenen und zog das Laken sorgsam über ihr Gesicht.

„Ach, Tante Virginia!" sagte sie mit erstickter Stimme, „ich habe dich doch so liebgehabt!"

Dann kamen ihr die Tränen, und heftiges Schluchzen schüttelte sie. Sie sank zu Boden, lehnte den Kopf gegen das Bett und ließ sich von ihrem Kummer überwältigen.

So fanden der Arzt und Windsor sie wenig später vor. Sie zitterte am ganzen Leib, und ihr Gesicht war vom Weinen verschwollen.

„Kommen Sie, Fräulein Belinda!" sagte Windsor sanft und half ihr vom Boden auf. Er führte sie aus dem Zimmer, damit der Arzt seine Pflicht tun konnte. Belinda ließ sich von Windsor die Treppe hinab nach unten führen.

„Hier, setzen Sie sisch!" sagte Windsor und schob Belinda einen Stuhl zurecht. „Isch hole Ihnen etwas Tee." Belinda wollte widersprechen, doch ihr fehlte die Kraft. Was machte es schon aus? Sie würde einen Schluck Tee trinken, wenn Windsor darauf bestand, dachte sie abwesend.

Die gedämpfte Stille im Haus wurde nur hier und da

durch ein unterdrücktes Schluchzen unterbrochen, wenn einer der Bediensteten seinen Kummer nicht verbergen konnte.

Belinda erinnerte sich später nur noch undeutlich an den Rest dieses Tages. Alles erschien ihr wie ein Traum, unwirklich und fremd. Sie spürte nur eine große, schmerzliche Leere in ihrem Herzen. Immer wieder fragte sie sich benommen: „Was sollen wir jetzt bloß anfangen?" Doch sie fand keine Antwort.

Belinda telephonierte mit dem Bekleidungsgeschäft LeSouds und bestellte angemessene Trauerkleidung. Jemand anders kümmerte sich um die Beerdigungsformalitäten und verschickte Todesanzeigen. Zahllose Blumensträuße wurden an der Haustür abgeliefert. Belinda sah zu, wie sie zuerst den Kaminsims füllten und dann die Tische im Salon. Blumen bedeuteten ihr nichts. „Tante Virginia ist tot", hämmerte es dumpf in ihrem Kopf.

Irgendwie brachten alle den kummervollen Tag der Beisetzung hinter sich. Belinda sah zu, wie der Sarg in das Erdreich gesenkt wurde. Um das Grab hatten sich die Freunde und die Bediensteten von Frau Stafford-Smyth versammelt. Fred und Pierre hatten Telegramme und Blumen geschickt, da sie nicht rechtzeitig zur Beerdigung kommen konnten.

Alles erschien Belinda so traurig und endgültig. Es war ihr unfaßbar, daß die gute alte Dame, ihre geliebte Herrin, nun für immer von ihr gegangen war, doch niemand konnte ihren Tod ungeschehen machen.

Wieder auf Gut Marschall angekommen, legte Belinda ihren schwarzen Schleierhut ab. Sie zog sich die schwarzen Handschuhe aus und bat Windsor mit bebenden Lippen: „Lassen Sie heute nichts für mich zu essen richten. Ich habe keinen Hunger."

Er nickte und verließ leise den Raum.

Still ging Belinda die Treppe hinauf in ihr Zimmer.

Einige Zeit später klopfte es an ihrer Tür. Belinda saß auf einem Stuhl am Fenster. Wer wollte sie denn ausgerechnet jetzt sprechen? Und warum? Gewiß hatte niemand die Absicht, sie an einem solchen Tag zum Tee zu besuchen.

„Herein!“ rief Belinda und tupfte sich die tränenfeuchten Wangen mit einem Taschentuch trocken. Es war Windsor. Er stand so aufrecht und steif da wie immer, doch auf seinem Gesicht lag ein sanfter Ausdruck.

„Hier ist Tee für Sie, Fräulein Belinda“, sagte er und stellte das Tablett auf einem Tischchen ab.

Belinda murmelte ihren Dank.

Windsor richtete sich wieder auf, um dann etwas zu tun, was er sich all die Jahre über noch nie erlaubt hatte: er richtete ein paar persönliche Worte an die Herrschaft des Hauses.

„Sie hat Sie sehr gern gehabt, Fräulein Belinda. Sie waren ihr wie ein eigenes Kind. Das hat sie mir oft gesagt. Und ... und isch weiß, wie sehr auch Sie an ihr gehangen haben. Wir alle haben es gespürt.“

Er zögerte.

„Aber ... aber sie wäre sehr unglücklisch darüber, wie Sie ihr nachtrauern, so verzweifelt und ohne Hoffnung. Sie ist doch so gestorben, wie sie es sisch immer gewünscht hat. Still, schnell. Ohne Schmerzen. In ihrem eigenen Bett. Diese Würde müssen Sie ihr zugestehen, Fräulein Belinda. Selbst im Tod.“

Wieder hielt Windsor inne. Belinda hatte ihm aufmerksam zugehört.

„Und noch etwas“, fuhr er leise fort. „Sie war bereit, ihrem Schöpfer zu begegnen. Wenn es früher geschehen wäre, vielleischt sogar noch vor einem Monat, dann wäre sie womöglisch noch nischt bereit gewesen. Dafür haben wir Ihnen zu danken, Fräulein Belinda, und isch danke Ihnen auch von ganzem Herzen.“

Windsor verbeugte sich und schloß die Tür wieder hinter sich, bevor Belinda eine Antwort gefunden hatte.

Irgendwie brachten alle Bewohner des Hauses die nächsten Tage hinter sich. Der Haushalt schien seinen gewohnten Gang zu nehmen, ohne daß Belinda eingriff. Sie kannte sich in praktischen Dingen nicht gut aus und ließ dem Personal daher freie Hand.

„Was soll ich nur jetzt tun?“ fragte sie ständig. Gewiß erging es den übrigen Bediensteten nicht anders. Sie alle würden ihre bisherige Arbeit weiter verrichten, bis das Testament eröffnet wurde. Belindas Stelle war jedoch nun überflüssig geworden.

Als sie wieder klarer denken konnte, setzte sie sich auf eine Bank im Garten und versuchte, Ordnung in ihre verworrenen Gedanken zu bringen.

Tante Virginia war also nun tot, begann sie. Es gab keinen Grund mehr für Belinda, weiter auf Gut Marschall zu bleiben.

Sie hob das Blütenblatt einer Rose vom Gras auf und hielt es an ihre Lippen. Dann kam ihr plötzlich ein neuer Gedanke. Warum hatte sie nur nicht gleich daran gedacht? Nach Hause zu ihren Eltern würde sie gehen. Ja, natürlich! Nach Hause, wo sie hingehörte. Belinda fühlte sich erleichtert.

„Aber dort bin ich so fremd geworden“, dachte sie dann bekümmert. „Als ich zu Besuch dort war, hatte ich nicht das Gefühl, richtig zu Hause zu sein. Ich habe mich ja viel zu sehr an Komfort und Luxus gewöhnt, an ein großes Haus und elegante Möbel.“

Kaum hatte sie das erkannt, als sie auch schon zusammenzuckte.

„Nein, so will ich nicht leben“, sagte sie laut. „Eine Schande ist es geradezu, so verwöhnt und verdorben zu sein!“

Nein, das war nicht Gottes Wille. Sie war hierhergekommen, um einer älteren Dame zu helfen, die ihre Pflege brauchte. Das hatte sie auch nach besten Kräften getan. Jetzt lebte die alte Dame nicht mehr, und Belindas Hilfe wurde nicht mehr benötigt. Gewiß entsprach es nicht dem Willen Gottes, daß sie sich in einen Sessel zurückzog und das Weltgeschehen an sich vorübergehen ließ.

Nein, Belinda war überzeugt, daß Gott etwas anderes für sie geplant hatte und daß irgendwo eine neue Aufgabe auf sie wartete.

„Ich fahre nach Hause zurück", sagte sie sich entschlossen. Die Bediensteten konnten das Haus auch ohne sie versorgen. Belinda würde zu ihren Eltern zurückkehren.

Was sie dort tun würde, wußte sie allerdings nicht genau. Diese Frage würde sie als nächstes lösen müssen.

„Ich tue eben, was Larry gesagt hat", entschied sie. „Ich suche mir eine neue Arbeit. An meinen alten Platz passe ich nicht mehr; ich muß wieder zu mir selbst finden. Ich brauche eine neue Aufgabe. Vielleicht wird es eine Weile dauern, bis ich sie gefunden habe, aber mit Gottes Hilfe werde ich es schaffen."

Mit diesem Entschluß im Herzen kehrte Belinda in das Gutshaus zurück. Ein wunderbarer Frieden erfüllte sie. Endlich wußte sie, was sie als nächstes zu tun hatte. Nach Hause würde sie fahren, zurück zu ihrer Familie und ihren Freunden, um eine neue Aufgabe zu suchen, durch die sie Gott in ihrem kleinen Heimatort dienen konnte.

Den übrigen Angestellten im Haus sagte sie nichts von ihrem Entschluß. Sie hatte nun allerhand zu tun. Es galt, ihr Zimmer zu räumen und ihre Koffer zu packen, ein Eisenbahnbillett zu lösen und Larry einen Brief zu schreiben. Vielleicht konnte er sogar eine etwas aus der Übung gekommene Krankenschwester in seiner Praxis gebrauchen, überlegte sie. Es würde eine Weile brauchen, bis sie sich wieder in ihren alten Beruf eingearbeitet hatte, aber es gab keinen Grund, weshalb ihr das nicht gelingen sollte. Sie war kräftig und gesund. Bald würde sie wieder als volle Arbeitskraft in der Praxis eingesetzt werden können.

Ihre eleganten Seiden- und Satinkleider würde sie

kaum mit nach Hause zu nehmen brauchen. Die Leute dort würden sie sonst womöglich für eingebildet halten, wenn sie sich so vornehm kleidete. Belinda wollte sich auf keinen Fall über die Menschen in ihrem Heimatort erheben. Lieber würde sie eine andere Verwendung für ihre teure Garderobe suchen.

Doch als erstes mußte sie den Brief schreiben. Belinda setzte sich an ihren kleinen Schreibtisch und nahm einen Briefbogen zur Hand. Gerade hatte sie die Feder in die Tinte getaucht, als jemand an die Tür klopfte. Auf Belindas „Herein!" betrat Ella das Zimmer.

„Windsor hat misch gebeten, Sie zu holen, Fräulein Belinda", entschuldigte sich Ella für die Störung. „Der Notar wünscht Sie in der Bibliothek zu spreschen. Windsor holt gerade den Tee."

Stirnrunzelnd verließ Belinda ihr Zimmer und ging zur Bibliothek. Vermutlich war der Besucher wegen des Vermächtnisses der Verstorbenen gekommen. Aber was in aller Welt hatte Belinda mit der Sache zu tun? Gab es womöglich noch Fragen wegen der Todesursache zu klären? Immerhin war Belinda ja die Privatpflegerin von Frau Stafford-Smyth gewesen, wenn sie auch zum Zeitpunkt ihres Ablebens nicht zugegen gewesen war. Dennoch war es verständlich, wenn sie als Betreuerin der alten Dame befragt wurde, überlegte sie.

Ein wenig befangen glättete sie sich den Rock und ging die Treppe hinunter. Sie fand Frau Stafford-Smyths Rechtsanwalt an dem großen Eichentisch in der Bibliothek vor. Er wirkte wie eine vertraute Erscheinung. Belinda war ihm schon mehrmals auf Gut Marschall begegnet.

Als sie die Bibliothek betrat, erhob er sich und bedeutete ihr, sich auf einen Stuhl ihm gegenüber zu setzen. Dann wandte er sich um und stellte ihr einen zweiten Besucher vor, der auf einem Stuhl am Kamin saß. „Herr Brown ist als unser Zeuge hier", erklärte er, was Belinda völlig rätselhaft erschien.

Schweigend setzte sie sich und wartete darauf, daß Herr Dalgardy mit seinen Fragen begann.

Dieser räusperte sich geräuschvoll und klopfte mit den Fingerspitzen auf die Tischplatte. Dann sah er Belinda über die Ränder seiner Brillengläser hinweg an und räusperte sich erneut.

„Es geht um das Testament“, sagte er ohne jede Spur von Sentimentalität. „Es ist an der Zeit, zur Tat zur schreiten.“

Belinda nickte und fragte sich dabei im stillen, was das Ganze nur mit ihr zu tun haben könnte. Danach begann der Mann mit einförmiger, brummender Stimme ein Dokument voller langer Fremdwörter zu verlesen, von denen Belinda kein einziges begriff.

„Warum tut er das nur?“ wunderte sich Belinda im stillen. „Ich versteh' ja kein Wort von dem, was er da liest, und obendrein geht es mich auch gar nichts an.“

Der Notar legte eine Pause ein, während Windsor den Tee brachte. Belinda schenkte den Tee ein, und der Notar fuhr fort.

Allmählich begann Belinda zu begreifen. Eine großzügige Summe war jeweils für Fred und Pierre vorgesehen worden. Der Rechtsanwalt versicherte ihr, daß er die Auszahlung persönlich beaufsichtigen würde. Belinda hörte ihm mit vor Verwunderung großen Augen zu. Jeder Bedienstete des Hauses sollte bestimmte Gegenstände erben. Daneben enthielt das Testament auch eine finanzielle Sicherung für die Zukunft. Das klang einsichtig. Frau Stafford-Smyth hätte niemals zugelassen, daß ihre Bediensteten in Not gerieten.

Weiter las der Notar: „Und Fräulein Belinda Davis, meiner treuen Pflegerin und lieben Gefährtin, hinterlasse ich den Rest meines Besitzes in seiner Gesamtheit ...“ Von den weiteren Bestimmungen des Testaments nahm Belinda nichts wahr. Fassungslos rutschte sie auf ihrem Stuhl hin und her. Die Farbe wich aus ihrem Gesicht, und ihre Hände wurden plötzlich eiskalt.

„Was hat das nur zu bedeuten?“ stieß sie endlich hervor.

Der Notar unterbrach sich und sah zu der jungen Frau auf.

„Hat sie nie mit Ihnen darüber gesprochen?“ fragte er.

„Nein“, antwortete Belinda und schüttelte den Kopf heftig. „Nein, niemals.“

„Nun, es heißt hier, daß Frau Stafford-Smyth Ihnen ihren gesamten Besitz hinterläßt, soweit nicht anderweitig in diesem Dokument darüber verfügt wird.“

„Aber … aber was … Ich verstehe nicht.“

„Ich fürchte, es geht um mehr, als wir zum jetzigen Zeitpunkt feststellen können“, antwortete der Notar. „Das Haus, die Investitionen, das Bankkonto. Wir werden Ihnen zur gegebenen Zeit eine vollständige Liste vorlegen.“

„Das Haus?“ erschrak Belinda. „Sie meinen dieses Haus hier?“

Der Mann nickte. Die Wirkung, die seine Worte bei dem Mädchen auslösten, amüsierte ihn insgeheim. Es war nur zu offensichtlich, daß der Inhalt des Testaments völlig überraschend für sie gekommen war.

„Sehr richtig.“ Nur mit Mühe gelang es ihm, ein Schmunzeln zu unterdrücken.

„O nein!“ sagte Belinda und sank auf ihren Stuhl zurück. „O nein! Es muß … es muß sich da um einen Irrtum handeln. Was in aller Welt sollte ich denn nur mit diesem Haus anfangen?“

Sie schloß die Augen, hielt sich eine Hand vor die Stirn und hoffte, daß der Raum bald aufhören würde, sich wie ein Karussell um sie zu drehen.

Schwere Entscheidungen

„Ich ... ich denke, ich brauche ein paar Minuten, um das alles zu verarbeiten", brachte Belinda schließlich hervor. Der Notar, ein älterer Herr, lächelte beinahe gegen seinen Willen.

„Selbstverständlich", antwortete er väterlich, „selbstverständlich. Ich wußte nicht, daß Sie so unvorbereitet sein würden. Wir kommen morgen wieder – wäre Ihnen zwei Uhr recht?"

Belinda nickte benommen.

„Windsor bringt Sie zur Tür", sagte sie und griff nach der Türklinke.

Belinda flüchtete sich in die Kühle des Gartens. Die Gedanken überstürzten sich in ihrem Kopf. Sie setzte sich auf eine weiße schmiedeeiserne Bank neben einem Fliederbusch, um ungestört nachzudenken.

„Im Frühling war der ganze Busch voller Blüten", murmelte sie. Sonderbar, daß ihr ausgerechnet das in diesem Moment in den Sinn kam. Sie griff in den Busch und strich über ein grünes Blatt. Jetzt war keine einzige Blüte mehr zu sehen. Man sah dem Busch ja nicht einmal an, daß er jemals geblüht hatte. Thomas hatte alle Blütenreste entfernt.

„Wie sich die Zeiten doch ändern!" flüsterte sie. „Die Jahreszeiten kommen und gehen; das Leben nimmt seinen Anfang und sein Ende. Der Mensch hat nur eine kurze Zeit, um seine Fußspuren auf dieser Erde zu hinterlassen."

So trübselig das klang, so spornte dieser Gedanke Belinda zur Tat an. Er half ihr, alles ins rechte Licht zu rücken. Allmählich kam Ordnung in ihre verworrenen Gedanken.

„Und jetzt habe ich neue Sorgen", sagte sie in den stillen Garten hinein. „Eigentlich wollte ich nach Hause fahren. Ich hatte mich zu diesem Entschluß durchgerungen, aber jetzt ... jetzt sitze ich hier fest." Belinda starrte den Fliederbusch bekümmert an.

„Sie wollte mir bestimmt keine Last damit aufbürden und mir das Leben erschweren. Im Gegenteil, sie wollte mir eine Freude machen und mich mit dem Erbgut ehren. Aber so empfinde ich's gar nicht. Ich will ihr Haus gar nicht und ihr Geld auch nicht. Hab's niemals gewollt. Ich bin hiergeblieben, weil sie mich hier brauchte, und jetzt ... jetzt kann ich noch immer nicht in meine Heimat zurück."

Belinda vergrub das Gesicht in den Händen und begann zu weinen.

„O Gott!" schluchzte sie. „Was soll ich nur jetzt anfangen? Was soll ich nur tun?"

Mit schweren Schritten und einem schweren Herzen ging Belinda in ihr Zimmer zurück. Sie setzte sich ans Fenster und schlug ihre Bibel auf. Ein vertrauter Psalm stimmte sie ruhiger, und sie betete. Als sie sich dann erhob, wusch sie sich das Gesicht, kämmte sich und ging in den Nordsalon, wo sie die Glocke läutete und auf Windsor wartete. Sie war noch immer blaß, doch ihr Gesicht trug nun den Ausdruck von Entschlossenheit.

„Windsor, bitte rufen Sie das ganze Personal zusammen", ordnete sie an.

Wenig später hatten sich alle eingefunden. Belinda wußte kaum, wie sie anfangen sollte.

„Sie wissen vielleicht, daß der Notar heute hier war", begann sie. Niemand erwiderte etwas. Daraus schloß Belinda, daß sie mit ihrer Annahme recht hatte.

„Nun, er hatte unerwartete Neuigkeiten für mich", fuhr Belinda fort. „Er hat einen Teil von ... von Madams Testament verlesen."

Schweigen.

„Darin hatte sie für jeden von Ihnen eine ansehnliche Summe festgelegt. Ich bin sicher, daß Sie alle zur gegebenen Zeit davon in Kenntnis gesetzt werden. In dem Testament hieß es auch, daß ... daß sie das Haus und ... und andere Dinge für mich bestimmt hat."

Niemand zeigte auch nur das geringste Zeichen von Verwunderung. Statt dessen wurde ein zustimmendes, anerkennendes Murmeln laut.

„Nun, ich verstehe mich nicht darauf, ein ... ein Haus von dieser Größe zu verwalten, aber gemeinsam werden wir es schon irgendwie schaffen. Ich dachte nur, daß jeder von Ihnen wissen sollte, wie die Dinge liegen. Sie alle verbleiben in Ihrer Stellung. Es wird keine Entlassungen geben."

Befangen sah sich Belinda in der Runde um. Viele nickten, und Erleichterung stand auf manchen Gesichtern.

„Hm, mehr habe ich eigentlich nicht zu sagen ... jedenfalls zur Zeit nicht", schloß sie. „Sie ... Sie dürfen ..." Belinda geriet ins Stocken. Wie entließ man die Dienerschaft aus seiner Gegenwart?

„Haben Sie vielen Dank", sagte sie endlich. „Das war alles."

Die Bediensteten begriffen, daß sie gehen durften, und verließen den Salon. Nur Windsor stand in militärischer Haltung da, bis alle gegangen waren, und wandte sich dann mit einer Verbeugung an Belinda.

„Wünschen Sie jetzt Ihren Tee, gnädiges Fräulein?"

So war Belinda noch nie im Leben angeredet worden. Schlagartig wurde ihr klar, was Windsor damit sagen wollte. Sie war nun die rechtmäßige Herrin auf Gut Marschall. Windsor und die übrigen Bediensteten würden sie dementsprechend behandeln. Ihr Wort galt als Befehl.

Dieser Gedanke verwirrte sie. Verzweifelt suchte sie nach einer Antwort.

„Ja ... ja, gern. Ja, bitte", stotterte sie.

Kurze Zeit später nahm Belinda das Teetablett von dem Butler entgegen. Ihr war ganz und gar nicht nach Tee zumute. Das Gebäck, das dazu serviert worden war, erschien ihr noch weniger verlockend, doch aus Höflichkeit verzehrte sie es.

„Muß ich etwa von jetzt an jeden Tag von neuem vorgeben, jemand zu sein, der ich in Wirklichkeit gar nicht bin?“ dachte sie verzweifelt. „Dabei würde ich ja glatt den Verstand verlieren! Keine Gesellschaft. Keine Aufgaben. Keine ehrbare Arbeit, die ich leisten kann. Wie soll ich ein solches Leben nur ertragen?“

Sie stellte ihre Teetasse auf das Tablett zurück und ging langsam in ihr Zimmer zurück.

Am nächsten Tag stellten sich die beiden Rechtsanwälte wie verabredet wieder ein. Nachdem sie Belinda weitere Einzelheiten des Testaments erläutert hatten, wurde die gesamte Dienerschaft herbeigerufen, damit der Teil des Testaments, der sie betraf, verlesen werden konnte. Hier und da sah Belinda eine Träne glitzern.

„Sie war so fürsorglich!“ murmelte jemand.

„Und so gütig!“

„Wir werden sie sehr vermissen!“

Wieder wurde Belinda mit Schrecken bewußt, daß auf ihre jungen, unerfahrenen Schultern nun die Last des gesamten Gutshaushalts gefallen war, ein Erbe, das sie sich weder erbeten noch insgeheim erträumt hatte. Dennoch konnte sie dieser Verantwortung nicht ausweichen; immerhin war sie damit betraut worden, Gut Marschall zu verwalten. Um der Ehre der Verstorbenen willen mußte sie sich dieser Aufgabe stellen. „Aber was soll ich nur tun?“ fragte Belinda sich ein ums andere Mal. „Soll ich etwa ganz allein und verlassen in diesem großen Haus alt werden?“

Eines Morgens kam Sarah zögernd zu ihr.

„Fräulein Belinda“, sagte sie, „Frau Potter hat misch geschickt, um Madams Zimmer aufzuräumen, und als isch ihre Bibel aufgehoben habe, ist das hier herausgefallen. Ihr Name steht darauf. Isch … isch dachte, am besten bringe isch es Ihnen gleisch, gnädiges Fräulein.“

Belinda nahm den Brief entgegen. Tatsächlich trug er ihren Namen auf dem Umschlag.

Sie starrte Frau Stafford-Smyths Schriftzüge an. Sosehr sie sich auch scheute, den Brief zu öffnen, so wußte sie, daß ihr keine andere Wahl blieb. Entschlossen nahm sie einen Brieföffner aus ihrem Schreibtisch und öffnete den Umschlag behutsam, um ihm einen zusammengefalteten Briefbogen zu entnehmen. Mit zitternden Händen faltete sie den Brief auseinander.

„Meine liebe Belinda!" las sie.

„Wann Du diese Zeilen zu lesen bekommst, weiß ich nicht, denn zur Zeit fühle ich mich ausgezeichnet. In meinem Alter muß man jedoch jederzeit für alles bereit sein.

Ich habe heute wieder mit meinem Notar gesprochen, und mir scheint, alles ist nun bis in alle Einzelheiten geordnet. Ein Teil meines Testaments wird Dich zweifellos wie aus heiterem Himmel treffen.

Unter anderen Bedingungen hätte ich meinen Enkelsöhnen mehr hinterlassen, aber das soll Dir nun kein Kopfzerbrechen bereiten.

Den größten Teil dessen, was sich in meinem Besitz befindet, hinterlasse ich Dir. Das soll Dir keine Last sein, meine Liebe, sondern eine Gelegenheit zu guten Werken. Ich bin ganz gewiß, daß Du mit Deinem gesunden Menschenverstand bald eine gute Verwendung für die Hinterlassenschaft finden wirst. Diese Entscheidung überlasse ich Dir. Ich vertraue Dir voll und ganz in dieser Sache.

Und nun, meine liebe Belinda, sollst Du mir nicht nachtrauern. Ich bin an einem besseren Ort, und ich habe es Deinen beharrlichen Anstößen zu verdanken, daß ich die Wahrheit endlich erkannt habe, bevor es zu spät war.

Ich habe Dich wie eine leibliche Tochter geliebt. Ich danke Dir für Deine Zuneigung. Du hast die einsamen Tage einer alten Frau mit neuem Sinn und einem Lebensziel gefüllt. Das könnte ich Dir niemals zurückzahlen.

In Liebe,

Virginia Stafford-Smyth"

Belindas Augen waren so tränennaß, daß sie die letzten Zeilen des Briefes kaum lesen konnte. Sie hielt den Brief an sich, und eine unsagbare Sehnsucht nach der Schreiberin überkam sie plötzlich.

„Das soll Dir keine Last sein, meine Liebe, sondern eine Gelegenheit zu guten Werken“, las sie laut. „Was hat sie nur damit gemeint? Was wollte sie mir nur sagen?“

Plötzlich wurde ihr alles sonnenklar. Frau Stafford-Smyth verlangte gar nicht von ihr, daß sie in dem Haus blieb; sie hatte es nicht einmal erwartet. Das Haus und das Vermögen hatte sie Belinda hinterlassen, damit es eine nutzbringende Verwendung finden sollte. Natürlich! So war es! Es wäre selbstsüchtig von Belinda und töricht dazu, wenn sie dieses große Haus mit seinen vielen Zimmern leerstehen lassen würde, wenn es notleidende Menschen gab, die ein Dach über dem Kopf brauchten. Es mußte eine Möglichkeit geben, solchen Menschen mit der Hinterlassenschaft der alten Dame zu helfen.

Ein Lächeln spielte um Belindas Mund, und eine neue Begeisterung flackerte in ihr auf.

„Ich werde einen tüchtigen Rechtsanwalt aufsuchen“, sagte sie sich. „Um die Sache nämlich richtig zu machen, werde ich jede Menge an guten Ideen und Unterstützung brauchen.“

Belinda war der Meinung, daß sie dem Personal ihr Vorhaben mitteilen sollte. Schließlich ging es dabei auch um deren Zukunft. Sie ließ alle nach dem Abendessen zu sich rufen.

„Sarah hat heute morgen beim Aufräumen in Madams Zimmern einen Brief gefunden“, begann sie und las dann einen Teil des Briefes vor. Die persönlichsten Zeilen ließ sie dabei aus.

Die Bediensteten hörten aufmerksam zu; dabei schienen sie nicht im geringsten von dem Inhalt des Briefes überrascht zu sein. Wie sie geahnt hatte, mußte Belinda den Abschnitt erläutern, in dem von „Gelegenheit zu guten Werken" die Rede war.

„Frau Stafford-Smyth hatte nie die Absicht, mir das Gut persönlich zu hinterlassen, damit ich hier ein bequemes, untätiges Leben führen sollte", erklärte Belinda. „Sie wollte, daß ich es dazu benutze, um Menschen zu helfen, die in Not sind."

Fragende Blicke waren auf sie gerichtet. Sie beeilte sich fortzufahren: „Ich habe zwar zur Zeit noch nicht die geringste Vorstellung davon, wie ich das anfangen soll, aber mit der Hilfe eines Rechtsanwalts hoffe ich, bald herauszufinden, was sich machen läßt. Ich wollte Ihnen nur sagen, daß ich das Anwesen auf irgendeine Weise anderen Menschen zugute kommen lassen werde."

Belinda sah sowohl Freude als auch Mißbilligung in den Gesichtern vor sich.

„Außerdem sollen Sie wissen", fuhr sie unbeirrt fort, „daß ich keinerlei endgültige Entscheidung treffen werde, bevor wir gemeinsam darüber gesprochen haben. Schließlich ist Gut Marschall auch Ihr Zuhause. Ich möchte, daß wir alle einig darüber sind, was mit dem Gut geschehen soll."

Als Belinda die Leute dann wieder gehen ließ, schauten auch jene, die anfangs skeptisch gewesen waren, ein wenig erleichterter drein. Belinda vermutete, daß es allerhand lebhafte Gespräche unter den Bediensteten geben würde, sobald sie wieder unter sich waren.

Belinda fühlte sich erschöpft. In den letzten Wochen hatte sich viel ereignet, und nun mußte sie sich in Boston nach einem geeigneten Rechtsanwalt umschauen. Bei dem Gedanken an diese Aufgabe war ihr unbehaglich zumute, doch sie nahm sich vor, gleich am nächsten Morgen mit ihrer Suche zu beginnen.

Belinda ließ sich von Windsor zu der Anwaltspraxis bringen, die für Frau Stafford-Smyth tätig gewesen war. Windsor hatte telefonisch einen Termin dort vereinbart, und

Herr Dalgardy, der das Testament auf Gut Marschall verlesen hatte, begrüßte sie in seinem Büro.

„Und was kann ich für Sie tun?“ fragte er höflich.

„Ich komme wegen Frau Stafford-Smyths Testament“, begann Belinda.

„Aha. Das hatte ich vermutet.“

„Nun, ich ... ich meine, in dem Testament heißt es nicht, daß ich das Gut behalten muß. Es heißt nur darin, daß ich es hinterlassen bekomme.“

„Ich fürchte, ich kann Ihnen nicht recht folgen“, sagte der Anwalt stirnrunzelnd.

„Sie müssen wissen“, fuhr Belinda fort, „daß ich auch einen Brief habe.“

„Dürfte ich einen Blick darauf werfen?“

„Ja, aber ... ich ... ich habe ihn nicht mitgebracht. Es war ein persönlicher Brief“, stotterte Belinda.

„Handelt es sich um einen Brief von der Verstorbenen oder einem Dritten?“

„Von der Verstorbenen natürlich. Ich habe ihre Handschrift auf der Stelle erkannt.“

„Ich müßte den Brief schon mit eigenen Augen sehen, um das zu prüfen“, sagte der Mann kühl.

„Der Brief ändert ja nichts an dem Testament selbst“, beeilte sich Belinda zu erklären. „Ich wollte nur sagen, daß er ... daß ich dadurch manches jetzt klarer sehe.“

Der Mann schaute sie nur stirnrunzelnd an.

„Nun, ich wollte damit nur sagen, daß ... daß Frau Stafford-Smyth bestimmt nicht beabsichtigte, daß ich auf Gut Marschall wohnen sollte ... ich meine, ganz allein und zu meinem Vergnügen. Ich glaube eher, daß ich es dazu benutzen soll, anderen zu helfen.“

Herr Dalgardy warf ihr einen zweifelnden Blick zu, doch er nickte zum Zeichen, daß Belinda weitersprechen sollte.

„Ich ... ich hätte gern gewußt, was man mit einem solchen Haus unternehmen kann. Wie man es nutzbringend verwenden kann, ohne es zu beschädigen. Und die Bediensteten sollen ihre Anstellung dort nicht verlieren. Sie sollen wie bisher weiterarbeiten."

„Möchten Sie ein öffentliches Museum aus dem Gut machen, Fräulein?" fragte der Anwalt.

„Nein, nein, ganz und gar nicht. Ich glaube kaum, daß das in Tante Virginias ... in Frau Stafford-Smyths Sinn wäre."

„Was hatte sie sich denn vorgestellt?"

„Hm, das weiß ich selbst nicht genau. Ich weiß nur, daß Menschen dadurch geholfen werden soll. Wie man das aber bewerkstelligen soll, ist mir noch unklar. Deshalb bin ich zu Ihnen gekommen. Ich brauche Rat. Ich möchte gern erfahren, was von der Stadt aus zulässig ist und welche Möglichkeiten wir haben."

„Aha", sagte der Anwalt und schüttelte bedächtig den Kopf.

Belinda war verwirrt. Der Mann schien das Gegenteil von dem zu sagen, was er dachte.

Er stand auf und räusperte sich.

„Wenn Sie das Haus zu wohltätigen Zwecken verwenden möchten", sagte er reserviert, „dann können Sie es jederzeit verkaufen und den Erlös verschenken."

„Damit wäre aber den Bediensteten nicht geholfen", widersprach Belinda.

„Sie könnten ein angemessenes Ruhegeld erhalten", schlug der Anwalt vor.

„Schon, aber das Gut ist doch ihr Zuhause. Sie wohnen schon seit vielen Jahren dort. Ich glaube kaum ..."

„Tut mir leid", unterbrach sie der Anwalt stehend, „aber eine andere Lösung kann ich Ihnen nicht anbieten."

Belinda begriff, daß er das Gespräch damit als beendet betrachtete. Benommen stand sie auf.

„Ach so", murmelte sie kleinlaut, glättete sich den Rock und nahm ihren Sonnenschirm. Sie war schon fast zur Tür hinaus, als der Anwalt ihr nachrief: „Wenn Sie sich zum Verkauf entschließen sollten, kann ich Ihnen gewiß zu einem Käufer verhelfen."

Belinda hob ihr Kinn und rauschte ins Freie. „Nur über meine Leiche!" kochte es in ihr. „Das wäre ja noch schöner! Niemals werde ich die Dienerschaft vor die Tür setzen, um Gut Marschall zu verkaufen!"

Das Vermächtnis

Schiere Enttäuschung lag in Belindas Stimme, als sie Windsor von der Unterredung mit dem Anwalt berichtete. Sie wußte sich keinen Rat, an wen sie sich als nächstes wenden sollte, doch Windsor war noch längst nicht zum Aufgeben bereit.

„Haben Sie Herrn Dalgardy gebeten, Ihnen eine andere Anwaltspraxis zu empfehlen?“ fragte er Belinda.

Sie schüttelte den Kopf.

„Daran habe ich nicht mal gedacht“, gestand sie. „Ich war wohl einfach zu aufgebracht, weil er davon gesprochen hat, Gut Marschall zu verkaufen. Es sollte mich nicht wundern, wenn er selbst ein Auge darauf geworfen hätte!“ bemerkte sie entrüstet.

Windsor blieb ihr eine Antwort schuldig. Er hätte es zwar niemals zugegeben, doch auch ihn würde so etwas nicht überraschen. Gut Marschall war als eines der vornehmsten Anwesen in ganz Boston bekannt.

„Dann werden wir eine Anwaltspraxis nach der anderen aufsuchen müssen“, stellte der Butler nüchtern fest. „Einen anderen Weg gibt es nischt.“

Belinda seufzte.

Schon jetzt war der Tag recht heiß. Sie war froh, ihren Sonnenschirm mitgebracht zu haben.

„Müssen wir überall zuerst einen Termin vereinbaren?“ fragte sie verzagt. „Wenn wir erst bei jeder einzelnen Anwaltspraxis anrufen müssen, dann wird die Suche ja Monate dauern!“

„Gewöhnlischerweise schon“, antwortete Windsor, „aber vielleischt erfahren wir auch auf kürzerem Weg etwas. Zumindest können wir uns von dem Sekretär den Namen des zuständigen Anwalts geben lassen.“

Belinda nickte.

„Und wie sollen wir am besten vorgehen?" fragte sie.

„Nun, gnädiges·Fräulein, wenn Sie wünschen, nehme isch die beiden Büros auf der anderen Straßenseite, und Sie statten diesem hier einen Besuch ab. Isch werde misch drüben erkundigen, und Sie könnten fragen, ob man hier daran interessiert ist, Ihre Interessen zu vertreten."

Belinda nickte. Windsors Vorschlag klang einsichtig. Sie nahm ihre Rocksäume auf, um die lange Treppe zu dem Anwaltsbüro hinaufzusteigen, das Windsor ihr zugeteilt hatte. Auf dem Schild war zu lesen: „Browne, Smith und Thorsby, Anwälte und Notare".

Als sie den Eingang erreicht hatte, war sie etwas außer Atem und schwitzte. Sie wischte sich die Stirn, sammelte sich und klopfte dann an die Tür.

„Herein!" rief eine Männerstimme.

Ein wenig unsicher trat Belinda auf den großen, von Papierstapeln beladenen Schreibtisch zu. Sie versuchte, sich daran zu erinnern, wie Windsor sich vorhin ausgedrückt hatte, doch vergeblich.

„Guten Tag. Ich bin Belinda – ich meine, Fräulein Davis", sagte sie. „Ich suche einen Notar ... einen Anwalt, der mir hilft, ein Testament zu vollstrecken."

„Haben Sie einen Termin hier?" fragte der Mann kurz angebunden und warf ihr einen scharfen Blick über seinen Brillengläser hinweg zu.

„Nein, ich ..."

„Wir nehmen keine Aufträge von der Straße weg an", teilte der Mann ihr mit.

„Aber ich ... ich ..." stotterte Belinda, doch sein unverwandter Blick brachte sie zum Schweigen. Von der Straße weg? Das klang so ungehobelt, so gewöhnlich. Einen Moment lang erwiderte sie den starren Blick des Mannes, um dann errötend auf dem Absatz kehrtzumachen und das Büro wieder zu verlassen.

Sie stieg die lange Treppe hinab, und bei jedem Schritt vertiefte sich das Rot in ihren Wangen.

„Was für ein unhöflicher Mensch!“ murmelte sie vor sich hin. „Ich hoffe nur, daß man Windsor mit etwas mehr Respekt behandelt!“

Doch auch ihm war nicht mehr Erfolg als ihr beschieden gewesen. Er hatte nichts erreicht.

„Am besten fahren wir wieder nach Hause, Fräulein Belinda“, riet er Belinda. „Wir werden uns in Ruhe Gedanken machen müssen, wenn wir in dieser Sache vorankommen wollen.“

Belinda gab ihm recht. Sie schwitzte und fühlte sich erschöpft. Obendrein war ihr ganz und gar nicht danach zumute, an diesem Tag noch eine weitere Abfuhr erteilt zu bekommen.

Sie nahm nicht einmal die Schönheit des Herbsttages zur Kenntnis, als die Kutsche bald darauf durch die Straßen der Stadt zu dem eleganten Viertel zurückfuhr, in dem Gut Marschall lag.

In den nächsten Tagen brachten sie viel Zeit damit zu, Anwälte aufzusuchen, eine Möglichkeit nach der anderen zu prüfen, Fahrten in die Innenstadt zu machen und an die Türen von Anwaltsbüros zu klopfen. Dennoch fand Belinda, daß sie der Lösung ihrer Aufgabe keinen Schritt nähergekommen waren. Sie war so mutlos geworden, daß sie die Suche am liebsten aufgegeben hätte, als der Pfarrer der Kirchengemeinde eines Nachmittags zu Besuch kam.

„Wie ich höre, liegt die Verwaltung von Gut Marschall nun in Ihren geschickten Händen“, bemerkte er mit einem gewinnenden Lächeln.

„Und Sie hätten gern Ihre Kirche und sich selbst in ein möglichst günstiges Licht dabei gerückt“, dachte Belinda im stillen, ohne es auszusprechen. Schließlich hatte sie einen Geistlichen vor sich, und seiner Predigt war es zu verdanken gewesen, daß Frau Stafford-Smyth noch vor ihrem Tod Frieden mit Gott gefunden hatte. Belinda mußte zugeben, daß seine Predigten biblisch begründet waren, wenn diese ihrer Meinung nach auch wesentlich klarer sein könnten.

Sie nickte schweigend und wartete darauf, daß der Mann zur Sache kam.

„Wir von der Kirche möchten Ihnen versichern, daß wir Sie, wie auch schon Frau Stafford-Smyth vor Ihnen, als Mitglied unserer Gemeinde sehr schätzen. Wenn wir Ihnen je in irgendeiner Weise behilflich sein können ...“

„Ja, das können Sie tatsächlich“, unterbrach Belinda ihm, einer plötzlichen Idee folgend. „Ja, Ihre Hilfe käme mir sogar sehr gelegen. Ich brauche nämlich einen guten Anwalt. Sie können sich vorstellen, daß dieses Haus und alles, was dazugehört, eine große Verantwortung für mich bedeuten. Solche Entscheidungen sind mir einfach fremd. Ein tüchtiger Anwalt wäre mir da eine große Hilfe. Wüßten Sie vielleicht jemanden, den ich zu Rate ziehen könnte?“

Belinda ahnte nicht, daß sämtliche Anwälte in der ganzen Stadt mit Feuereifer zugesagt hätten, wenn sie nur gewußt hätten, wer Belinda war und um welches Anwesen es sich handelte. Belinda ihrerseits wußte nicht, wie man solche Anwälte bestellte.

„Hm, ich denke schon, daß ich Ihnen da weiterhelfen kann“, sagte der Pastor, ohne lange zu zögern. „Ich werde mich gern für Sie umhören.“

Belinda bedankte sich aufrichtig, und bald darauf verabschiedete sich der Geistliche wieder.

So kam es, daß drei Tage später ein weiterer Besucher auf Gut Marschall vorsprach.

Windsor öffnete ihm die Tür und wartete geduldig, während der Mann in aller Ruhe die elegante Fassade des Hauses, den gepflegten Rasen und die Blumenbeete bewunderte. Windsor räusperte sich diskret, worauf der Mann ihm hastig eine Visitenkarte reichte.

„Der ehrenwerte Pfarrer Arthur Goodbody hat mir mitgeteilt, daß die Dame des Hauses einen Rechtsbeistand sucht“, erklärte er Windsor. Dieser nickte und trat beiseite, um dem Mann Einlaß zu gewähren.

„Isch werde das gnädige Fräulein rufen“, sagte er höflich. „Warten Sie bitte in der Bibliothek.“

Der Anwalt lächelte und folgte dem Butler, der ihm einen Stuhl in der Hausbibliothek zuwies.

Belinda konnte ihr Glück kaum fassen, als Windsor ihr die Visitenkarte des Besuchers reichte.

„Der Pastor schickt ihn, gnädiges Fräulein“, erklärte der Butler.

„Wie nett von ihm!“ rief Belinda aus. „Ich hatte die Hoffnung ja schon fast aufgegeben!“ Sie eilte zur Bibliothek, um den Gast zu begrüßen.

Als Belinda die Bibliothek mit geröteten Wangen und rauschenden Röcken betrat, betrachtete der Anwalt gerade die Bücher, die zu Tausenden in den Regalen standen, mit unverhohlener Bewunderung. Er erhob sich höflich von seinem Stuhl, doch dann wich die Bewunderung auf seinem Gesicht einem Stirnrunzeln.

„Ich bin Belinda – Fräulein Davis“, stellte sie sich mit einem Lächeln vor. „Und Sie sind ...“ Sie warf einen Blick auf die Karte in ihrer Hand. „Keats, Cross und Newman“, las sie laut und lächelte dann erneut. „Wer von den Dreien sind Sie denn?“ erkundigte sie sich mit freundlicher Offenheit.

„Keats ist mein Name“, antwortete der Mann zögernd. „Anthony Keats.“

„Ich freue mich ja so, daß Sie sich dieser Angelegenheit annehmen wollen“, sagte Belinda. Dann wurde ihr bewußt, daß sie beide noch standen. „Aber nehmen Sie doch bitte Platz“, sagte sie und setzte sich auf den Stuhl hinter dem großen Schreibtisch aus Eiche.

Der Mann schaute verwirrt drein, doch er setzte sich ebenfalls.

„Am besten erkläre ich Ihnen kurz, um was es sich handelt“, sagte Belinda. „Ich möchte gern dieses Anwesen einer nützlichen Verwendung zuführen. Wie ich das aber anfangen soll, ist mir noch unklar. Ich weiß nicht einmal, welche Möglichkeiten es gibt und welche Grenzen mir dabei gesetzt sind. Ich brauche einen Rechtsbeistand, der mich berät und mir bei den größeren Entscheidungen hilft."

„Aha", antwortete der Mann, doch es klang nicht sehr überzeugend.

„Das Haus ist groß – riesengroß sogar. Ich habe die Zimmer ja noch nicht einmal gezählt", fuhr Belinda ein wenig verlegen fort. „Einige davon werden selbstverständlich von dem Personal benötigt werden. Die Bediensteten sollen nämlich hierbleiben", erklärte sie. „Schließlich ist das Gut ihr Zuhause."

Der Mann nickte.

„Ich selbst werde nicht bleiben. Ich werde nach Hause zu meinen Eltern fahren, sobald ... sobald alles geregelt ist."

„Dürfte ich wohl darum bitten, mit dem Hausbesitzer persönlich zu sprechen?" sagte der Mann höflich.

Belinda errötete.

„Aber ich bin doch die Besitzerin", stellte sie klar. „Deshalb habe ich Sie ja rufen lassen."

„Madam", erwiderte der Anwalt kühl, „es handelt sich um eine rechtliche Angelegenheit. Ich brauche die entsprechenden Dokumente."

„Dokumente?"

„Eine Besitzurkunde."

„Oh, Sie meinen das Haus? Ach, jetzt verstehe ich. Die Urkunde ist erst letzte Woche geliefert worden. Hier ist sie." Belinda trat vor den Geldschrank an der Wand. Sie öffnete den Schrank mit geübter Hand, entnahm ihm einige Papiere und reichte diese dem Anwalt. Herr Keats warf einen prüfenden Blick auf jedes einzelne Dokument, um zwischendurch immer wieder zu Belinda aufzuschauen.

„Wie ist das Haus in Ihren Besitz gelangt?" erkundigte er sich schließlich.

„Tante Virginia – Frau Stafford-Smyth – hat es mir in ihrem Testament hinterlassen."

„Ihre Tante also?"

„Nun, nicht meine richtige Tante. Ich habe sie nur Tante Virginia genannt. Ich war bei ihr angestellt. Ich war ihre Privatpflegerin – und ihre Vertraute", erläuterte Belinda.

Das Stirnrunzeln des Anwalts vertiefte sich.

„Und jetzt möchten Sie grundlegende Änderungen vornehmen?" fragte er.

„Ja", antwortete Belinda.

„Weil Ihnen die Mittel zum Unterhalt eines solchen Anwesens fehlen?" fragte der Anwalt.

Nun war es an Belinda, die Stirn zu runzeln.

„Sie brauchen also das Geld des Erlöses", schloß der Anwalt unverblümt.

„Nicht im geringsten", beeilte Belinda sich klarzustellen. „Sie hat mir ja zusätzlich eine große Geldsumme hinterlassen."

Der Anwalt holte tief Luft.

„Dann wollen Sie sich einfach nur des Hauses entledigen? Sie wollen es verkaufen?"

„Nein, verkauft werden soll es nicht", entgegnete Belinda energisch. „Nein, ganz und gar nicht! Ich würde Gut Marschall niemals kurzerhand verkaufen. Ich möchte es nur ... nur nutzbringend verwenden. Tante Virginia hat es so angeordnet – in ihrem Brief."

Der Anwalt schaute verständnislos drein. Belinda lächelte.

„Vielleicht fangen wir am besten noch einmal von vorn an", schlug sie vor. „Ich glaube, wir sind beide ein wenig durcheinander."

Der Mann lachte.

„Eine gute Idee", meinte er.

„Hier", sagte Belinda und reichte ihm einen Aktenstapel. „Das ist das Testament. Der Brief liegt auch dabei. Lesen Sie alles in Ruhe durch. In der Zwischenzeit lasse ich uns Tee kommen. Ich könnte nämlich eine Tasse gebrauchen. Vielleicht trinken Sie eine mit mir."

Belinda ließ Herrn Keats reichlich Zeit, um das Testament und den Brief zu lesen. Als er es endlich beiseite legte und seine Brille absetzte, fragte sie: „Verstehen Sie jetzt, um was es geht?“

„Verstehen? Nein, nicht direkt. Aber was die rechtliche Seite betrifft, so ist alles durchaus wohlgeordnet. Sie können frei über das Anwesen verfügen.“

Belinda war erleichtert, das zu hören.

Windsor brachte das Teetablett, und Belinda schenkte ihrem Gast eine Tasse ein.

„Nun hätte ich gern gewußt, wie ich dieses Haus verwenden kann. Welche Wege stehen mir offen?“

„Denken Sie vielleicht an ein öffentliches Museum mit festen Eintrittspreisen?“

Belinda schüttelte ungeduldig den Kopf. Warum glaubten nur alle, sie wolle das Haus als Einnahmequelle benutzen?

„Ich möchte gern einen guten Zweck mit diesem Haus erfüllen“, erklärte sie dem Anwalt. „Es soll notleidenden Menschen dienen, genau wie Tante Virginia es in ihrem Brief bestimmt hat.“

„Und wie soll das geschehen, Madam ... äh, Fräulein?“

„Das weiß ich halt nicht genau“, antwortete Belinda zögernd. „Deshalb brauche ich ja Ihren Rat.“

„Aha“, sagte der Mann. Es klang ein wenig ungehalten.

Einige Augenblicke herrschte Schweigen.

„Es würde mir außerordentlich weiterhelfen, Fräulein Davis, wenn ich eine Vorstellung davon hätte, wie Sie sich das vorstellen“, fuhr Herr Keats dann fort.

„Nun, da bin ich mir eben nicht sicher“, antwortete Belinda. „Ich meine nur, daß es doch eine Möglichkeit geben müßte, wenn man an die vielen Obdachlosen auf den Straßen denkt und all die leeren Zimmer in diesem Haus hier.“

Der Mann sah sie entsetzt an.

„Sie meinen ... eine Art Asyl für Bettler?“ fragte er.

„Nein, niemals. Ein solches Kommen und Gehen wie

im Bienenstock würde das Haus nur ruinieren und den Bediensteten viel zuviel Arbeit aufbürden. So etwas kommt nicht in Frage."

Der Mann wirkte erleichtert.

„Aber es muß doch eine Möglichkeit geben, dieses wunderschöne Haus zu etwas Nützlichem zu gebrauchen." Belinda ließ nicht locker. Schließlich stand der Mann auf und reichte ihr das Aktenpaket zurück.

„Ich werde mich darum kümmern", erbot er sich.

„Vielen herzlichen Dank", antwortete Belinda aufrichtig. „Ich war schon nahe daran, die Hoffnung aufzugeben, und dabei möchte ich doch nichts lieber, als alles geregelt zu bekommen, damit ich bald in meine Heimat zurückkehren kann."

Herr Keats warf einen Blick um sich.

„Das Haus ist von erlesener Schönheit. Um ehrlich zu sein, kann ich mir nicht vorstellen, daß Sie es je verlassen möchten. Ich werde aber wieder bei Ihnen vorsprechen, sobald ich Ihnen einige Vorschläge unterbreiten kann", versicherte er ihr, und dann führte Windsor ihn zur Tür.

Celia Prescotts Einladung

„Wie nett!“ murmelte Belinda, den Blick auf eine schriftliche Einladung gerichtet. „Von Frau Prescott“, sagte sie und sah zu Windsor auf. „Sie bittet mich nächsten Donnerstag zum Abendessen.“

Windsor nickte.

„Sie wünschen die Kutsche, gnädiges Fräulein?“

Belinda dachte nach.

„Liebe Güte“, sagte sie, „ich weiß ja nicht einmal, wo Frau Prescott wohnt!“

„Sie hat nur ungern Einladungen verschickt. Sie ist zwar häufig hierhergekommen, aber sie war viel zu beschäftigt, um ...“ Windsor unterbrach sich und schickte sich an, das Teegeschirr abzuräumen. „Isch kenne den Weg dorthin, gnädiges Fräulein“, sagte er. „Isch habe Madam früher einige Male zu Frau Prescott gebracht.“

Die Erinnerung an Frau Stafford-Smyth ließ einen Schatten über Belindas Züge gleiten. Ein Abend mit Celia Prescott würde womöglich schmerzlich für sie werden. Ohne Zweifel würden viele Erinnerungen an die gemeinsamen Unternehmungen der Vergangenheit wachwerden. Belinda wußte nicht recht, ob sie dem gewachsen sein würde. Unruhig stand sie von ihrem Stuhl auf und ging zu dem Kamin. Dort rieb sie sich die Hände und starrte auf die kalte Kaminasche, ohne sie wahrzunehmen. Windsor wandte sich zu ihr um.

„Vielleicht sollte ich die Einladung einfach ablehnen“, sagte sie zögernd.

„Das hätte Madam niemals gewünscht, gnädiges Fräulein“, widersprach Windsor leise.

Belinda sah auf. Es überraschte sie, daß Windsor seine persönliche Meinung so offen zur Sprache gebracht hatte.

„Nein", gestand sie, „das hätte sie wahrscheinlich nicht. Aber ... aber es wird so ein schwerer Abend werden ..."

Windsor nickte.

„Vermissen Sie sie auch so arg?" fragte Belinda unvermittelt.

Einige Sekunden herrschte nur Schweigen; dann nickte Windsor.

„Sehr", sagte er, wandte sich ab und eilte mit dem Teegeschirr aus dem Raum.

Belinda stand da und starrte in den leeren Kamin hinein. „Asche", dachte sie. „Nur noch Asche, wo einmal ein warmes Feuer geflackert hat. Oh, wie ich sie vermisse!"

Sie wischte sich die Tränen aus den Augen und kehrte sich von dem Kamin ab, um an das Fenster zu treten. Draußen arbeitete Thomas in einem Blumenbeet. Mac hatte sich auf dem Rasen daneben niedergelassen, den Kopf auf die Pfoten gelegt. Der ältere Mann und sein Hund wirkten wie ein Teil der Landschaft draußen.

Belinda lächelte. Es war ein herrlicher Tag, und Windsor hatte recht, gestand sie sich ein. Nie hätte Frau Stafford-Smyth von ihr erwartet, daß sie tagein, tagaus zu Hause sitzen blieb. Belindas Leben mußte weitergehen.

Sie setzte sich an den Schreibtisch in der Ecke, um eine schriftliche Annahme der Einladung zu verfassen. Die kleine Briefkarte steckte sie dann in einen Umschlag, den sie auf den Flurtisch legte. Windsor würde ihn Frau Prescott überbringen. Danach ging sie in den Garten zu Thomas.

Belinda traf sorgfältige Vorbereitungen für den Abend der Einladung. Sie sah dem Ereignis mit großer Spannung entgegen. Warum hatte die ältere Dame sie zu sich gebeten? Es stimmte, daß Frau Stafford-Smyth sie zu ihren Lebzeiten als eine ihrer engsten Freundinnen betrachtet hatte. Es stimmte ebenso, daß sie Frau Stafford-Smyth und Belinda seit deren Ankunft hier in Boston kein einziges Mal zu sich eingeladen hatte. Belinda hatte gehört, wie die Damen von einem Teekränzchen oder einem Abendessen bei den Prescotts gesprochen hatten, doch das war schon sehr lange her, und nun hatte es den Anschein, als sei Frau Prescott nicht mehr zu solchen offiziellen Einladungen geneigt. „Viel zuviel Aufwand!" hatte sie einmal zu Frau Stafford-Smyth in Belindas Beisein geklagt.

„Warum dann ausgerechnet jetzt?" fragte sich Belinda. „Und warum lädt sie ausgerechnet mich ein?" Vielleicht ahnte sie, wie schmerzlich Belinda die alte Dame vermißte. Vielleicht litt Frau Prescott auch selbst unter dem Verlust. „Wie dem auch sei, ein Abend bei Frau Prescott wird mir guttun", fand Belinda. Sie ging zwar regelmäßig in die Kirche und auch hin und wieder in die Stadt zum Einkaufen, doch ansonsten blieb sie im Haus. Selbst eine vornehme Villa konnte einem ein wenig überdrüssig werden.

Belinda betrachtete sich im Spiegel. Das dunkelblaue Seidenkleid stand ihr gut. Als sie sich den glänzenden Stoff über den Hüften glattstrich, fiel ihr plötzlich wieder eine Bemerkung ein, die Frau Stafford-Smyth vor langer Zeit einmal gemacht hatte. „Isch möschte nischt, daß die Welt mir nachtrauert", hatte sie gesagt. „Wenn die Leute sisch an misch erinnern, sollen sie an Farbe denken, leuschtende Farben, kein langweiliges Schwarz. Farben sollst du tragen, hörst du, Belinda, meine Liebe? Farben: Blau, Grün, Rubinrot!" Damals hatte Belinda gelacht. Frau Stafford-Smyth hatte keineswegs wie jemand ausgesehen, der in Kürze aus dieser Welt scheiden würde. Doch dann war sie doch gestorben, so unvermutet und plötzlich. Bei ihrem eigenen Anblick im Spiegel mit dem dunkelblauen Seidenkleid mußte Belinda nun an die leichtfertig dahingesagten Worte ihrer verstorbenen Herrin denken.

„Ich glaube, ich würde dir gefallen, Tante Virginia", flüsterte Belinda. „Aber werden andere es auch verstehen?"

Belinda seufzte. Celia Prescott würde womöglich nicht das geringste Verständnis zeigen.

Belinda läutete die Glocke, um Ella herbeizurufen. Für heute abend würde sie sich kunstvoll frisieren lassen, beschloß sie.

Windsor wartete schon, als Belinda nach unten kam. Der Abend war warm und die Luft schwer von Blütenduft, als sie in die Kutsche stieg. Am liebsten hätte sie Windsor gebeten, sie einfach durch Boston zu kutschieren, ganz gleichgültig, wohin. Es tat gut, das Haus verlassen zu können. Welch eine Wohltat, sich an den lieblichen Vorgärten der Nachbarschaft zu freuen! Es war erfrischend, ihren Kummer für eine kurze Zeit hinter sich zu lassen. Wenn sie ganz ehrlich war, so mußte Belinda sich eingestehen, daß sie sich sogar auf ein munteres Tischgespräch freute, auch wenn die übrigen Gäste dreimal so alt wie sie selbst sein sollten. Zu ihren schwersten Pflichten des Tages zählte es, ganz allein ihre Mahlzeiten einnehmen zu müssen.

Bald fuhr die Kutsche durch ein Portal. Belinda betrachtete die kunstvoll geschnitzten Säulen, die blaugrauen Fensterläden, die hohen, schmalen Fenster und die hübsche Fassadenform. Das Haus war sehr gepflegt, wenn es auch nicht so großzügig angelegt war wie Gut Marschall.

Windsor half Belinda aus der Kutsche.

„Isch werde derweil Mallone einen Besuch abstatten", teilte er ihr mit. „Wenn Sie wieder nach Hause möschten, lassen Sie Charles nach mir läuten."

Belinda nickte und wurde kurz darauf von Charles ins Haus gebeten. Im Flur wurde sie schon von einer munteren und gesprächigen Celia Prescott erwartet.

„Mein liebes Mädschen", rief die Gastgeberin erfreut, „wie geht es Ihnen denn? Isch habe ja so oft an Sie denken müssen!"

Belinda murmelte ihren Dank und ließ sich in den Salon führen.

„Sie sehen einfach bildhübsch aus, meine Liebe", fuhr Frau Prescott fort. „Einfach bildhübsch! Und rescht haben Sie. Isch weiß doch, was Virginia von Schwarz gehalten hat. ‚Eine entsetzlische Farbe' hat sie's genannt." Frau Prescott lachte schallend.

„Aber nun kommen Sie, meine Liebe", sagte sie, „isch möschte Sie jemandem vorstellen."

Frau Prescott zog sie zu den Sesseln am Kamin, wo ein junger Mann aufstand, um sie zu begrüßen. Belinda hatte ihn beim Betreten des Raums nicht einmal bemerkt. Er hatte sich völlig unauffällig verhalten. Nun wirkte er befangen. Hastig streckte er ihr die Hand entgegen, um sie dann mitten in der Bewegung zurückzuziehen und hinter seinem Rücken zu verstecken. Schließlich reichte er sie ihr zögernd erneut.

„Belinda, das ist mein Neffe Morton Jamison", strahlte Frau Prescott. „Morton, dies ist die bezaubernde junge Dame, von der isch dir erzählt habe."

Morton errötete und reichte Belinda verlegen die Hand. Belinda nahm sie und schüttelte sie kurz.

„Nett, Sie kennenzulernen", sagte sie mit einem Lächeln. Er murmelte eine Erwiderung und strich sich befangen mit der Hand über sein Jackett.

„Morton ist Student an der Yale-Universität", fuhr Frau Prescott fort, und der junge Mann errötete noch heftiger.

„Wie interessant!" antwortete Belinda. Sie warf ihm ein ermutigendes Lächeln zu. Mit seiner entsetzlichen Schüchternheit tat der junge Mann ihr leid. Sie bemühte sich, ihm zu helfen.

„Aber setzen Sie sich doch bitte!" lächelte sie und setzte sich auch selbst. Sichtlich erleichtert ließ der junge Mann sich wieder auf seinen Stuhl sinken.

„Und was studieren Sie?" erkundigte Belinda sich.

„Ich … ich weiß noch nicht genau", stotterte der junge Mann. „Vielleicht … vielleicht Wirtschaft oder Jura. Ich …"

„Morton wird eines Tages das Geschäft seines Vaters übernehmen", warf Frau Prescott ein. „Zur Zeit bereitet er sisch mit allerhand unterschiedlischen Studien darauf vor."

Belinda nickte.

„Sehr klug von Ihnen!" lobte sie und warf dem jungen Mann erneut ein Lächeln zu.

Belinda sah sich unauffällig im Raum um. War sie etwa viel zu früh erschienen? Die übrigen Gäste hatten sich anscheinend noch nicht eingefunden. Belinda hatte keinesfalls die Absicht, Frau Prescotts Beispiel zu folgen und die schlechte Angewohnheit des ständigen Zuspätkommens zu entwickeln. Sie wandte sich wieder zu ihrer Gastgeberin um, die gerade sagte: „Isch dachte, ihr beiden jungen Leute solltet eusch unbedingt einmal kennenlernen. Schließlisch seid ihr doch im gleischen Alter, und Sie, Belinda, wohnen ganz allein in dem großen Haus. Sie fühlen sisch bestimmt oft einsam."

„Das ist sehr nett von Ihnen", erwiderte Belinda sanft. „Hin und wieder ist es tatsächlich recht still in dem Haus."

„Nun, wenden Sie sisch nur jederzeit vertrauensvoll an Morton und misch, meine Liebe", zwitscherte Frau Prescott, und Morton rutschte unbehaglich auf seinem Stuhl hin und her.

Charles betrat den Raum, räusperte sich und sagte mit vollendeter Höflichkeit: „Das Essen ist serviert, gnädige Frau."

Frau Prescott nickte und sprang auf.

„Aha, endlisch. Kommt, wir wollen es nischt kalt werden lassen!"

Der junge Morton wirkte völlig verwirrt. Er schien nicht recht zu wissen, ob er nun seine Tante Celia oder die junge Besucherin ins Speisezimmer zu führen hatte. Frau Prescott kam ihm zu Hilfe.

„Isch gehe schon voraus, Morton, und du begleitest Fräulein Belinda an den Tisch", bestimmte sie. Morton bot Belinda zögernd den Arm. Vor Verlegenheit glühte sein Hals wie eine reife Tomate.

Der junge Mann tat Belinda sehr leid. Die ganze Einladung schien ihm entsetzlich peinlich zu sein. Belinda lächelte ihm ermutigend zu und ging an seiner Seite zu dem Speisezimmer.

Er war von schmaler Gestalt, was ihn noch kleiner wirken ließ, als er ohnehin schon war, fand Belinda. Sein Kinn war spitz, seine Nase etwas zu lang, sein Mund zu groß, die Haare widerspenstig und von ungleicher Länge, und seine Augen blinzelten mühsam hinter dicken Brillengläsern hervor. Insgesamt bot der bedauernswerte junge Mann keinen sehr stattlichen Anblick.

„Vielleicht ist er ja deshalb so schrecklich schüchtern“, überlegte Belinda und nahm sich vor, dem jungen Mann besonders freundlich zu begegnen.

„Isch dachte, wir plaudern heute einmal gemütlisch im kleinen Kreise“, erklärte Frau Prescott, als sie sich an ihren Platz am Tischende setzte und Belinda den Stuhl zu ihrer Rechten und Morton den zu ihrer Linken zuwies.

Dem jungen Mann direkt gegenüber zu sitzen erwies sich als eine wahre Tortur für ihn, dachte Belinda. Er wirkte noch befangener als zuvor und bemühte sich krampfhaft, Belindas Blick auszuweichen. Die Folge war, daß auch Belinda es allmählich schwierig fand, ein Tischgespräch in Gang zu halten.

Zum Glück schien Celia Prescott keinen Mangel an Gesprächsthemen zu haben. Während des Essens plauderte sie unaufhörlich. Ihre beiden Gäste nickten nur hin und wieder oder pflichteten ihr mit einem „Aha!“ bei. Je weiter der Abend fortschritt, desto deutlicher wurde es jedoch, daß sie dieses gemeinsame Essen als Gelegenheit geplant hatte, um die beiden jungen Leute miteinander bekannt zu machen. Belinda fühlte sich zunehmend unbehaglicher.

„Eine so bildhübsche und charmante junge Frau wie Sie sollte eigentlisch längst verheiratet sein“, sagte Frau

Prescott auf ihre unverblümte Art. „Und es ist einfach eine Schande, daß Sie die ganze Last eines solsch großen Anwesens ganz allein zu tragen haben. Isch habe zu Morton gesagt: ‚Eigentlisch gehört so etwas in die Hände eines Mannes, der in geschäftlischen Dingen Erfahrung hat.‘ Liebe Güte, isch hätte niemals eine solsche Verantwortung tragen können. So etwas habe isch lieber meinem William überlassen. Viel zuviel Kopfzerbreschen, so etwas! Und nun wohne isch halt hier. Das Vermäschtnis ist geregelt, und isch ...“ Und so redete sie in einem fort.

Allmählich begann Belinda zu begreifen.

„Oh, aber das Geschäftliche macht mir gar nichts aus“, sagte sie. „Immerhin habe ich einen tüchtigen Rechtsanwalt. Das erleichtert die Sache ungeheuer. Außerdem habe ich erstklassige Bedienstete. Sie versorgen das Haus und das Grundstück ganz selbständig.“

Frau Prescott schaute ein wenig verunsichert drein.

„Trotzdem“, beharrte sie, „braucht eine junge Frau wie Sie einen ... nun, einen Ehemann, eine Familie. Gewiß wollen Sie nischt Ihr Leben lang allein bleiben. Isch sage immer ...“

Belinda lächelte.

„Vielleicht ist es besser, allein zu leben, als mit dem falschen Mann verheiratet zu sein“, sagte sie freundlich, aber bestimmt. Morton rutschte nervös auf seinem Stuhl umher. Es war nur allzu deutlich, daß er sich persönlich gemeint fühlte. „Ach du Schreck!“ schalt Belinda sich selbst aus. „So hatte ich es doch gar nicht gemeint. Ich wollte nur sagen ...“

Der junge Mann tat ihr so leid, daß sie schnell das Thema wechselte.

„Und haben Sie schon Reisepläne für diesen Winter, Frau Prescott?“ erkundigte sie sich.

Es dauerte eine Weile, bis die ältere Dame dem Wechsel folgen konnte.

„Nein, eigentlisch noch nischt. Isch habe wohl noch nischt darüber nachgedacht. Isch ... isch ... nun, bis dahin ist noch reischlisch Zeit. Oft entschließe isch misch erst in letzter Minute."

„Haben Sie das neue Theaterstück schon gesehen?" fragte Belinda. Sie hatte nicht im geringsten die Absicht, das Gespräch wieder auf das Thema von vorhin zurückkommen zu lassen.

„Ja, das habe isch. Zweimal sogar", antwortete Frau Prescott.

„Dann muß es eine ausgezeichnete Vorstellung sein", lobte Belinda und freute sich im stillen darüber, ein neues Gesprächsthema gefunden zu haben.

„Nun, nischt besonders", meinte Frau Prescott. „Oft gehe isch zwei- oder dreimal, nur damit isch aus dem Haus komme. Das Stück ist sogar rescht banal, aber die Schauspieler sind ausgezeischnet. Isch gehe gern aus. Es ist nett, unter die Leute zu gehen."

Belinda nickte und wollte gerade eine Bemerkung anfügen, als Frau Prescott schon weitersprach.

„Deshalb sorge isch misch ja auch so sehr um Sie, meine Liebe. Sie gehen niemals aus. Morton würde Sie gern zum Theater begleiten, nischt wahr, Morton?" Ohne eine Antwort abzuwarten, fuhr sie fort: „Und es gibt auch eine Reihe von interessanten Museen und Konzerten und dergleichen mehr, zu denen Morton Sie abholen könnte ..."

„Oh, bemühen Sie sich nicht!" wehrte Belinda lächelnd ab. „Die meisten Museen habe ich schon gesehen. Als Pierre hier war, hat Tante Virginia uns zusammen durch ganz Boston geschickt."

Das Gesicht der Gastgeberin verfinsterte sich bei der Erwähnung von Pierres Besuch. Belinda erinnerte sich, wie Frau Prescott sich damals bei ihrer Freundin Virginia darüber beschwert hatte, daß diese ihren Enkelsohn in der Begleitung einer „gewöhnlichen Angestellten" in der Öffentlichkeit sehen ließ. Nun schien sie von Eifer beseelt zu sein, ihren eigenen Neffen mit genau dieser jungen Dame bekannt zu machen. Frau Prescott errötete leicht.

„Seitdem gibt es bestimmt neue Ausstellungsstücke zu

sehen, meine Liebe“, sagte sie mit einem verlegenen Lächeln. „Und von guter Musik kann man eigentlisch gar nischt genug bekommen.“

Darin mußte Belinda ihr recht geben.

„Nun, im Moment bin ich leider sehr beschäftigt“, antwortete sie. „Für Konzerte und Museen und dergleichen habe ich keine Zeit. Die Verwaltung von Gut Marschall nimmt mich voll und ganz in Anspruch ...“

„Genau das meine isch doch, meine Liebe“, unterbrach die ältere Dame sie mit einer Spur von Ungeduld in der Stimme. „Es ist einfach nischt nötig, daß Sie sisch Ihren hübschen Kopf über solsche trockenen Angelegenheiten zerbreschen. Ein tüschtiger Ehemann könnte das doch viel besser. Ehrlisch gesagt ...“

Doch diesmal war es Morton, der ihr ins Wort fiel.

„Tante Celia, ich denke, daß Fräulein Davis durchaus in der Lage dazu ist, selbst zu entscheiden, ob und wann sie heiraten möchte“, sagte er mit mehr Entschlossenheit, als Belinda ihm jemals zugetraut hätte. „Außerdem werde ich wohl kaum als Begleiter in Frage kommen, da ich Anfang nächster Woche nach Yale zurückkehre.“

„Aber du hast doch gesagt ... du hast doch gesagt, du wüßtest noch nischt genau, wann du zurückfährst“, hielt Frau Prescott ihm vor.

„Das hat sich inzwischen geändert“, antwortete der junge Mann fest entschlossen. „Und jetzt schlage ich vor, daß wir zum Nachtisch übergehen. Soll ich Charles läuten?“

Mit einem mißmutigen Blick nahm Frau Prescott die Glocke, und Belinda warf dem jungen Mann ein fast unmerkliches Kopfnicken zu. Er war soeben gewaltig in ihrem Respekt gestiegen, doch mehr als diesen Respekt konnte sie beim besten Willen nicht für ihn empfinden.

Pläne

Belinda erhielt eine Nachricht von Anthony Keats, ihrem Rechtsanwalt. Darin hieß es nur, daß er mehrere Möglichkeiten für Gut Marschall in Erwägung gezogen hätte und ihr nun mehrere Vorschläge zu unterbreiten bereit wäre. Belinda sollte einen Zeitpunkt festlegen, zu dem er sich gern einfinden würde. Belinda gab Windsor eine Auswahl von Terminen und bat ihn, die Anwaltspraxis anzurufen, um einen davon mit Herrn Keats zu vereinbaren. Je näher der Zeitpunkt rückte, desto größer wurde ihre Freude.

Windsor öffnete dem Mann die Tür und führte ihn in die Bibliothek, wo Belinda ihn bald darauf begrüßte. Er wirkte durchaus zufrieden mit sich selbst, und Belinda spürte, wie ihr Herz schneller schlug, als sie ihn bat, Platz zu nehmen, und sich ihm gegenüber setzte.

„Ich habe allerhand Nachforschungen angestellt", begann Herr Keats.

Belinda hörte ihm erwartungsvoll zu.

„Die erste Möglichkeit, die ich in Betracht gezogen habe, ist die eines Waisenhauses", erklärte er. Belinda fragte sich, warum sie nur nicht von selbst auf diese Idee gekommen war. Andererseits brauchte man für ein Waisenhaus viele Betreuer.

„Eine derart vornehme Villa ist allerdings kaum die passende Umgebung für Waisenkinder", fuhr der Mann fort. „Dazu müßte man schon sämtliche Möbel entfernen, die Räume wesentlich – äh, schlichter einrichten und die kostbaren Antiquitäten veräußern. Wertvolle Möbel und kleine Kinder vertragen sich nicht gut."

Damit hatte er zweifellos recht. Man konnte unmöglich von Kindern verlangen, sich in einer solchen Umgebung wohl zu fühlen. Ebenso abwegig erschien Belinda die Vorstellung, all die hübschen Dinge zu verkaufen, die Frau Stafford-Smyth über die Jahre hinweg gesammelt und die sie stets als Teil ihres Hauses betrachtet hatte. Belinda schüttelte traurig den Kopf. Nein, das würde nicht gehen.

„Eine bessere Möglichkeit", fuhr der Mann fort, „wäre eine Art von Konservatorium."

„Ein Konservatorium?"

„Musik, die Künste", erklärte Herr Keats. „Sie war doch eine Kunstliebhaberin, nicht wahr?"

„Ja, das war sie", antwortete Belinda, „aber wie ...?"

„Sie könnten das Haus jungen Musikern von außerordentlicher Begabung zur Verfügung stellen. In dem Musikraum wird der Unterricht erteilt, und die Bibliothek und drei oder vier der anderen Räume könnten zu Übungszimmern umgebaut werden. Die Schlafzimmer dienen den jungen Studenten dann als private Unterkunft. Zu diesem Zweck würde sich das Haus glänzend eignen."

Belinda saß regungslos da. Ihr erschien alles so fremd und neu.

„Oder auch jede der anderen Künste", fuhr der Anwalt im Brustton der Überzeugung fort. „Wenn Sie das Haus lieber den bildenden Künsten widmen wollen, dann könnten Sie den vorderen Salon so umbauen lassen, daß ..."

Doch Belinda gebot mit einem Kopfschütteln Einhalt. Sie wollte das Haus ja gar nicht umbauen! Viel lieber würde sie es so benutzen, wie es war.

„Oder Sie könnten eine öffentliche Bibliothek daraus machen. In diesem Stadtteil von Boston fehlt eigentlich eine gute Bibliothek. Der vordere Salon wäre dann ein Lesezimmer. Im Eßzimmer und im Nordsalon könnten zusätzliche Bücherregale angebracht werden ..." Doch wieder schüttelte Belinda den Kopf.

„Gegen ein Museum haben Sie sich ja von vornherein ausgesprochen", sagte der Mann leicht ungehalten.

Belinda nickte. Das Haus zu einer Sehenswürdigkeit

für Schaulustige zu machen erschien ihr ganz und gar nicht angemessen.

„Ich hätte lieber, wenn es bewohnt wäre, einfach nur bewohnt, und zwar so, wie es ist“, sagte sie.

Der Mann stieß einen Seufzer aus.

„Fräulein Davis, dazu werden Sie es wohl oder übel verkaufen müssen“, ermahnte er sie. „Wer möchte – oder braucht – schon ein Haus von dieser Größe? Und von dieser Eleganz?“

„Für Kinder ist es wirklich nicht geeignet“, gestand Belinda. „Hier könnten sie nicht frei umherlaufen und spielen. Und Betreuerinnen für sie zu finden wäre schwierig. Nein, für Kinder wird es nicht gehen.“ Sie sagte es eher zu sich selbst als zu dem Mann, der vor ihr saß. Dieser anwortete ihr trotzdem.

„Haargenau!“ sagte er. „Und elternlose Kinder sind die einzigen, die eine solche Unterkunft überhaupt brauchen. Erwachsene sind ja bereits versorgt.“

Belinda nickte bekümmert. Aus dieser Idee würde wohl nichts werden, machte sie sich klar.

„Sie haben recht“, sagte sie seufzend. „Nur die Kleinen sind in Not, die Kleinen und die Alten.“

Plötzlich richtete sich Belinda kerzengerade auf.

„Ich hab's!“ rief sie aufgeregt. „Ja, das ist's!“

„Wie bitte?“ fragte der Mann.

„Die Alten! Wir könnten ein Heim für bedürftige ältere Menschen aus dem Haus machen. Das wäre die beste Lösung! Sie könnten sich an all den hübschen Dingen hier freuen. Wir brauchen nicht so viele Betreuer wie in einem Heim für Waisenkinder. Sie können in aller Ruhe hier wohnen und hätten die Gesellschaft anderer Mitmenschen. Sie können im Garten spazierengehen und in der Sonne sitzen. Die Bibliothek und das Musikzimmer können sie jederzeit benutzen. Ja, das ist es!“

Der Mann beobachtete ihr Gesicht. Belinda war von Feuereifer beseelt. Endlich nickte auch er bedächtig.

„Vielleicht läßt sich das tatsächlich in die Tat umsetzen", sagte er. „Aber nur, wenn dabei in aller Sorgfalt vorgegangen wird."

„Aber selbstverständlich", meinte Belinda begeistert.

„An wie viele ... äh, Bewohner hatten Sie denn gedacht?" erkundigte er sich.

„Sechs vielleicht, oder acht? Höchstens ein Dutzend, mehr nicht", antwortete Belinda.

„Und woher werden Sie die Bewohner nehmen?" fuhr er fort.

„Ich weiß nicht ... durch die Kirchen oder die Stadtverwaltung vielleicht. Irgend jemand muß doch ältere Menschen kennen, die eine Unterkunft brauchen."

„Sie müssen aber in der Lage sein, Treppenstufen zu bewältigen", gab der Anwalt zu bedenken.

„Dann könnten wir vielleicht eine Art von Aufzug einbauen lassen", schlug sie vor.

„Das würde nicht recht zu der Architektur des Hauses passen", warnte er.

„Er braucht ja nicht gleich mitten im vorderen Salon eingebaut zu werden", erwiderte Belinda. „Neben dem Nordsalon oder der Bibliothek ist doch jede Menge Platz dafür. Wir bestellen uns einen Zimmermann, der uns berät."

Der Anwalt nickte, wenn auch nach wie vor ein wenig zweifelnd.

„Und wie stellen Sie sich die Betreuung vor?" fragte er. „Werden die Bediensteten des Hauses einem solchen Plan zustimmen?"

Daran hatte Belinda noch nicht gedacht.

„Ich habe ihnen gesagt, daß ich das Haus zu etwas Nützlichem verwenden will", erklärte sie zögernd. „Was diesen neuen Plan betrifft, so werde ich mit ihnen darüber sprechen müssen. Ich möchte nichts gegen ihren Willen unternehmen. Schließlich sind auch sie hier zu Hause."

Der Mann nickte.

„Wünschen Sie, daß ich alles mit ihnen bespreche?" erbot er sich.

„Aber nein! Das mache ich selbst. So ist es mir lieber."

„Dann gibt es wohl vorläufig nichts mehr zu klären, bis ich wieder von Ihnen höre", sagte der Anwalt, steckte seine Papiere in seine Aktenmappe und stand auf.

„Ja, ich werde mich bei Ihnen melden", versprach Belinda. „Und haben Sie vielen, vielen herzlichen Dank!"

Er schien Belindas Begeisterung nicht recht zu teilen.

Vor der Bibliothek wartete Windsor darauf, den Gast an die Tür zu bringen. Sobald dieser sich verabschiedet hatte, wandte Belinda sich an den Butler.

„Wir müssen uns unbedingt zu einer Besprechung treffen, und zwar am besten im Nordsalon", sagte sie aufgeregt. „Schauen Sie doch bitte, ob sich alle in einer Viertelstunde dort einfinden können. Frau Potter soll uns allen einen Tee kochen. Auch für Thomas, wenn er gerade abkömmlich ist. – Nein, lieber nicht im Nordsalon", überlegte Belinda. Der Nordsalon war zu förmlich. „Wir treffen uns auf der Veranda hinter dem Haus", bestimmte sie. Sie wollte sich mit den Angestellten an einem Ort treffen, wo ein jeder sich ungezwungen bewegen konnte.

Dann eilte Belinda die Treppe hinauf, um ihr Seidenkleid mit einem schlichteren zu vertauschen. Ihr lag daran, als eine Gleichgestellte mit den Bediensteten zu sprechen. Es gab Wichtiges zu erwägen, etwas, das die Zukunft aller betraf.

Als Belinda zurückkehrte, hatten sich sämtliche Bediensteten schon auf der Veranda eingefunden. Einige wirkten ein wenig befangen und nervös, als Belinda dazukam, doch sie bemühte sich, einen jeden aus seiner Befangenheit zu lösen.

„Frau Potter, würden Sie so freundlich sein und den Tee ausschenken?" bat sie und setzte sich bequem auf der obersten Verandastufe zurecht, von wo aus sie zu ihren Bediensteten aufschauen anstatt herabschauen konnte.

„Ella, würden Sie bitte die Plätzchen herumreichen?

Und sobald jeder bequem sitzt, können wir mit unserer Besprechung anfangen."

Thomas nahm die Tasse mit dem Tee entgegen und setzte sich zu Belinda auf die Stufe. Mac ließ sich zu seinen Füßen im Gras nieder.

Windsor schob Frau Potter einen Stuhl zurecht und einen zweiten für die Köchin. Erst dann setzte er sich auch selbst, wenn er es auch mit sichtlichem Widerwillen tat. Ella und Sarah standen an das Geländer gelehnt.

„Ich habe Ihnen schon gesagt, daß ich Gut Marschall am liebsten so erhalten möchte, wie es ist", begann Belinda. „Nun, der Anwalt, den ich gebeten hatte, sich mit der Sache zu befassen, war heute morgen hier." Diese Bemerkung war eigentlich überflüssig, da diese Tatsache niemandem im Haus entgangen war.

„Der Anwalt hat mir mehrere Vorschläge gemacht. Er hat davon gesprochen, daß wir das Haus als ein ... ein Konservatorium für Musik oder bildende Künste benutzen könnten, oder als eine Bibliothek oder etwas Ähnliches. Dazu müßte das Haus aber umgebaut werden, und ich mag es nicht umbauen lassen."

Mehrere der Bediensteten nickten zustimmend.

„Wir haben auch über die Möglichkeit eines Waisenhauses gesprochen", sagte Belinda und bemerkte, wie einige unbehagliche Blicke ausgetauscht wurden. „Aber auch das würde große Veränderungen am und im Haus selbst bedeuten."

Belinda glaubte, hier und da einen erleichterten Stoßseufzer zu hören.

„Ich meine, die beste Lösung wäre, wenn Gut Marschall ein beschauliches, gemütliches Heim für ältere Menschen würde", fuhr Belinda fort. „Wir könnten eine bestimmte Anzahl von bedürftigen älteren Menschen hier aufnehmen. Das Haus selbst könnte so bleiben, wie es ist. All die hübschen Dinge hier kämen zur Geltung. Die Bewohner könnten im Garten spazierengehen, sich auf den Bänken im Sonnenschein ausruhen oder in den Salons handarbeiten. Diejenigen, die Klavier spielen, können es nach Herzenslust hier tun. Oder sie können in der Bibliothek lesen. Und das beste an der ganzen Sache ist, daß wir kaum etwas an Gut Marschall zu verändern brauchen."

Belinda beobachtete die Gesichter um sich her. Innerhalb kurzer Zeit hatte sich in ihnen eine Abfolge von Besorgtheit, Zweifel und schließlich Erleichterung widergespiegelt.

Als erster meldete Windsor sich zu Wort.

„Würden die jetzigen Angestellten auch weiterhin erwünscht sein, gnädiges Fräulein?" fragte er.

„Alle, die bleiben möchten, können bleiben", antwortete Belinda. „Selbstverständlich werden wir zusätzliche Angestellte brauchen. Es wird mehr Bewohner hier geben, die versorgt werden müssen."

Die Erleichterung auf den Gesichtern wurde noch deutlicher.

„Solange mir nur niemand in meinen Blumenbeeten herumgräbt!" bat sich Thomas murmelnd aus.

Belinda lachte.

„Wir werden uns hüten, das zu tun, Thomas. Ehrenwort!" Auch einige der Angestellten lachten.

„Aber für die Küche und die Wäsche würden wir zusätzliches Personal einstellen müssen. Und für das Saubermachen. Am besten setzen wir uns alle zusammen und stellen gemeinsam fest, welche Arbeiten anfallen und wer sie tun soll. Danach schauen wir uns nach zusätzlichem Personal um. Aber zuerst möchte ich gern wissen, was Sie von dem Plan halten."

Belindas Blick wanderte von einem zum anderen, doch niemand wagte zu sprechen.

„Windsor, was meinen Sie?" fragte Belinda endlich.

Windsor zögerte nicht mit seiner Antwort.

„Die Vergangenheit werden wir nischt zurückholen können", sagte er nüchtern. „Daran läßt sisch nischts ändern. Isch bin sischer, daß der Plan, für den Sie sisch entschieden haben, die beste Möglischkeit darstellt, gnädiges Fräulein."

„Und werden Sie bei uns bleiben?"

Windsor nickte.

„Mit Vergnügen, gnädiges Fräulein", sagte er.

„Bestens!" Belinda war erleichtert. „Und Sie, Frau Potter?"

„Nach so vielen Jahren könnte isch unmöglisch kündigen", erwiderte die Frau, den Tränen nahe. „Isch bleibe."

„Ich danke Ihnen sehr", sagte Belinda. „Und Sie, Frau Smith?"

Die Köchin nickte nur. Sie war zu bewegt, um sprechen zu können.

„Sarah?"

„Isch wollte schon seit längerer Zeit mit Ihnen sprechen, Fräulein", antwortete Sarah und errötete tief. „Isch ... isch werde nämlisch bald heiraten, müssen Sie wissen. Isch wäre ohnehin nischt geblieben." Sie senkte den Blick und zeichnete mit der Schuhspitze das Muster der Holzplanken im Fußboden nach.

„Aber Sarah, wie schön für Sie!" rief Belinda überrascht und sprang auf. „Wie ich mich mit Ihnen freue!" Damit nahm sie das junge Mädchen in die Arme. Das gesamte Personal freute sich mit, und ein aufgeregtes Murmeln erhob sich.

Es dauerte eine Weile, bis Belinda fortfahren konnte.

„Und Sie, Ella? Sie heiraten doch nicht etwa auch demnächst, oder?" scherzte sie.

Ella errötete ein wenig.

„Nischt, daß isch wüßte, Fräulein", antwortete sie gutmütig. „Isch bleibe gern hier."

„Und Thomas, werden Sie und Mac auch weiterhin für den Garten sorgen?" fragte Belinda mit einem leichten Augenzwinkern.

Der betagte Gärtner lächelte nur. Mac regte sich, um den Kopf auf seinen Pfoten auf die andere Seite zu legen.

Belinda sah sich in der Runde um.

„Ich bin ja so dankbar und erleichtert“, sagte sie aufrichtig. „Sie alle haben Frau Stafford-Smyth – und auch mir – unschätzbare Dienste erwiesen. Ich weiß gar nicht, wie der Haushalt ohne Sie funktionieren sollte.“ Sie machte eine Pause und fuhr dann fort: „Jetzt werden wir ein paar sorgfältige Überlegungen anstellen müssen, Frau Potter. Ich würde gern mit Ihnen über die Anforderungen an unser Personal sprechen. Und Frau Smith, Sie müssen mir dabei helfen, eine Liste für die zusätzlichen Arbeiten aufzustellen, die in der Küche anfallen werden. Wir haben viel zu tun, aber wenigstens wissen wir jetzt, in welcher Richtung wir vorgehen wollen. Ich danke Ihnen allen ganz herzlich.“

Nachdem sie Sarah noch einmal kurz in die Arme genommen hatte, schickte Belinda das Personal wieder an seine Arbeit.

Während der folgenden Wochen ging es auf Gut Marschall geschäftig zu. Es gab viele Entscheidungen zu treffen und unzählige Besorgungen zu machen.

Ein Zimmermann kam, um zu entscheiden, ob ein Aufzug eingebaut werden könnte. Er machte einen Plan für den hinteren Teil des Hausflurs, am Ende der Bibliothek, wo in beiden Stockwerken ein Aufzug Platz hatte, ohne daß es nötig gewesen wäre, das Gebäude von außen zu verändern. Mit den Bauarbeiten konnte unverzüglich begonnen werden. Belinda freute sich schon, bis alles fertig war und die Unordnung und der Staub verschwinden würden. Es war nur zu offensichtlich, daß Frau Potter ihren Wunsch vom Grunde ihres Herzens teilte. Sie war außer sich vor Entsetzen über all den Schmutz in „ihrem“ Haus.

Nach gründlichem Überlegen kam man zu dem Entschluß, zehn Bewohner auf Gut Marschall aufzunehmen. Auf diese Weise würde dessen Charakter unverändert bleiben. Belinda hoffte, daß es möglich sein würde, diese zehn Bewohner ohne größere Schwierigkeiten zu finden.

Um gegen alle unvorhergesehenen Zwischenfälle abgesichert zu sein, war es notwendig, verschiedene Versicherungen abzuschließen. Belinda hatte noch nie im Leben so viele Formulare gesehen. Sie bekam Alpträume von Papierbergen, in denen sie zu ertrinken drohte und verzweifelt um Luft ringen mußte. Die ganze Entwicklung des Projekts erwies sich als äußerst langwierig und vielversprechend zugleich. Belinda sehnte sich nach dem Tag, an dem alles endgültig geregelt und abgeschlossen sein würde, so daß sie endlich beruhigt in ihre Heimat zurückkehren könnte.

Eine unerwartete Begegnung

Belinda zog ihr graues Kostüm an und steckte sich den Hut sorgfältig auf der Frisur fest. Sie warf ihrem Spiegelbild ein Stirnrunzeln zu und hoffte, dadurch erwachsener und verantwortungsbewußter zu wirken. Wieder einmal stand ihr ein Gang zu der Anwaltspraxis bevor. Ihr ganzes Leben schien nur noch aus wichtigen Formularen und schwierigen Entscheidungen zu bestehen. Allmählich war ihr das alles gründlich verleidet.

Würde dieser Papierkrieg denn gar kein Ende nehmen? Wohl zum hundertsten Mal wünschte sich Belinda, Frau Stafford-Smyth hätte die Verantwortung für das Anwesen den rechtmäßigen Erben, nämlich ihren Enkelsöhnen, übertragen. Doch dann wies sie sich selbst zurecht. Tante Virginia hatte sie stets in aller Güte und Freundlichkeit behandelt. Gewiß war es nun nicht zuviel von Belinda erwartet, ihr diesen kleinen Dienst aus Dankbarkeit zu erweisen.

Beim Anblick der leuchtenden Herbstfarben in der Natur machte sich Belinda klar, daß dies wohl ihr letzter Herbst in Boston sein würde. Wenn alles so verlief, wie sie hoffte, würde sie die Stadt bis zum Ende des Jahres längst verlassen haben.

Belinda seufzte tief. Sie freute sich schon sehr darauf, endlich wieder in ihre Heimat zurückzukehren, obwohl dies eine gewaltige Umstellung für sie bedeuten würde. Sie hatte ihre Heimat als junges Mädchen verlassen. Zurückkehren würde sie als reife, erwachsene Frau. Sie hatte Auslandsreisen gemacht, hatte allerlei Konzerte und Theaterstücke besucht, in ihren Umgangsformen hatte sie sich den vornehmen Kreisen der Neuenglandstaaten angepaßt – kurzum, sie war erwachsen geworden. In ihrem Heimatort würde sie ein völlig anderes Leben erwarten. Sie würde sich einen neuen Platz in der Dorfgemeinschaft und in der Kirchengemeinde suchen müssen. „Aber genau das werde ich tun“, nahm sie sich fest vor, weil sie nichts von den kostbaren Gütern verlieren wollte, die sie der kleinen Dorfgemeinschaft verdankte: Zusammenhalt innerhalb der Familie, Freundschaft, Glaube, Liebe, gegenseitige Annahme, Achtung vor dem einzelnen ohne Rücksicht auf dessen berufliche Stellung oder Reichtum. Belinda sehnte sich nach einer Rückkehr zu solch einfachen, grundlegenden Werten.

Als sie die Anwaltspraxis erreicht hatten, half Windsor ihr aus der Kutsche und versprach, sie pünktlich in einer Stunde wieder abzuholen. Belinda schüttelte sich den Rock glatt, fuhr mit der Hand über ihren Hut, um sich von dessen gutem Sitz zu überzeugen, und stieg die Treppe zu der Anwaltspraxis im zweiten Stockwerk hinauf.

„Guten Tag, Fräulein Davis“, begrüßte sie der Sekretär am Empfangstisch. Belinda hatte die Praxis in letzter Zeit so häufig aufgesucht, daß sie dort inzwischen mit Namen bekannt war. Sie nickte und grüßte zurück.

„Herr Keats wird Ihnen gleich zu Diensten stehen“, sagte er höflich. Belinda setzte sich auf einen Stuhl in der Warteecke.

„Sind wir dem Abschluß des ganzen Projekts eigentlich einen Schritt nähergekommen?“ fragte sie sich im stillen, während sie ihre Handschuhe abstreifte. „Immer wenn ich denke, nun müßten wir es bald geschafft haben, werden mir neue Entscheidungen und neue Dokumente vorgelegt. Ach, ich hoffe sehr, daß alles bald vorüber ist!“

„Fräulein Davis bitte“, rief Herr Keats sie zu sich in sein Büro. Er wirkte höchst erfreut. Belinda nahm dies zum Zeichen, daß er einiges zur Lösung der Probleme erreicht hatte.

„Ich glaube, wir haben jetzt sämtliche Dokumente zur Hand. Sie brauchen nur noch zu unterschreiben“, begann er. Belinda wurde spürbar leichter ums Herz.

„Haben Sie das zusätzliche Personal schon eingestellt?“ erkundigte sich Herr Keats.

„Nein, jedenfalls noch nicht vollständig“, antwortete Belinda. „Wir haben jemanden für die Küche, für die Wäsche und das Saubermachen, aber ich brauche noch jemanden, der Frau Potter bei der Aufsicht hilft.“

„Frau Potter? Ach ja, Ihre Haushälterin.“

Belinda nickte.

„Sie hat bisher alles allein beaufsichtigt, aber bei den vielen neuen Entscheidungen und Aufgaben im Haus wird sie jemanden brauchen, der ihr tatkräftig zur Seite steht. Ich habe schon eine ganze Reihe von Frauen vorsprechen lassen, aber keine von ihnen erschien mir für diesen Posten geeignet.“

„Ja, ja, mit dem Personal hat man zuweilen seine liebe Not“, nickte der Anwalt und breitete dann mehrere Bögen Papier vor Belinda aus. „Und nun brauche ich hier Ihre Unterschrift“, fuhr er zügig fort. „Damit besiegeln wir ein Treuhandvermögen, aus dem sämtliche Unterhaltskosten des Anwesens beglichen werden.“

Belinda nickte und nahm den Füllhalter, den er ihr reichte.

„Und wenn Sie nun als Treuhänderin Gelder aus diesem Vermögen beziehen ...“ begann der Anwalt, doch Belinda unterbrach ihn: „Aber ich werde keinerlei Gelder beziehen.“

Herr Keats sah sie entgeistert an.

„Was soll das denn bedeuten?“ fragte er. „Wir haben das Vermögen so angelegt, daß es ausreichend Zinsen für den Unterhalt des Hauses abwirft.“

„Ja gewiß“, antwortete Belinda, „genau so hatte ich es mir auch vorgestellt, nur werde ich nicht diejenige sein, die die monatlichen Rechnungen begleicht. Ich werde nämlich nicht in Boston bleiben.“

„Nicht?“

„Ich werde in meine Heimat zurückfahren, sobald alles geregelt ist. Das habe ich Ihnen doch gleich zu Anfang schon gesagt, oder nicht?“

Der Mann schaute beklommen drein.

„Hm, ich ... ich erinnere mich an eine solche Bemerkung. Ich habe aber damit gerechnet, daß Sie es sich anders überlegten. Von Ihrer Abreise war seit längerem nicht mehr die Rede, und ...“

„Doch!“ versicherte ihm Belinda. „Es bleibt dabei. Ich möchte nach wie vor möglichst bald abreisen.“

„Ach so“, sagte der Mann stirnrunzelnd.

„Gibt es ... gibt es etwa Schwierigkeiten deshalb?“ fragte Belinda beklommen.

„Schwierigkeiten nicht direkt. Wir werden nur alles umformulieren müssen, weiter nichts.“

„Und was wird sich ändern?“ Belinda spürte, wie ihr der Mut sank.

„Nun, eine andere Treuhänderschaft. Ein Gremium. Ich werde mich gründlich damit befassen müssen.“

„O weh!“ rief Belinda. „Und dabei hatte ich so sehr gehofft, daß wir heute alles zum Abschluß bringen könnten!“

Der Anwalt schüttelte den Kopf.

„Unsere Planung ist völlig unbrauchbar, wenn Sie jemand anders dazu bestimmen wollen, die Verwaltung des Anwesens zu übernehmen“, stellte er nüchtern fest. „Unsere Dokumente sehen Sie als alleinige Verwalterin vor.“

Er nahm die Papiere wieder an sich und legte sie sorgsam zu einem Stapel zusammen.

„Wird es ... wird es lange dauern?“ fragte Belinda besorgt.

„Das kommt darauf an. Wir werden erwägen müssen, wie das Altenheim und der Nachlaß am besten verwaltet werden können. Ich werde mich nach anderen Möglichkeiten umschauen müssen. Alles wäre erheblich einfacher, wenn Sie selbst die Verwaltung übernommen hätten. Aber es wird sich schon eine Lösung finden."

Mutlos verließ Belinda das Büro des Anwalts. Nun standen ihr weitere Besprechungen, weitere Entscheidungen und Sorgen bevor.

„Auf Wiedersehen, Herr Willow", sagte Belinda mit einem Blick auf den Sekretär am Empfangstisch. Dieser war jedoch nicht allein. Ein hochgewachsener Mann stand mit dem Rücken zu Belinda über den Tisch gebeugt, um irgendwelche Unterlagen mit dem Sekretär zu besprechen.

„Bitte vielmals um Entschuldigung", sagte Belinda. „Ich wußte nicht ..." Sie unterbrach sich. Irgendwie kam ihr der Mann bekannt vor. Als er sich aufrichtete, sah Belinda, daß der eine Ärmel seiner Jacke leer war. Der Mann war einarmig.

War es etwa ...? Belinda stockte das Herz. Irgend etwas sagte ihr, wer er war, noch bevor er sich zu ihr umgewandt hatte.

„Andy?"

Der Mann fuhr herum. Seine Augen suchten das Gesicht der jungen Frau, die vor ihm stand.

„Belinda! Belinda Davis! Aber wie ... wie ...?"

„Was tust du denn nur hier?" fragte Belinda überrascht.

Er kam auf sie zu und reichte ihr seine Hand.

„Du bist es wirklich!" sagte er und schüttelte verwundert den Kopf. „Du bist es! Ich dachte schon, ich träume wohl."

„Was tust du denn ausgerechnet hier?" wiederholte Belinda ihre Frage.

„Ich ... ich bin hier angestellt", antwortete er. „Und du? Was führt dich hierher?"

„Du arbeitest hier? Warum habe ich dich dann noch nie hier gesehen? Ich bin ja fast täglich hier gewesen – schon fast seit Monaten!"

„Wirklich? Hier? In Boston?"

„Ich wohne schon seit drei Jahren hier", erklärte Belinda ihm.

„Das ist doch unglaublich! Da wohnen wir nun in der gleichen Stadt, so nahe beieinander, ohne es zu ahnen! Warum hat mir denn niemand etwas gesagt?"

„Ich wußte ja nicht, wo du dich aufhältst", sagte Belinda. „Meine Eltern haben nur gesagt, du wohntest irgendwo im Osten und machtest eine Ausbildung, aber von Boston haben sie nichts erwähnt. Bestimmt wußten sie nichts davon."

Andy hielt ihre Hand noch immer in seiner.

„Unglaublich, einfach unglaublich!" sagte er kopfschüttelnd. „Da haben wir einander aber eine Menge zu erzählen!"

Belinda fühlte sich plötzlich befangen. Sie zog ihre Hand zurück und zupfte an ihren Handschuhen.

„Ja", nickte sie, und die Wangen wurden ihr warm, „das haben wir tatsächlich. Ich weiß ja nicht das geringste über ... über deinen Beruf und deine ... deine Familie."

„Bist du gerade in Eile?" fragte Andy, und Belinda schüttelte den Kopf.

„Wie wär's, wenn wir uns schnell bei einer Tasse Tee das Wichtigste berichten? Ich hätte gerade ein paar Minuten übrig."

„Ach, gern", antwortete Belinda schnell. „Das wäre nett. Ich brauche jemanden, mit dem ich reden kann, einen, der mich versteht." Es machte sie verlegen, heiße Tränen in ihren Augen zu spüren.

„Stimmt denn etwas nicht? Hast du Kummer?" fragte Andy und streckte besorgt die Hand nach ihr aus.

„Nein, nein ... es ist nichts. Ich ... ich mußte nur in letzter Zeit eine Menge wichtiger Entscheidungen treffen, weiter nichts. Mir ... mir geht's gut."

Andy nickte und wandte sich dann zu dem Mann am Empfangstisch um.

„Herr Willow, ich gehe für eine halbe Stunde weg. Fräulein Davis ist eine alte Bekannte aus meinem Heimatort."

Der Sekretär, dem kein Wort des Gesprächs entgangen war, nickte stumm und widmete seine Aufmerksamkeit wieder dem Aktenstapel auf dem Schreibtisch. Andy Simpson nahm Fräulein Davis am Arm und führte sie zur Tür. Herr Willow sah auf, um den beiden nachzuschauen.

„Ich kann's ja noch immer kaum fassen", sagte Andy gerade. „So etwas hätte ich mir nie träumen lassen, dir ausgerechnet hier in Boston zu begegnen."

Andy führte Belinda zu einem kleinen Café und rückte ihr einen Stuhl an einem Ecktisch zurecht.

„Wir haben nicht viel Zeit", stellte er dann fest. „Da werden wir wohl schnell reden müssen."

Belinda lächelte. Verflogen waren alle Befangenheit und Einsamkeit. Sie war überglücklich, einen Landsmann getroffen zu haben. Es war so schön, Andy wiederzusehen!

„Ich habe gehört, daß du vor einiger Zeit daheim gewesen bist", erzählte sie.

„Warst du auch dort?"

„Kurz nach deinem Besuch. Der Tod deines Vaters tut mir sehr leid."

Andy nickte, und Belinda sah die Trauer in seinem Gesicht.

„Es kam so unerwartet", sagte er leise. „Es war unfaßbar für uns alle."

„Wie geht es deiner Mutter?"

„Recht gut. Sie hat ja noch Sidney daheim, aber ich fürchte, sie hat sich eigentlich nie an das Leben auf dem Land gewöhnen können. Sie möchte, daß Sid eine Ausbildung bekommt. Ich habe versucht, einen Weg zu finden, aber bisher ..." Andy zuckte ratlos mit den Schultern, um dann das Thema zu wechseln. „Aber sag nur, was tust du denn hier in Boston?"

Sie wurden unterbrochen, als der Tee gebracht wurde. Sobald das Mädchen sich wieder entfernt hatte, lächelte Belinda und sagte: „Nun, das ist eine lange Geschichte.

Die Einzelheiten will ich dir aber ersparen. Ich bin als Krankenpflegerin hergekommen."

„Arbeitest du in einem der Krankenhäuser hier?"

„Nein, nein. Ich war privat angestellt, und zwar bei einer älteren Dame – aber die lebt nun nicht mehr. Zur Zeit bin ich damit beschäftigt, den Nachlaß zu regeln. Deshalb war ich auch heute in eurer Anwaltspraxis."

„Aha", nickte Andy. „Und du bist geradewegs zu unserem Chef persönlich gegangen?" schmunzelte er.

„Zum Chef?"

„Herr Keats. Er ist der Gründer der Praxis."

„Das habe ich nicht gewußt", gestand Belinda. „Ich weiß allerdings nur zu gut, daß die Regelung eines Nachlasses schrecklich kompliziert sein kann. Ich bin ja schon so oft in der Praxis gewesen, daß mir gut und gern ein Teil der Inhaberschaft zustehen sollte!"

Andy lachte.

„So ergeht es den meisten Leuten, die rechtliche Dinge zu regeln haben", meinte er.

„Und du? Was führt dich hierher?" fragte Belinda. „Du hast gesagt, daß du dort arbeitest. Was tust du denn?"

Wieder lächelte Andy.

„Haargenau das, was man mir aufgetragen hat, Belinda Davis, falls du dich entsinnst. Ich bin Rechtsanwalt."

„Du ... du bist also einer der Anwälte dort in der Praxis?"

Andy nickte.

„Das freut mich aber! Wie schön, daß du's geschafft hast – ich meine, daß du deine Ausbildung machen konntest!" sagte Belinda.

„Ja, endlich hat's geklappt, wenn ich auch manchmal befürchtet habe, daß ich es nie schaffen würde. Jetzt bin ich einer der Anwälte hier bei Keats, Cross und Newman, obwohl mein Name noch nicht auf dem Schild steht."

„Das ist einfach wunderbar, daß du es zum Anwalt gebracht hast, Andy!"

„Ja, das ist es", erwiderte Andy leise. „Und ich habe

nie vergessen, wer mir den Mut gemacht hat, an meinen Traum zu glauben."

Belinda errötete und drehte ihre Teetasse in den Händen hin und her.

„Ich ... wir haben so lange nichts mehr voneinander gehört. Ich weiß ja gar nichts darüber, wie es dir in all den Jahren ergangen ist."

„Und umgekehrt ist es genauso", sagte er. „Ich habe dich ‚Fräulein Davis' genannt, und dabei bist du gewiß längst verheiratet."

Belinda schüttelte den Kopf.

„Nein, bin noch ledig", sagte sie nur kurz.

Andy lächelte.

Einige Augenblicke schwiegen beide. Schließlich brach Belinda das Schweigen.

„Und du?" fragte sie.

Andy schüttelte den Kopf.

Nun war es an Belinda, zu lächeln.

„Und wie geht es deinen Eltern?" fragte Andy, um die Beklommenheit zwischen sich und Belinda zu überspielen.

„Gut. Sie haben mir erzählt, daß du ihnen einen kurzen Besuch abgestattet hattest. Sie haben sich sehr darüber gefreut, dich wiederzusehen. Und Larry war froh, daß ... daß du ihm nichts nachträgst."

„Ich mag deinen Bruder Larry", sagte Andy bedächtig. „Ich habe nicht einmal gewußt, was für ein Pfundskerl er ist, bis ich mich bei meinem letzten Besuch daheim mit ihm unterhalten habe."

Belinda spürte, wie ihr die Tränen in den Augen brannten.

„Ja, ich bin auch mächtig stolz auf ihn", flüsterte sie.

Sie unterhielten sich noch eine Weile miteinander über den kleinen Ort in der Prärie, mit dem sie beide so vertraut waren. Belinda wünschte sich, daß das Gespräch nie enden würde, doch bald zog Andy seine Taschenuhr hervor.

„So leid es mir tut, aber ich muß wieder zurück an die Arbeit“, sagte er, und Belinda konnte die Enttäuschung auf ihrem Gesicht nicht verbergen.

„Von jetzt an wollen wir einander aber nicht mehr aus den Augen verlieren“, sagte Andy, „ich meine, jetzt, wo wir wissen, daß wir beide in Boston wohnen.“

„Oh ja, wir wollen uns von jetzt an öfter treffen“, schlug Belinda eine Spur zu eifrig vor.

„Hast du ein Telefon?“

Belinda nickte, und Andy zog einen kleinen Notizblock und einen Bleistift aus der Tasche hervor. Belinda diktierte ihm ihre Nummer.

„Ich ruf' dich an“, versprach er.

Belinda wartete, bis Andy die Rechnung für den Tee bezahlt hatte, und ging dann mit ihm zur Anwaltspraxis zurück.

„Und wie kommst du nun von hier nach Hause?“ erkundigte er sich.

„Windsor holt mich gleich ab“, erklärte sie ihm.

Andy fragte nicht, wer Windsor war, und es kam Belinda nicht in den Sinn, es ihm zu erläutern.

Sie hatten die Anwaltspraxis fast erreicht, als Belinda plötzlich eine Idee hatte.

„Könntest du nicht vielleicht ... ich meine, wäre es nicht möglich, daß du meinen – nun, wie nennt man so etwas auch wieder? – meinen Fall übernimmst?“

Andy mußte über ihre Unbeholfenheit lächeln, doch er schüttelte den Kopf.

„Herr Keats, der Inhaber, bearbeitet deinen Fall“, erinnerte er sie. „Ich bin nur einer der jüngeren Anwälte hier.“

„Aber wir kennen einander doch gut!“ sagte Belinda.

„Herr Keats würde sagen, daß das ein Grund mehr für mich wäre, mich nicht in die Sache einzumischen.“

„Aber ... aber könntest du mich nicht wenigstens beraten?“

„Das würde ich zwar gern tun“, sagte Andy aufrichtig

und nahm Belindas Hand in seine, „wirklich sehr gern, aber es ist nun einmal das ungeschriebene Gesetz hier bei uns in der Praxis, daß sich niemand in die Rechtsangelegenheiten seiner Kollegen einmischt."

Belinda zuckte mit den Achseln. Sie hatte sich so sehr danach gesehnt, alles mit einem guten Bekannten zu besprechen. Andererseits leuchteten ihr Andys Bedenken ein.

„Also schön", erwiderte sie lächelnd. „Ich verspreche hiermit, dich nicht mit meinen rechtlichen Angelegenheiten zu behelligen."

Andy erwiderte ihr Lächeln.

„Wer wollte schon von trockenen Rechtsangelegenheiten sprechen, wenn man sich so viele andere Dinge zu erzählen hat?" sagte er leichthin.

Belinda schob ihre Sorgen von sich und nickte zustimmend.

„So, und jetzt beeilst du dich am besten, bevor man dir kündigt!" warnte sie ihn im Scherz.

Andy schüttelte ihr zum Abschied die Hand.

„Bis bald. Ich ruf' dich an!" sagte er, und dann stand Belinda auch schon allein auf dem Bürgersteig und wartete auf die Kutsche mit Windsor.

Alte Freunde

Auf dem Rückweg nach Hause war Belinda noch immer mit Staunen über die unerwartete Begegnung erfüllt. Wer hätte das gedacht, daß sie Andy ausgerechnet hier in Boston wiedersehen sollte! Und er war noch unverheiratet, hatte sich kein bißchen verändert – nur erwachsener und noch charmanter als damals war er. Belinda errötete. War es etwa möglich, daß Andy nach all den Jahren ihr noch immer zugetan war? Und empfand sie vielleicht selbst noch immer Zuneigung zu ihm?

Das Herzklopfen, das sie bei diesem Gedanken überfiel, verriet ihr, daß sie durchaus mit ihrer Vermutung recht haben könnte. Im nächsten Moment schalt sie sich auch schon aus. Sie benahm sich ja beinahe wie ein albernes Schulmädchen!

Doch jedesmal, wenn sie ihre verwirrten Gedanken beschwichtigen wollte, eilten sie aufs neue zu Andy. Was wäre wohl geschehen, wenn sie schon vor drei Jahren entdeckt hätte, daß Andy hier in Boston wohnte? Sie konnte es sich nicht einmal ausmalen.

„Nun, es hat zwar lange gedauert, aber jetzt weiß ich wenigstens, daß er hier wohnt“, sagte sie sich. „Und was wird die Zukunft uns wohl bescheren?“ Erneut errötete sie und schob den Gedanken von sich. Sie durfte nichts überstürzen. Gott allein wußte, ob Andy und sie zu mehr als nur „guten alten Freunden aus der Heimat“ bestimmt waren.

Belinda bemühte sich, ihre Gedanken auf die Probleme des Nachlasses zu konzentrieren, doch selbst die unerwarteten Schwierigkeiten, die sich eingestellt hatten, konnten sie nun nicht mehr umwerfen.

„Ich muß Andy unbedingt zum Essen einladen. Es wäre doch wunderbar, jemanden zu haben, mit dem ich mich gut verstehe", dachte sie mit leuchtenden Augen.

Nun konnte sie es kaum erwarten, ihren Eltern einen Brief zu schreiben. Wäre das nicht eine gelungene Überraschung? Ihre Eltern ahnten ja nicht, daß Andy hier in Boston lebte. „Er hat eine gute Stellung", hatten sie gesagt. „Er verdient auch nicht schlecht." Aber niemand hatte auch nur die geringste Ahnung davon gehabt, daß Andy in Wirklichkeit nicht weit von Belinda entfernt wohnte. Sie lächelte.

Welcher Kirchengemeinde mochte er sich wohl angeschlossen haben? Belinda nahm sich vor, ihn einmal einzuladen, sie zum Gottesdienst zu begleiten. Vielleicht konnten sie bei dieser Gelegenheit sogar ...

Doch halt! Wieder liefen ihr die Gedanken davon. Immerhin hatte sie den Nachlaß zu regeln, und das würde so viel von ihrer Zeit beanspruchen, daß ihr für andere Dinge kaum noch Zeit bleiben würde.

Und auch Andy war ein vielbeschäftigter Mann, besann sie sich. Aber wenigstens am Wochenende mußte er doch hin und wieder etwas Freizeit haben, oder nicht? Zumindest am Sonntag. Vielleicht konnten sie gemeinsam den Gottesdienst besuchen und sich anschließend bei einem gemeinsamen Essen in aller Ruhe miteinander unterhalten.

Doch zuerst würde sie seinen Anruf abwarten müssen. Belinda hoffte von ganzem Herzen, daß sie nicht allzulange darauf warten mußte.

Andy rief noch am gleichen Abend an. Belinda hatte sich den ganzen Nachmittag über eingeredet, daß es keinen Grund gab, so bald schon einen Anruf zu erwarten. Dennoch lauschte sie unablässig auf das Klingeln des Telefons.

Als es dann tatsächlich klingelte, schrak sie so heftig auf, daß sie beinahe von ihrem Sessel gefallen wäre. Nun war sie froh, daß sie allein war, so daß sie niemand dabei sehen konnte, wie sie ihr Handarbeitszeug wieder vom Boden aufsammelte.

„Immerhin könnte es auch jemand völlig anderes sein, der da anruft“, sagte sie sich, hoffte dabei jedoch inständig, daß Andy der Anrufer sein möchte.

Belinda bemühte sich um ein ruhiges, gefaßtes Aussehen, als Windsor ihr meldete, daß sie am Telefon in der Diele gewünscht würde. Sie legte ihr Stickzeug beiseite und schritt würdevoll zum Telefon.

„Guten Abend“, sagte sie und hoffte, daß ihre Stimme ruhig und freundlich klang. „Hier ist Belinda Davis.“

„Belinda!“ sagte die Stimme am anderen Ende erfreut. „Ich hatte schon befürchtet, das Ganze nur geträumt zu haben!“

Belinda zuckte es um die Mundwinkel.

„Wie geht es dir?“ erkundigte er sich, und sie gewann den Eindruck, als sei es aufrichtiger als nur eine Höflichkeitsfloskel gemeint.

„Einsam!“ hätte sie am liebsten geantwortet. Das hätte der Wahrheit entsprochen. Statt dessen gab sie jedoch die Antwort, die er erwartete: „Danke, gut.“

„Du hast heute nachmittag einen recht niedergeschlagenen Eindruck gemacht. Haben sich die Wogen inzwischen etwas geglättet?“

Belinda hätte in aller Aufrichtigkeit antworten können, daß sich seitdem nichts an ihrer verzwickten Lage geändert hatte, doch statt dessen antwortete sie nur: „Es wird sich schon alles irgendwie finden. Ich glaube, ich bin manchmal einfach zu ungeduldig.“

„Warten ist schwer“, meinte Andy. „Das weiß ich aus eigener Erfahrung.“

Einen Augenblick schwiegen beide, dann fuhr Andy mit einem kurzen Lachen fort: „Das ist auch der Grund meines Anrufs. Ich weiß, es ist vermessen von mir, aber ich wollte dich fragen, ob du am Wochenende Zeit für mich hättest.“

Belinda konnte unmöglich antworten, daß sie erst einen Blick auf ihren Terminkalender werfen mußte. Sie besaß nicht einmal einen solchen Kalender, so daß kein Grund dazu bestand, Katz und Maus zu spielen. Deshalb sagte sie in aller Offenheit: „Ich habe noch keine Pläne außer dem Gottesdienst am Sonntag."

„Prima! Würdest du gern am Samstag mit mir ins Konzert gehen?"

„Oh ja, sehr gern sogar!" antwortete sie, und ihr Herz klopfte schneller.

„Ich hätte dich auch gern davor zum Essen eingeladen, aber ich muß arbeiten. Wir haben eine Gerichtsverhandlung vorzubereiten, und ich bin gebeten worden, den Fall am Samstag zu bearbeiten. Ich werde es wohl nur schaffen, ins Konzert zu gehen – jedenfalls diesmal."

„Das Konzert wird bestimmt sehr schön!" erwiderte Belinda voller Freude.

„Ich hätte eigentlich warten sollen, bis ich dir einen ganzen Abend widmen könnte, aber ... weißt du, ich wollte nicht noch mehr Zeit vergeuden. Ich kann's ja immer noch nicht richtig fassen, daß wir drei Jahre lang in derselben Stadt gewohnt haben, ohne voneinander zu wissen."

„Wenn du zu arbeiten hast, dann treffen wir uns doch am besten gleich an der Oper", schlug Belinda vor.

„Aber das wäre ..." wollte Andy widersprechen.

„Mir macht das gar nichts aus, wirklich nicht!"

Andy zögerte noch immer.

„Ehrenwort!" beharrte Belinda.

„Das ist nett von dir", meinte Andy, „aber so behandelt man eine junge Dame eigentlich nicht."

Belinda lachte.

„Aber diese junge Dame ist nicht so empfindlich. Ehrlich gesagt, wäre es mir lieber, wenn du dir ein paar Minuten für eine handfeste Mahlzeit nimmst, anstatt in aller Eile erst nach Hause und dann zu mir zu fahren, um mich abzuholen."

„Dank' dir, Belinda!" willigte Andy schließlich ein.

„Ich treffe dich also an der Oper, sagen wir, um acht Uhr. An der linken Treppe zu den Logen. Weißt du, welche ich meine?"

„Ja, unten am Springbrunnen."

„Genau!"

Belinda wollte sich gerade verabschieden, als Andy fortfuhr.

„Einen Moment noch! Wenn du mit einer Kutsche kommst und ich mit einer anderen, wie soll ich dich dann anschließend nach Hause bringen?"

„Nun", lachte sie, „dann werde ich wohl auf demselben Wege wieder nach Hause fahren, wie ich gekommen bin. Das wird dir eine Fahrt quer durch Boston ersparen."

„Macht dir das nichts aus?"

„Aber nein! Ich freue mich schon auf das Konzert. Ich habe ja schon seit Urzeiten keines mehr besucht. Seit Tante Virginias Tod war ich auch nicht mehr in der Oper."

„Bis dann also!" sagte Andy und verabschiedete sich.

Belinda legte den Hörer wieder auf und blieb eine Weile gedankenverloren im Flur stehen. Kaum zu fassen, daß sie nach all den Jahren nun zu einem Konzert mit Andrew Simpson verabredet war! Auch ihr erschien alles wie ein Traum, ein herrlicher Traum.

Vielleicht war das ja der Grund, weshalb sie nie besondere Gefühle für Jackson oder Randolph hegen konnte, überlegte sie. Vielleicht hatte sie immer irgendwie gespürt, daß sie eher zu Andy gehörte.

Bei diesem Gedanken errötete sie und nahm hastig ihr Handarbeitszeug wieder zur Hand. Dennoch gelang es ihr nicht, sich auf ihre Stickerei zu konzentrieren. Schließlich läutete sie Frau Potter.

„Ich glaube, ich ziehe mich heute abend früh auf mein Zimmer zurück!" erklärte sie. „Sie brauchen mir keinen Tee zu bringen."

Frau Potter nickte und fragte dann besorgt: „Sie werden doch nischt etwa krank?"

„Aber nein! Nein, nichts dergleichen. Heute war nur

ein langer Tag für mich, weiter nichts. Der Anwalt hat mir eröffnet, daß uns noch ein ganzer Aktenberg bevorsteht. Ich bin wohl einfach ein wenig erschöpft."

Die Haushälterin schaute noch immer recht besorgt drein.

„Mit der Zeit wird schon alles erledigt werden", meinte Belinda lächelnd.

„Isch dachte eher an Sie, Fräulein, nischt an das Haus. Sie sind so rot im Gesicht", erwiderte Frau Potter zu Belindas Überraschung. Die Frau war offensichtlich in aufrichtiger Sorge um sie.

„Mir geht's gut, wirklich!" versicherte ihr Belinda. Den Grund ihrer heißen Wangen konnte sie nur zu gut erklären. Die Haushälterin nickte und wandte sich zum Gehen.

„Und Frau Potter", rief Belinda ihr nach, „am Samstag abend hätte ich das Abendessen gern ein wenig früher als sonst. Ich werde ausgehen. Könnten Sie das der Köchin bitte für mich ausrichten?"

Frau Potter nickte, während in ihren Augen unausgesprochene Fragen standen.

„Sehr wohl, Fräulein. Um wieviel Uhr?"

„Gegen sechs vielleicht."

Erneut nickte Frau Potter.

„Und nun gute Nacht!" wünschte Belinda der älteren Frau mit einem Lächeln.

„Schlafen Sie gut, Fräulein", erwiderte Frau Potter und verließ den Raum.

Belinda beabsichtigte, Frau Potters Rat zu befolgen, doch als sie dann in ihrem Bett lag, konnte sie lange Zeit keinen Schlaf finden. In Gedanken war sie viel zu beschäftigt mit allerhand Dingen, nicht zuletzt auch mit mancher Erinnerung und mit erdachten Unterhaltungen mit einem alten Bekannten namens Andrew Simpson.

Den ganzen Samstag über konnte Belinda keinen anderen Gedanken als die Aussicht auf das Konzert fassen.

Vor lauter Unruhe wollte es ihr kaum gelingen, ihren Aufgaben für diesen Tag nachzugehen. Sie war über sich selbst verärgert. „Immerhin ist es ja nur eine Verabredung zum Konzert mit einem alten Bekannten", schalt sie sich, doch sosehr sie sich das auch einreden wollte – ihr Herz ließ sich nicht beruhigen. Schließlich flüchtete sie sich in den Garten, um bei Thomas Ablenkung zu suchen.

Thomas harkte gerade das Herbstlaub von den Blumenbeeten. Als einzige Blumen blühten noch die Astern. Thomas brachte immer gern alles im Garten in Ordnung, bevor der Winter auf Gut Marschall Einzug hielt.

„Ihre Astern sind einfach eine Pracht, Thomas!" lobte Belinda, und der alte Mann lächelte.

„Bald ist es wieder an der Zeit für die Tulpenzwiebeln", meinte Thomas. „Jedes Jahr vergeht doch schneller als das vorherige, nicht wahr?"

Belinda nickte, wenn sie auch selbst den Eindruck hatte, als krieche dieses Jahr förmlich dahin.

„Kaum ist die Blüte vorbei, dann ist es schon wieder Zeit zum Zurückschneiden", sann Thomas. „Der Sommer vergeht im Flug, so daß man kaum Zeit hat, sich an den Blüten zu freuen." Belinda hatte Verständnis für den Kummer des alten Mannes.

Sie blieb eine Weile bei ihm, strich dem friedlichen Mac über den Kopf und ging dann weiter. Der Garten war noch immer hübsch anzusehen. Sie würde ihn mehr als das Haus selbst vermissen.

Belinda hielt sich eine Weile im Garten auf, um sich die Zeit zu vertreiben, doch bald zog es sie wieder ins Haus zurück, wo sie auf die Uhr schauen wollte.

Schließlich ging sie in ihr Zimmer, um ein Kleid für den Abend auszuwählen. Eins nach dem anderen zog sie aus ihrem Schrank hervor, um es kritisch in Augenschein zu nehmen und dann wieder in den Schrank zu hängen. In Andys Augen würden ihre Seidenkleider und teuren Satins womöglich als völlig unangebracht für ein Mädchen aus der Prärie erscheinen. Andererseits wollte sie keinesfalls zu einfach gekleidet zu dem Konzert erscheinen. Sie zog ein weiteres Kleid hervor, betrachtete es nachdenklich und begann dann wieder von vorn. Auf diese Weise verstrichen mehrere Minuten dieses schier endlos langen Tages.

Schließlich entschied sich Belinda für ein klassisch geschnittenes grünes Kleid. „Es ist elegant, ohne übertrieben zu wirken", fand sie. „Mit etwas einfachem Schmuck und einer sorgfältig zurechtgemachten Frisur kann ich mich darin in der Oper sehen lassen, ohne aus dem Rahmen zu fallen." Belinda nickte zufrieden und legte sich das Kleid auf dem Bett zurecht. Als nächstes wollte sie nun ein Bad nehmen.

Sie hatte Ella schon seit längerer Zeit nicht mehr gebeten, ihr beim Ankleiden behilflich zu sein, doch heute gestattete sie sich diesen Komfort – teils aus keinem anderen Grund als wegen ihres Bedürfnisses nach jemandem, mit dem sie sich unterhalten konnte. Sie befürchtete, vor Aufregung platzen zu müssen, wenn sie nicht bald eine Ablenkung fand.

Ella meldete sich auf der Stelle.

„Ja, Fräulein?"

„Würden Sie mir wohl das Wasser in die Wanne füllen, Ella?" bat Belinda. „Das Jasmin-Schaumbad, bitte. Und anschließend würde ich mich gern von Ihnen frisieren lassen. Ich gehe nämlich heute abend mit einer alten Bekanntschaft ins Konzert."

Belinda sah einen Funken von Neugier in Ellas Augen aufflackern, doch das junge Mädchen hielt an sich und stellte ihr keine Fragen.

„Sehr wohl, Fräulein", sagte sie und ging in das Badezimmer, um zu tun, wie Belinda ihr geheißen hatte.

„Es ist schon lange her, seitdem Sie im Konzert waren, Fräulein Belinda", wagte Ella zu bemerken, als sie wieder in Belindas Zimmer kam.

„Ja", nickte Belinda, „sehr lange sogar." Sie steckte

sich das Haar hoch, damit es nicht naß wurde. „Ich freue mich schon schrecklich darauf!"

Ella nickte mit einem Lächeln auf den Lippen. Es war deutlich zu sehen, daß Belinda vor Vorfreude schon ganz aufgeregt war.

Dann konnte Ella ihre Neugier nicht länger bezähmen.

„Ist Ihre Bekannte hier in Boston zu Besuch?" fragte sie.

„Es ist ein Bekannter, keine Bekannte", berichtigte Belinda sie, „und er wohnt hier."

„Ach so", antwortete Ella erfreut über die Auskünfte, die sie ihrer jungen Dienstherrin entlockt hatte. „Isch dachte, es wäre vielleischt jemand aus Ihrem Heimatort."

Belinda konnte die Freude in ihrer Stimme nicht verbergen.

„So ist es eigentlich auch, aber jetzt wohnt er in Boston. Er wohnt schon seit Jahren hier, und ich hatte bis vor kurzem nicht die geringste Ahnung davon. Er ist Rechtsanwalt, und zwar arbeitet er in der Anwaltspraxis, die ich mit meinem Fall beauftragt habe. Stellen Sie sich das nur vor! Wir haben beide nicht voneinander gewußt, daß wir hier in Boston wohnen. Am Donnerstag sind wir uns plötzlich begegnet."

Ella strahlte zufrieden. So viele Auskünfte hätte sie sich nie erhofft.

„Also, das ist einfach prima, Fräulein!" sagte sie begeistert. „Kein Wunder, daß Sie sisch so freuen! Ins Konzert – und dann mit einem alten Freund aus der Heimat. Wie herrlisch!"

Belinda gab ihr recht.

„Ihr Bad ist fertig, Fräulein", sagte Ella. „In zwanzig Minuten komme isch wieder und frisiere Sie."

In Wirklichkeit brannte es Ella jedoch unter den Nägeln, Sarah die aufregenden Neuigkeiten mitzuteilen.

Das Konzert

Andy wartete schon an der Treppe, als Belinda sich einen Weg durch die Menschenmenge im Foyer bahnte. Er ging ihr entgegen, um sie zu begrüßen, und bot ihr dann den Arm, um sie zu ihren Plätzen zu führen.

„Das Kleid steht dir einfach blendend!“ flüsterte er ihr zu.

Belinda nahm das Kompliment mit einem Lächeln entgegen.

„Wie war dein Tag?“ erkundigte sie sich.

„Lang, aber erfolgreich“, antwortete er. „Ich habe eine Menge erledigt – wenn der Tag auch kein Ende zu nehmen schien!“

Darin war Belinda ganz seiner Meinung, wenn sie es auch nicht laut sagte.

„Gehst du oft ins Konzert?“ fragte Belinda, als die beiden auf ihren Plätzen saßen.

„Aber nein! Jedenfalls nicht halb so oft, wie ich's gern täte. Anfangs war ich mit meinem Studium viel zu beschäftigt für solche Dinge. Außerdem mußte ich arbeiten, wenn ich keine Vorlesungen hatte, um mein Studium bezahlen zu können. Für Konzerte und Theaterstücke fehlten mir damals sowohl die Zeit als auch das Geld.“

Belinda bewunderte seine Aufrichtigkeit.

„Und seit wann bist du schon bei Keats, Cross und Newman angestellt?“ erkundigte sie sich.

„Seit etwa einem Jahr.“ Er lachte leise. „Inzwischen kann ich mir also ab und zu ein wenig Luxus leisten. Vor sechs Monaten habe ich mir einmal vorgenommen, etwas für meine Bildung zu tun, und bin ins Konzert gegangen – aber nur ein einziges Mal.“

Belinda schaute erstaunt drein.

„Hat's dir denn nicht gefallen?“ fragte sie.

„Die Musik schon. Nur – allein hat es mir nicht viel Spaß gemacht.“

Belinda nickte.

„Ja, so ergeht's mir auch“, gestand sie. „Seit Tante Virginias Tod bin ich kein einziges Mal im Konzert gewesen.“

„Nun, jetzt haben wir beide ja Gesellschaft“, sagte Andy mit einem Lächeln. „Wie wär's, wenn wir ab sofort jede Woche zusammen ins Konzert gingen?“

Belinda erwiderte sein Lächeln. Sie wußte nicht, ob Andy eine Anwort erwartete oder ob er es nur im Scherz gemeint hatte.

Das Orchester stimmte die Instrumente, und es wurde nahezu unmöglich, eine Unterhaltung zu führen. Andy beugte sich zu Belinda hinüber und flüsterte ihr zu: „Auf diesen Teil des Konzerts könnte ich gut und gern verzichten. Man fragt sich ja direkt, wie aus einem solch entsetzlichen Lärm je schöne Musik entstehen kann!“

Belinda lächelte. Sie war rundherum zufrieden und genoß es von Herzen, sich in der Gegenwart eines guten Freundes zu befinden.

Der Abend verlief höchst erfreulich für Belinda. Jede Darbietung auf dem Programm war eins von ihren Lieblingsstücken; zumindest war ihr so zumute. Auch Andy schien das Konzert ausgezeichnet zu gefallen. Die beiden nickten einander zu, flüsterten sich dann und wann eine Bemerkung zu und genossen den gesamten Abend.

Während der Pause verließen sie ihre Plätze und gönnten sich ein kühles Erfrischungsgetränk. In einer Nische des Hauptfoyers standen sie bei einem Glas Limonade beieinander und unterhielten sich angeregt. Schließlich folgten sie den übrigen Konzertbesuchern in den Saal zurück, um den zweiten Teil der Darbietungen zu hören.

„Das müssen wir unbedingt wiederholen“, flüsterte Andy, als der letzte Applaus verklang. Belinda nickte verträumt.

„Ich würde dich gern nach Hause bringen", fuhr er fort, und im Grunde ihres Herzens wünschte Belinda sich dasselbe. Nur mit Mühe verdrängte sie den Vorschlag, Windsor allein voranzuschicken, damit Andy sie zurückbringen konnte, doch dann siegte ihr gesunder Menschenverstand. Schließlich war es schon spät, und Andy war gewiß sehr müde.

„Würdest du gern morgen mit mir in den Gottesdienst gehen?" fragte sie statt dessen, und Andys Gesicht erhellte sich.

„Aber gern!" sagte er.

„Prima! Der Gottesdienst fängt um zehn Uhr an. Die Kirche ist an der Ecke Lindenstraße/Ahornweg. Ich treffe dich dort, und anschließend bist du bei mir zum Essen eingeladen."

„Das wäre schön!" erwiderte er erfreut.

Die beiden bahnten sich einen Weg durch die Menschenmenge im Foyer und traten auf die Straße hinaus.

„Windsor erwartet mich dort drüben bei der Laterne", erklärte Belinda, und Andy begleitete sie in die angezeigte Richtung.

Wie verabredet, hatte Windsor sich schon unter der Laterne eingefunden, und es gab keinen Grund, den Abschied noch länger hinauszuzögern. Belinda wünschte Andy eine gute Nacht und bedankte sich für das Konzert.

„Bis morgen früh um zehn also!" sagte er leise. Belindas Herz machte einen Satz. Da schnalzte Windsor auch schon den Pferden zu, und die Kutsche ratterte zügig durch die Straßen der Stadt.

An diesem Abend fand Belinda lange keinen Schlaf. Jede Minute dieses wundervollen Abends ging ihr wieder durch den Sinn, jedes Wort ihrer Unterhaltung mit Andy, jedes Musikstück des Konzerts, jeder Augenblick dieser gemeinsamen Stunden mit Andy. Schließlich ermahnte sie sich, endlich einzuschlafen, wenn sie am nächsten Morgen ausgeruht sein wollte. Dennoch gelang es ihr nur mit Mühe, ihre kreisenden Gedanken und ihr pochendes Herz zu beschwichtigen.

Am nächsten Morgen zog Belinda sich fröhlich summend ihr hübschestes Kostüm an und steckte sich einen federgeschmückten Hut auf den glänzenden Locken fest. Es war ein herrlicher Herbstmorgen, und Belinda freute sich auf die Kutschfahrt zur Kirche. Sie hatte erwogen, zu Fuß zu gehen, doch sollte es windig werden, so wären sowohl ihre Frisur als auch die Federn an ihrem Hut im Nu ruiniert. Zudem würde sie die Kirche völlig atemlos und zerstreut erreichen. Statt dessen bat sie Windsor, wie üblich die Kutsche zu holen.

Auf den Stufen vor dem Kirchenportal wartete Andy schon auf sie. Sie begrüßte ihn herzlich und ging dann in das geräumige Kirchenschiff voraus.

„Die Kirche ist ja riesig!“ flüsterte Andy. „Werden wir uns darin auch nicht verirren?“

Belinda lächelte.

„In einer so großen Kirche bin ich noch nie gewesen“, bemerkte Andy.

„In welche Kirche gehst du denn meistens?“ fragte sie ihn.

„In eine kleine Kapelle in der Innenstadt. Irgendwann mußt du mich einmal dorthin begleiten.“

„Ja, gern“, nickte Belinda. Sie wurden zu einer Kirchenbank geführt und setzten sich.

Belinda freute sich darüber, Andy neben sich die vertrauten Choräle singen zu hören. Er besaß eine gute Tenorstimme und scheute sich nicht, klar und kräftig zu singen. Die meisten Gottesdienstbesucher sangen eher zaghaft.

An der Predigt des Pastors war wie gewöhnlich nichts auszusetzen. Es war ein glänzender Vortrag.

Am Ausgang wurden die beiden von dem Pastor verabschiedet, und einige der Gemeindemitglieder nickten Belinda freundlich zu. Immerhin hatte sie seit drei Jahren regelmäßig die Gottesdienste hier besucht.

„Wie bist du denn hierher gekommen?“ erkundigte Belinda sich bei Andy.

„Ich habe mir eine Droschke genommen“, antwortete er schlicht.

„Du hast den Kutscher doch nicht gebeten, auf dich zu warten, oder?“

„Nein, ich habe ihn bezahlt und weitergeschickt.“

„Das trifft sich bestens. Ich habe Windsor nämlich auch schon vorausgeschickt.“

„Du wirst doch nicht etwa in deinem feinsten Sonntagsstaat zu Fuß gehen wollen?“ scherzte Andy.

„Es ist nicht weit“, erklärte Belinda, „und nach einem kleinen Spaziergang wird uns das Essen gleich doppelt so gut schmecken.“

Andy ging neben ihr her.

„Ein vornehmes Stadtviertel ist das hier“, meinte er, einen Blick um sich werfend. „Deine verstorbene Herrin muß eine wohlhabende Frau gewesen sein.“

Belinda nickte. Sie hatte Andy bisher noch nicht viel über Frau Stafford-Smyth berichtet.

„Habe ich dir eigentlich schon erzählt, wie ich sie kennengelernt habe?“ fragte sie. „Nein? Also, sie war auf Reisen. Sie reiste furchtbar gern. Sie ist quer über den ganzen Kontinent nach San Francisco gefahren – nur um es einmal gesehen zu haben. Sie war mit der Eisenbahn unterwegs, doch auf der Rückfahrt wurde sie plötzlich sehr krank. Es geschah in der Nähe von unserem Ort. Man hat sie sofort zu Larry gebracht. Es stand tatsächlich sehr ernst um sie. Sie hatte einen Schlaganfall erlitten. Eine Zeitlang wußten wir nicht einmal, ob sie mit dem Leben davonkommen würde, aber dann hat sie sich wieder erholt, zwar langsam, aber stetig. Als sie wieder bei Kräften war, hat sie mich gebeten, sie nach Boston zu begleiten. Ich habe eingewilligt, weil ich ... nun, weil ich mich wohl ein wenig langweilte und noch nie so recht aus unserem kleinen Nest in der Prärie herausgekommen war.“

„So hat es dich also nach Boston verschlagen", sagte Andy. „Ich erinnere mich ... Larry hat eine Patientin von auswärts erwähnt. Mir war nicht klar, daß du so lange in ihren Diensten gewesen bist."

„Ja, ich bin bei ihr geblieben. Eigentlich wollte ich nur mit ihr nach Boston fahren und dann wieder nach Hause zurückkehren, aber sie hat mich gebeten, länger zu bleiben, und das habe ich dann auch getan. Ich habe mir immer wieder aufs neue vorgenommen, nur noch eine Weile zu bleiben, weil sie mich brauchte. Sie war schrecklich einsam."

„Hatte sie denn keine Angehörigen?"

„Doch, zwei Enkelsöhne, aber die wohnen beide in Paris. Ihre Mutter war Französin. Tante Virginia hat immerzu gehofft, daß die beiden sich dazu entschließen würden, nach Amerika zurückzukehren, aber daraus ist nichts geworden. Sie haben alle beide Französinnen geheiratet und wohnen in Frankreich."

„Nun lebt sie also nicht mehr, aber du wohnst trotzdem noch immer in Boston?"

Belinda nickte.

„Und es ist deine Aufgabe, den Nachlaß zu regeln, nicht Sache der beiden Enkelsöhne?"

Es war offensichtlich, daß Andy die ganze Sache ein wenig merkwürdig vorkam. Im Grunde genommen verhielt es sich ja tatsächlich auch recht ungewöhnlich.

„Sie hat jedem der beiden Enkel eine namhafte Summe hinterlassen", erklärte Belinda.

„Und ...?" fragte Andy weiter.

„Sie war eine sehr, sehr großzügige Dame. Sie hat jedem ihrer Bediensteten einen Teil des Anwesens vermacht."

Andy nickte.

„Und jetzt mußt du nur noch abwarten, bis alles endlich geordnet ist?"

„Ja, so ist es", antwortete sie mit einem Seufzen. „Und dabei hatte ich schon so sehr gehofft, längst alles erledigt zu haben, aber so etwas dauert halt seine Zeit. Wir müssen ja immer noch ..." Belinda unterbrach sich. „Aber ich habe versprochen, dich nicht damit zu behelligen, nicht wahr? Geschäftsgeheimnis. Herr Keats bearbeitet meinen Fall."

Andy schmunzelte.

Schweigend gingen die beiden weiter, bis Belinda die Auffahrt zu der weitläufig angelegten Villa einschlug.

Andys Augen weiteten sich.

„Du wirst mir doch nicht sagen wollen, daß du hier wohnst, oder?" fragte er.

„Dies ist Gut Marschall", sagte Belinda. „Ich weiß genau, wie dir zumute ist. Als ich es zum ersten Mal sah, erging es mir nicht anders."

„Das kann ich mir vorstellen", murmelte Andy und stieß einen leisen Pfiff aus. „So ein Haus habe ich mein Lebtag noch nicht gesehen. Kein Wunder, daß es eine halbe Ewigkeit dauert, bis das Testament vollstreckt ist."

„Das mag wohl etwas mit der Sache zu tun haben", gestand Belinda und ging durch die Tür in die weitläufige Diele voraus. Windsor nahm dem jungen Gast den Hut ab und brachte auch Belindas Sonnenschirm zur Garderobe.

„Komm!" sagte Belinda zu Andy. „Ich zeige dir, wo du dich ein wenig frisch machen kannst. Das Essen wird in ein paar Minuten aufgetragen."

Andy betrachtete gerade die Gemälde in der Eingangsdiele, als Belinda wieder von ihrem Zimmer die Treppe herunterkam.

„Soviel Eleganz habe ich noch nie auf einmal gesehen", sagte er. „Ich kann mir gar nicht vorstellen, wie es ist, hier zu wohnen!"

Belinda zog die Nase kraus.

„Ich fürchte, ich bin tatsächlich etwas verwöhnt", gestand sie. „Es hat mir erhebliche Schwierigkeiten bereitet, mich bei meinem Besuch zu Hause wieder an das einfache Leben zu gewöhnen."

„Versteh ich!" erwiderte Andy lachend.

Windsor bat zum Essen, und Belinda führte Andy ins Eßzimmer. Der große Tisch war nur für zwei Personen gedeckt, und Andy machte eine Bemerkung darüber zu Belinda, als beide an ihren Plätzen saßen.

„Heute wirkt er schon viel gemütlicher", erwiderte sie nüchtern. „Meistens steht nämlich nur ein einziges Gedeck darauf."

„Ißt du denn immer hier – ganz allein?" fragte Andy, als der erste Gang des Essens serviert worden war.

Belinda nickte.

„Könntest du nicht ... Ich meine, gibt es nicht irgendwo im Haus einen kleineren, gemütlicheren Tisch, wo du essen könntest?"

„Neben der Küche", antwortete Belinda mit einem amüsierten Lächeln.

„Und? Könntest du den nicht benutzen?"

„Das Personal würde das niemals zulassen", erklärte sie ihm. „Sie alle würden so etwas höchst unangemessen finden."

„Aber ... aber ich dachte, du gehörtest auch zum Personal", entgegnete Andy.

Nun lachte Belinda aus vollem Halse.

„So war es auch ursprünglich. Es war sonderbar; Tante Virginia bestand darauf, daß ich mit ihr aß. Sie war einfach sehr einsam, glaube ich, und ich war die einzige Bedienstete, die nicht mit dem ganzen förmlichen Protokoll aufgewachsen war. Als sie mich also bat, an ihrem Tisch mit ihr zu essen, war ich zu unwissend, um zu widersprechen. Anfangs war das übrige Personal vor Entrüstung geradezu außer sich."

„Und nun lebt sie nicht mehr, aber du ißt immer noch an diesem Tisch", bemerkte Andy.

„Weißt du, das Seltsame an der Sache ist, daß das Personal jetzt nicht weniger entrüstet wäre, wenn ich vorschlagen würde, mit ihnen hinter der Küche zu essen."

„Dann ißt du also immer ganz allein hier?"

„Nein, nicht immer. Manchmal lasse ich mir mein

Essen in den Nordsalon bringen oder auf mein Zimmer. Niemals jedoch in das Eßzimmer hinter der Küche."

Nachdem sie ein Tischgebet gesprochen hatten, begannen sie mit dem Essen.

„Ich muß sagen, so gut habe ich seit langem nicht mehr gegessen", sagte Andy anerkennend.

„Ja, die Köchin ist sehr stolz auf ihre Kochkünste."

Andy schüttelte noch immer den Kopf. Schließlich sah er Belinda geradewegs ins Gesicht.

„Ehrlich gesagt", meinte er, „wirkst du so, als ob du in dieser Villa ganz zu Hause wärst."

Belinda lächelte.

„Hm, ich habe wohl etwas Übung darin, hier zu wohnen", antwortete sie. „Anfangs fühlte ich mich recht fremd in einer solchen Umgebung. Besonders bei den feierlichen Anlässen, zu denen Tante Virginia ihre Bekannten einzuladen pflegte. Ihre Gäste waren meistens in ihrem Alter, und das Tischgespräch drehte sich um Dinge, die mir wie aus einer anderen Welt erschienen."

Andy lächelte.

„Das kann ich dir gut nachempfinden", sagte er.

„Sollen wir uns den Nachtisch und den Kaffee nach draußen auf die Veranda bringen lassen?" schlug Belinda später vor. „Thomas, der Gärtner, macht seine Sache erstklassig. Die Herbstblumen sind immer noch hübsch anzuschauen, aber lange wird die Pracht jetzt wohl nicht mehr anhalten, fürchte ich. Thomas sagt, die Jahreszeiten kommen und vergehen so schnell, daß die Blumen kaum Zeit haben, Blüten zu tragen."

Andy nickte, und Belinda läutete Windsors Klingel.

„Wir werden den Nachtisch und den Kaffee auf der Veranda einnehmen, Windsor", wies sie den Butler an und ging an Andys Seite ins Freie.

Die Gartenanlage beeindruckte Andy nicht weniger als das Haus selbst.

„Thomas arbeitet von früh bis spät hier", erklärte ihm

Belinda, „und zwar jeden Tag außer sonntags, ob's stürmt oder schneit! Im Winter macht er sich in seinem Gewächshaus zu schaffen, um die Pflanzen für das Frühjahr vorzubereiten."

„Ja, er scheint sich durchaus auf sein Handwerk zu verstehen", meinte Andy. „Ich habe noch nie so hübsche Blumenbeete wie diese hier gesehen."

„An dem Garten freue ich mich fast so sehr wie Thomas", sagte Belinda.

„Ich kann mir einfach nicht vorstellen, wie man sich in einer solchen Umgebung zu Hause fühlen kann", sagte Andy nachdenklich.

„Ach, weißt du, mit der Zeit gewöhnt man sich daran", antwortete Belinda mit einem leichten Achselzucken.

„Sich daran gewöhnen?" Andy lachte. „Hört, hört! Gewöhnen! Als wäre es ein bequemer alter Schuh!"

Belinda stimmte in sein Lachen mit ein. Windsor brachte den Nachtisch und den Kaffee.

„Ich schenke selbst aus, Windsor", erbot sich Belinda. „Das ist alles. Vielen Dank!"

Andy beobachtete sie, ohne etwas zu sagen. Sie schien sich in der Tat sehr heimisch in dieser Villa zu fühlen. Offensichtlich machte es ihr nicht das geringste aus, dem Personal Anweisungen zu geben und ein komfortables Leben zu führen. Bei diesem Gedanken wurde Andy ein wenig unwohl zumute.

Einen Blick um sich werfend, sagte er nachdenklich: „Eigentlich schade darum, das alles fremden Leuten zu überlassen, die es vielleicht nicht so liebevoll pflegen wie deine verstorbene Dienstherrin."

„Deshalb will ich es ja auch auf keinen Fall verkaufen." Tante Virginias Haus könnte ich niemals fremden Leuten überlassen."

„Dann wird es also gar nicht verkauft?" Andy war sichtlich überrascht. „Aber ich dachte, du seist mit der Regelung des Nachlasses betraut worden."

„Ja, so ist es auch."

„Aber ist es dann nicht notwendig, das Gut zu verkaufen, um allen Erben ihren Anteil an dem Vermögen auszuzahlen? Du hast doch gesagt, daß ..."

„Oh, die Einzelheiten in dem Testament haben nicht viel mit dem Haus selbst zu tun", erklärte ihm Belinda. „Das ist alles längst erledigt. Die Schwierigkeiten lagen ganz woanders."

Andys Augen wurden immer größer.

„Es war gar nicht so einfach, eine neue Verwendung für das Haus und das Grundstück zu finden. Ich möchte nicht, daß das Anwesen vernachlässigt wird. Aber es braucht allerhand Umsicht, um es zu pflegen und zu erhalten."

„Und das gehört alles zu deinen Aufgaben?" fragte Andy erstaunt.

„Aber ja", antwortete Belinda schlicht. „Tante Virginia hat mir das gesamte Anwesen vermacht."

Große Enttäuschung

Belinda ahnte nicht, welche Wirkung ihre Worte in Andy auslösten. Ihre schlichte Erläuterung hatte ihm so den Atem geraubt wie ihr selbst einst der Sturz von Copper. Belindas Reichtum stellte plötzlich ein unüberwindliches Hindernis zwischen ihr und einem jungen Rechtsanwalt dar, der noch am Anfang seiner Laufbahn stand.

Doch Belinda sprach unbefangen weiter.

„Es war ein nicht enden wollender Kampf", sagte sie, „und es kostete unermeßliche Mühe, die richtige Lösung zu finden."

Andy nickte wie benommen.

„Aber jetzt scheint sich der Nebel allmählich zu lichten. Das meint jedenfalls Herr Keats. Nächsten Mittwoch habe ich wieder eine Besprechung mit ihm."

Wieder nickte Andy. Noch immer fand er keine Worte.

„Frau Stafford-Smyth muß dich in hohen Ehren gehalten haben", brachte er schließlich hervor.

Einen Moment schwieg Belinda. Als sie schließlich antwortete, standen ihr Tränen in den Augen.

„Wir hatten eigentlich ein verwandtschaftliches Verhältnis zueinander, nicht wie zwischen Dienstherrin und Angestellter", sagte sie. „Sie war immer so gut zu mir! Ich vermisse sie sehr."

Andy hätte gern tröstend seinen Arm um Belinda gelegt, doch er hielt sich zurück.

Belinda war sich seines Zögerns nicht bewußt.

„Sie hat ihre Enkelsöhne immer sehr vermißt", fuhr sie fort, „aber sie wußte genau, daß sie niemals wieder nach Amerika ziehen würden, nicht einmal für dieses schöne

Haus. Deshalb hat sie ihr Bestes getan, um es so zu erhalten, wie es war." Belinda deutete mit einer Handbewegung um sich. „Sie hat es mir hinterlassen, weil sie wußte, daß ich es in seinem jetzigen Zustand erhalten würde, soweit das überhaupt möglich ist."

Andy nickte. Noch immer ahnte Belinda nichts von seiner Bestürzung.

„Ein ... ein riesiges Haus für eine alleinstehende alte Dame", sagte Andy dann mit einem Seufzer und warf einen Blick in den geräumigen Speiseraum.

„Genau!" gab Belinda ihm recht. „Deshalb habe ich mich auch dazu entschlossen, es mit anderen zu teilen."

„Mit anderen zu teilen?"

„Ja, mit älteren Menschen. Wir möchten gern zehn ältere Menschen hier aufnehmen, die weder ein Zuhause noch eine Familie haben. Sie sollen hier wohnen."

Andy sah sie überrascht an.

„Du siehst also", lachte Belinda vergnügt, „daß der große Eßtisch die längste Zeit nur für eine Person gedeckt worden ist."

Andy gelang ein Lächeln.

„Stört es dich nicht ... Ich meine, macht es dir nichts aus, all diese fremden Leute hier in deinem Haus wohnen zu lassen?"

„Aber nein!" schüttelte Belinda entschieden den Kopf. „Eine bessere Lösung könnte es gar nicht geben!"

„Du ... du brauchst also Miete für den Unterhalt der Villa?" fragte er mühsam.

„Nein, nichts dergleichen. Dafür ist jede Menge Geld vorgesehen. Die neuen Bewohner brauchen keinen Heller an Miete zu bezahlen. Sie sollen so lange hier zu Gast sein, wie sie möchten."

Andy schüttelte den Kopf.

„Von so einer Regelung habe ich noch nie gehört", sagte er zu Belinda.

„Da bist du nicht allein. Das ist auch der Grund, weshalb es so schwierig ist, alles rechtlich zu ordnen. Selbst

Herr Keats scheint sich nicht sicher zu sein, wie man das am besten bewerkstelligt."

„Ach so", sagte Andy. Der Tag hatte plötzlich seinen strahlenden Glanz verloren. Er stellte seine Tasse auf den Tisch zurück und stand auf.

„Jetzt wird es aber höchste Zeit, daß ich mich wieder auf den Heimweg mache", murmelte er.

„Auf den Heimweg? Aber nicht doch!" antwortete Belinda. „Komm, ich zeig' dir den Rest des Hauses."

Aus Höflichkeit folgte Andy Belinda durch das Haus. Je mehr er sah, desto mutloser wurde er. Belinda spürte, daß ihn etwas bedrückte, konnte sich jedoch den Grund dafür nicht erklären.

„Du kommst doch wieder, nicht wahr?" fragte sie erwartungsvoll, als er sich verabschiedete.

Andy wich ihrer Frage aus.

„Vergiß nicht, daß du mir versprochen hast, einmal mit mir in die kleine Kirche zu gehen", erinnerte er sie.

„Aber ja, ich komme gern", antwortete sie erfreut, und Andys Blick erhellte sich einen kurzen Moment lang, doch dann fügte Belinda hinzu: „Vielleicht finde ich ja dort ein paar ältere Leute, die ein Zuhause brauchen."

Andy nickte enttäuscht und wandte sich zum Gehen.

„Aber wie kommst du jetzt nach Hause?" fragte Belinda.

„Ach, ich werde schon irgendwo eine Droschke auftreiben", sagte er achselzuckend.

„Unsinn!" widersprach Belinda. „Windsor bringt dich mit der Kutsche nach Hause."

Andy wollte ablehnen, doch Belinda duldete keine Widerworte.

„Ich begleite dich gern, wenn du nichts dagegen hast", sagte sie mit einem Lächeln. Andy willigte hilflos ein.

Belinda ahnte nichts von dem Kummer, der ihren Kameraden quälte, seitdem er die Wahrheit begriffen hatte: nämlich daß Belinda nun eine sehr, sehr wohlhabende Frau war. Statt dessen freute sie sich sorglos über das

Wunder ihres Wiedersehens und ihrer wiedergefundenen Freundschaft mit Andy. In Gedanken durchlebte sie noch einmal jeden Moment ihres Beisammenseins und freute sich schon jetzt auf manches künftige Unternehmen mit ihm.

Doch dann fiel Belinda ihre bevorstehende Rückkehr in ihre Heimat ein, und das Herz wurde ihr schwer. Es konnte keinen Zweifel daran geben, daß Andy beabsichtigte, hier in Boston zu bleiben. Eine vielversprechende Zukunft als Rechtsanwalt bei einer angesehenen Anwaltspraxis lag vor ihm. Es wäre reiner Unsinn, das alles um eines … eines einfachen Landmädchens willen aufzugeben.

Plötzlich fröstelte sie. Der Herbst hielt wohl nun mit Macht Einzug. Ein unbehagliches Schweigen umhüllte die beiden Passagiere in der Kutsche.

„Ich habe mehrere Möglichkeiten ausfindig gemacht", eröffnete Herr Keats seiner Klientin bei der nächsten Unterredung. „In jedem dieser Fälle ist es jedoch unumgänglich, einen Treuhänder einzusetzen."

Belinda nickte.

„In erster Linie müssen Sie entscheiden, welcher Art diese Treuhänderschaft sein soll."

„Und wie gehe ich da am besten vor?" fragte Belinda.

„Nun, Sie könnten die Stadtverwaltung daran beteiligen. Dort gibt es einen Ausschuß für die Unterbringung von Obdachlosen. Damit könnte sich Ihr Vorhaben gut vereinbaren lassen."

Belinda zog diese Möglichkeit in Erwägung.

„Andernfalls", fuhr Herr Keats fort, „könnte eine Gemeinde damit beauftragt werden. Kirchen wissen immer um Bedürftige, und unter kirchlicher Leitung könnte das Heim so geführt werden, wie es den Nöten dieser Leute entspricht."

Auch diese Möglichkeit erwog Belinda in Ruhe.

„Oder", fuhr der Anwalt fort, „das Heim könnte völlig

unabhängig geführt werden. Der Vorstand wäre dann weder ein Organ der Stadt Boston noch einer Kirche. Selbstverwaltung."

Belinda überlegte weiter.

„Ich glaube, so wäre es mir am liebsten", sagte sie schließlich.

Der Anwalt nickte.

„Bei der Wahl der Verwalter ist allerdings größte Vorsicht geboten", ermahnte er sie.

„Wie wäre es dann mit einem Anwalt, einem Bankier, einem Mitglied des Stadtrats und einem Geistlichen?" schlug Belinda zaghaft vor.

Der Anwalt nickte.

„Gute Idee", lobte er überrascht. „Ich würde aber noch einige zusätzliche Personen empfehlen."

„Wären Sie selbst wohl dazu bereit, das Heim mitzuverwalten?" wagte Belinda zu fragen.

Herr Keats fühlte sich sichtlich geschmeichelt.

„Nun, es ... es wäre mir eine Ehre", antwortete er.

Endlich gewann Belinda den Eindruck, als sei ein großer Schritt vorwärts getan worden. Den Rest der Unterredung verwandte sie darauf, gemeinsam mit ihrem Anwalt zu überlegen, wer noch als Mitglied des Verwaltungsausschusses in Frage kommen könnte. Als Belinda dann die Praxis verließ, hatte sie Herrn Keats den ausdrücklichen Auftrag gegeben, mehrere Kandidaten schriftlich zu befragen.

Belinda hoffte auf eine Begegnung mit Andy. Sie brannte geradezu darauf, ihm die erfreulichen Neuigkeiten mitzuteilen. Doch dann besann sie sich darauf, daß ihre erfreuliche Nachricht zugleich auch Unerfreuliches bedeutete, zumindest für sie selbst. Sobald die Formalitäten für die Verwaltung des Anwesens geregelt waren, gab es keinen Grund mehr für sie, weiterhin in Boston zu bleiben. Wieder würde sie Andy Lebewohl sagen müssen, und diesmal bestand so gut wie keine Aussicht, daß sich ihre Pfade jemals wieder kreuzen würden.

„Ich könnte eigentlich in Boston bleiben und das Gut selbst verwalten“, überlegte Belinda. „Niemand würde mir das streitig machen können.“

Doch tief in ihrem Herzen wußte sie nur zu gut, daß das nicht in Frage kam. Sie mußte unbedingt wieder Verbindung mit ihrer Heimat aufnehmen und die wahre Belinda Davis neu entdecken. Zu lange hatte sie in einer fremden Welt gelebt. Sie gehörte im Grunde nicht hierher, und dieses Leben machte sie nicht einmal glücklich. Sie war nicht zu einer vornehmen Salondame erzogen worden. Tief in ihrem Herzen war sie ein sehr schlichter Mensch. Von ihren Eltern hatte sie schon früh gelernt, ihre Mitmenschen zu achten und Gottes Weisungen zu befolgen, um anderen besser dienen zu können.

„Nein, es gibt keinen Zweifel daran: ich muß wieder in meine Heimat zurück. Und Andy wird hier in Boston bleiben. Es ist zwecklos, mehr als nur eine Kameradschaft zu erhoffen. Auf diese Weise werde ich wenigstens würdevoll Abschied von ihm nehmen können.“

Trotz der ernüchternden Erkenntnisse auf beiden Seiten bat Andy sie immer wieder um eine Verabredung, und Belinda willigte jedesmal ein. Gemeinsam besuchten sie die kleine Kapelle, wie sie es sich vorgenommen hatten. Belinda war begeistert von dem, was sie dort erlebte. Die Kapelle erinnerte sie sehr an ihre kleine Landkirche zu Hause. Die Menschen hier waren freundlich, das gemeinsame Singen war voller Begeisterung und die Verkündigung der Heiligen Schrift so klar und einleuchtend, daß Belinda sich auf der Stelle heimisch fühlte. Sie teilte Andy ihre Eindrücke mit, und er nickte mit einem Lächeln. Er freute sich, daß ihr der Gottesdienst gefallen hatte.

Es fand sich zwar niemand dort, der eine Unterkunft in der Villa brauchte, doch Belinda bat Andy, sich weiterhin umzuschauen.

Gemeinsam besuchten sie ein zweites Konzert, verbrachten einen Samstag in einem Park, besichtigten ein

Museum und unternahmen längere Spaziergänge zusammen. Die ganze Zeit über sagte sich jeder im stillen, daß dies nichts weiter als eine Kameradschaft sei, weil die äußeren Umstände nicht dazu angetan waren, mehr füreinander zu empfinden. Tief in einem jeden Herzen wuchs die Zuneigung dennoch wie eine Blume, die zwischen Felsbrocken hervorbricht.

„So kann es einfach nicht weitergehen", dachte Belinda, als der erste Schnee um Gut Marschall herumwirbelte. „Es ist höchste Zeit für mich, alles endgültig zu regeln und mich auf den Heimweg zu machen."

Den Vormittag verbrachte sie am Telefon, und als sie ihre Gespräche beendet hatte, waren die ersten fünf Bewohner für die Villa gefunden. Bald würde Gut Marschall wieder von Leben erfüllt sein.

„Als nächstes brauche ich eine Assistentin für Frau Potter", überlegte Belinda. „Frau Simpson!" fuhr es ihr schlagartig durch den Sinn. Natürlich! Das war die Lösung! Andy würde sich freuen, seine Mutter in der Nähe zu haben. Sie könnte im Haushalt helfen, und Sidney könnte endlich ein Studium beginnen. Ja, das schien eine glänzende Idee zu sein. Belinda konnte es kaum erwarten, Andy diesen Vorschlag zu unterbreiten.

Als er an diesem Abend anrief, unterbreitete ihm Belinda ihren Vorschlag. Zuerst schien Andy zu zögern, doch je mehr er davon hörte, desto überzeugter wirkte er.

„Glaubst du, sie würde so etwas überhaupt in Erwägung ziehen?" fragte Belinda.

„Ganz bestimmt", antwortete Andy. „Sie wollte schon lange wieder in die Stadt zurück."

„Aber würde ... würde es ihr wohl etwas ausmachen, Frau Potter als Vorgesetzte zu haben?"

„Mutter hat sich noch nie vor harter Arbeit gescheut", antwortete Andy. Er überlegte einen Moment und sagte dann: „Vielleicht findet sich sogar etwas für Sid."

„Ich habe gedacht, er könnte dann hier ein Studium

beginnen“, sagte Belinda. „Er könnte stundenweise auf Gut Marschall aushelfen und ansonsten Kurse an der Universität belegen.“

„Du hast aber auch an alles gedacht“, erwiderte Andy lachend.

„Dann meinst du also, daß es klappen könnte?“ fragte Belinda.

„Ich denke, Mutter wird sich sehr über deinen Vorschlag freuen“, antwortete Andy aufrichtig.

So schickte Belinda einen Brief mit zwei Eisenbahnbilletts und einem Geldbetrag als Vorschuß ab und erwartete die Antwort mit großer Spannung. Frau Simpson und Sidney würden am fünfundzwanzigsten November in Boston eintreffen, hieß es in dem Antwortschreiben. Belinda rief Andy unverzüglich an, um ihm die aufregende Nachricht mitzuteilen.

Es war ein kalter Wintertag, als Belinda sich auf den Weg zum Bahnhof machte. Sie hatte erwogen, Windsor allein zum Bahnhof zu schicken, doch die Simpsons würden sich gewiß freuen, von jemandem in Empfang genommen zu werden, den sie kannten. Andy hatte sich erboten, die beiden Reisenden abzuholen, doch Belinda hatte entgegnet, daß sie mehr Zeit dazu hätte als er. „Komm doch lieber am nächsten Morgen zu uns und begrüße sie“, hatte sie ihm vorgeschlagen.

Belinda war froh darüber, selbst zum Bahnhof gekommen zu sein, anstatt Windsor allein geschickt zu haben. Sowohl Frau Simpson als auch Sidney machten einen befangenen, nervösen Eindruck. Windsor sorgte für das Gepäck, und Belinda führte die beiden zu der wartenden Kutsche.

„Es ist sehr kalt heute abend“, warnte sie Mutter und Sohn. „Legen Sie sich nur die Decke über die Beine!“ Sie reichte den beiden zwei der warmen Decken, die Windsor vorsorglich mitgebracht hatte, und hüllte sich auch selbst in ihre Decke. Die beiden Passagiere folgten ihrem Beispiel.

Belinda erkundigte sich nach den neuesten Nachrichten aus ihrem Heimatort, und Sid gab ihr bereitwillig Auskunft. Seitdem sie ihn zum letzten Mal gesehen hatte, war er regelrecht erwachsen geworden, und Belinda war sehr von ihm beeindruckt. Frau Simpson war wie gewöhnlich recht schweigsam, wenn sie auch Belindas Fragen höflich beantwortete.

Als sie Gut Marschall erreicht hatten, lebten die beiden Reisenden plötzlich wieder auf, um ihre neue Unterkunft staunend in Augenschein zu nehmen. Selbst die wortkarge Frau Simpson fand alles „einfach unglaublich“.

Belinda wußte, daß sich die Verhältnisse im Haus inzwischen geändert hatten. Frau Potter hatte die Leitung des Haushalts und mußte daher auch sämtliche Entscheidungen in bezug auf das Personal fällen, und die Simpsons gehörten nun zum Personal, so gern Belinda sie auch als Gäste behandelt hätte. Daher führte sie die beiden erschöpften Neuankömmlinge in weiser Voraussicht zu Frau Potter, die einen Imbiß für sie bereithielt und sie anschließend zu ihren Zimmern brachte.

Müde stieg Belinda die Treppe hinauf. Sie freute sich auf ein heißes Bad und eine ungestörte Nachtruhe. Andy würde am nächsten Morgen kommen, um seine Mutter und seinen Bruder zu begrüßen. Belinda ahnte, daß ihr ein schwerer Tag bevorstand. Ihr Wunsch, in Boston zu bleiben, kämpfte mit dem Heimweh nach der Prärie.

Letzte Vorbereitungen

Belinda hatte gehofft, bis zum Weihnachtsfest alle Einzelheiten für die Zukunft von Gut Marschall geregelt zu haben, doch bald wurde ihr klar, daß das fast unmöglich war. So fügte sie sich in ihr Schicksal und machte sich auf ein weiteres Weihnachtsfest in Boston gefaßt.

„Vielleicht ist es so auch am besten", überlegte sie. „Frau Potter wird womöglich meine Hilfe brauchen, weil dieses Weihnachten ihr erstes als verantwortliche Haushälterin ist." Im stillen fragte sich Belinda jedoch, ob ihr diese Verzögerung am Ende nicht ganz gelegen kam, weil sie auf diese Weise den Abschied von Andy noch eine Weile hinausschieben konnte.

Frau Simpson fand sich schnell in ihre neue Stellung als Haushälterin hinein. Sie hatte mehrere Bedienstete zu beaufsichtigen, darunter auch die Angestellten für das Reinemachen und die Wäsche. Wenn alle Bewohner erst auf Gut Marschall eingezogen waren, würde es allerhand Arbeit für sie geben.

Am sechsten Dezember zogen die ersten beiden Bewohner ein. Frau Simpson hatte ihre Zimmer auf Frau Potters Anweisung hin für sie hergerichtet, und die beiden Neuankömmlinge, zwei ältere Damen, wurden als erstes durch das ganze Haus geführt.

Eine der beiden war eine ehemalige Klavierlehrerin, und angesichts des Musikraums und des Klaviers war sie höchst erfreut. Die andere Dame bestaunte die Bibliothek. Belinda fand die beiden auf Anhieb sympathisch und hätte sich gern bei einer jeden nach ihrer Lebensgeschichte erkundigt. Andererseits durfte sie nicht aufdringlich sein, ermahnte sie sich. Mit der Zeit würden die beiden schon aus ihrem Leben erzählen, wenn ihnen danach zumute war.

So geschah es auch. Nach und nach erfuhr Belinda mehr über die beiden Damen, während diese beim Tee im Nordsalon saßen oder vor dem Kamin handarbeiteten.

Frau Bailey war verwitwet. Einst hatte sie mit ihrem Mann und drei Kindern in einem bescheidenen Haus am Südrand von Boston gewohnt. Ihr Mann hatte sich als Kutscher verdingt, bis eine Rückenverletzung seiner Arbeit ein jähes Ende gesetzt hatte. Frau Bailey hatte den Unterhalt der Familie durch Waschen, Näharbeiten und die Herstellung von Kleingebäck bestritten. Doch es sollte noch härter kommen. Das jüngste Kind fiel in den Charles-Fluß, und das älteste versuchte, ihm das Leben zu retten. Beide Kinder ertranken. Einige Jahre später starb die einzige verbliebene Tochter an Tuberkulose. Schließlich starb auch Frau Baileys gelähmter Mann.

Es war Belinda unfaßbar, wie ein Mensch so viel Kummer ertragen konnte, doch die Frau hatte stets ein Lächeln auf den Lippen und dankte ihrem Gott für seinen Beistand in allem Leid. „Und jetzt hat Gott mir nicht nur die Zeit zum Lesen geschenkt, sondern auch eine ganze Bibliothek voller Bücher“, sagte sie strahlend und hob eins ihrer Lieblingsbücher in die Höhe.

Die andere Dame, Fräulein Mitton, war nie verheiratet gewesen. Sie hatte sich jahrelang ihren Lebensunterhalt mit Klavierunterricht verdient. Als die Zahl ihrer Schüler jedoch immer spärlicher wurde, war sie dazu gezwungen gewesen, von ihrer hübsch eingerichteten Wohnung in ein ungemütliches Zimmer im ärmsten Stadtviertel von Boston zu ziehen. Darüber war sie sehr verbittert geworden. „Wie kann nur jemand von meinem Stand und meiner Bildung in solch erbärmlicher Armut leben müssen?“ jammerte sie. Ihre Verbitterung machte ihre Lage nur noch unerträglicher.

Mit dem Gefühl, endlich in einer ihrem Stand entsprechenden Umgebung untergebracht zu sein, hielt Fräulein

Mitton auf Gut Marschall Einzug. Sie trug den Kopf hoch erhoben – zum Zeichen, daß ihr ein solches Leben nur zustand. Obwohl sie in ihrem ganzen Leben noch nie in einer Villa wie Gut Marschall gewohnt hatte, fand sie dort ohne weiteres Aufnahme. Belinda lächelte nur und behandelte sie mit herzlicher Freundlichkeit. Das ältere Fräulein, das mit aller Mühe etwas zu sein vorgab, was sie in Wirklichkeit niemals gewesen war, tat ihr leid.

„Es hätte nie soweit mit mir kommen dürfen, daß ich nun auf die Wohltätigkeit anderer angewiesen bin“, klagte Fräulein Mitton eines Tages, während sie ihre Teetasse mit zitternden Fingern umschlossen hielt. „Das Schicksal hat mir übel mitgespielt, und dabei gehöre ich von meiner Abstammung her der gehobenen Gesellschaftsschicht an.“

„Dann können Sie sich sehr glücklich schätzen“, erwiderte Belinda sanft. „Wie den meisten von uns hier ist es mir anders ergangen. Meine Eltern sind einfache Leute, aber sie boten ihren Kindern ein warmes Nest. Bei uns daheim gab es jede Menge Liebe und Verständnis füreinander, und auch an Essen und Kleidung haben wir keinen Mangel gelitten. Ich habe wohl schon als Kind gelernt, daß Samt, Seide und feines Porzellan nicht lebensnotwendig sind.

Aber lassen Sie uns eines gleich zu Anfang klarstellen: Kein Bewohner von Gut Marschall ist Almosenempfänger. Das Anwesen soll jedem Bewohner als Zuhause dienen. Wir haben Sie eingeladen, hier zu wohnen, weil wir Sie gern hier bei uns haben wollten. Ein Haus ist einsam, wenn keine Familie darin wohnt. Sie gehören nun zu unserer neuen Familie.“

Fräulein Mittons Kinn fuhr noch eine Spur höher in die Luft, während Frau Bailey sich verstohlen eine Träne aus dem Augenwinkel wischte.

Belinda machte sich ein weiteres Mal auf den Weg zu Herrn Keats und hoffte dabei sehr, daß alle Einzelheiten nun endgültig geregelt waren. Der Anwalt begrüßte sie schon an der Tür mit einem breiten Lächeln. Belinda deutete das als gutes Zeichen.

„Sie haben also Fortschritte gemacht?" erkundigte sie sich.

„Ja, sehr beachtliche sogar", antwortete er selbstzufrieden. „Ihr Verwaltungsrat ist vollständig. Die erste Sitzung hat schon stattgefunden, und die Verfügungen sind festgelegt worden. Der Bankier und ich werden für alle Barzahlungen verantwortlich sein, selbstverständlich nur jeweils mit Zustimmung des Vorstands. Der Geistliche und zwei der anderen Mitglieder werden dafür sorgen, daß die restlichen Bewohner gefunden werden. Bis Weihnachten dürften die Zimmer gefüllt sein, und Sie wären Ihrer Pflichten entledigt."

„Wissen Sie, ich habe mir überlegt", erklärte Belinda, „daß es eine gute Idee wäre, einen Geistlichen für das Heim einzustellen, eine Art Hauspfarrer."

Der Anwalt warf ihr über seine Brillenränder hinweg einen erstaunten Blick zu.

„Einen Geistlichen?" fragte er.

„Ja", verteidigte sich Belinda, „einen Pfarrer, der die täglichen Andachten hält und auch hin und wieder einen Sonntagsgottesdienst für den Fall, daß die Bewohner einmal nicht in der Lage sein sollten, zur Kirche zu gehen."

„Haben die Bewohner denn den Wunsch nach einem Hausgeistlichen geäußert?"

„Nein, nicht direkt."

„Vielleicht sind sie nicht so … so religiös eingestellt wie Sie selbst", erwiderte der Anwalt in aller Offenheit.

„Aber die Leutchen haben ja überhaupt nichts verlangt", widersprach Belinda. „Sie sind schließlich nicht mit einer langen Liste von Forderungen auf Gut Marschall eingezogen. Trotzdem müssen wir für ihr Wohlergehen sorgen, und zwar sowohl für das leibliche als auch für das geistliche."

„Aha", nickte der Anwalt, doch Belinda bezweifelte im stillen, daß er tatsächlich begriffen hatte, um was es ihr ging. Vielleicht sollte sie sich lieber an jemand anders wenden, was einen Geistlichen für Gut Marschall betraf, überlegte sie. „Nun gut“, beschloß sie im stillen, „zuallererst werde ich mich an Gott selbst wenden.“ Zu Herrn Keats sagte sie: „Wir brauchen auf jeden Fall einen Arzt. Immerhin haben wir es mit älteren Menschen zu tun, und da ist es normal, daß hier und da Beschwerden auftreten.“

Der Anwalt nickte.

„Denken Sie an einen Arzt, der im Hause wohnen soll?“ fragte er.

„Aber nein! Es muß jedoch ein Arzt sein, der jederzeit für uns erreichbar ist und auch regelmäßige Hausbesuche macht.“

„Das läßt sich gewiß ohne Schwierigkeiten einrichten. Ich werde mich unverzüglich darum kümmern.“

Belinda lächelte erleichtert.

„Vielleicht wäre es aber angebracht, eine Krankenschwester für die Hausbewohner einzustellen“, schlug der Anwalt vor. „Sie könnte bei kleineren Beschwerden helfen und den Arzt rufen, sobald es nötig wird.“

Das klang durchaus einleuchtend, fand Belinda.

„Wenn ich mich nicht irre, sind Sie ... ich meine, waren Sie selbst Krankenschwester“, fuhr Herr Keats zögernd fort. „Selbstverständlich wären Sie nun unter den veränderten Umständen kaum noch an einer solchen Anstellung interessiert. Dennoch kommt Ihnen Ihre Erfahrung gewiß bei der Wahl einer Krankenschwester sehr zugute.“

Belinda wußte, daß Herr Keats sie, die Erbin von Gut Marschall, als eine sehr wohlhabende Frau betrachtete. Er schien nicht zu begreifen, daß sie ihr Erbe nun in die Hände anderer legte, ohne selbst einen Nutzen daraus zu ziehen.

„Das ... das ist es nicht“, stotterte sie. „Ich möchte nur gern in meine Heimat zurückkehren, weiter nichts.“

„Ja, selbstverständlich“, erwiderte Herr Keats kopfnickend, doch Belinda konnte ihm anmerken, daß er nach wie vor ein wenig verwirrt war.

„Aber ich werde mir Ihren Vorschlag in aller Ruhe überlegen“, versprach Belinda.

Auf dem Heimweg zerbrach sich Belinda den Kopf über die Anstellung einer Krankenschwester. War eine Pflegerin tatsächlich auf Gut Marschall erforderlich? Wurde Belinda etwa selbst hier gebraucht? Wollte Gott ihr womöglich dadurch zeigen, daß sie in Boston bleiben sollte? War dies ein stichhaltiger Grund für die Annahme, daß Andy und sie vielleicht doch zueinander gehörten?

Belinda spürte, wie ihr die Wangen heiß wurden. Es bestand kein Zweifel daran: sie mochte Andy sehr, sehr gern. Mit der gleichen Offenheit mußte sie sich jedoch eingestehen, daß er ihr keinerlei Hoffnungen auf eine gemeinsame Zukunft gemacht hatte. Er hatte sich ihr gegenüber freundlich und fürsorglich verhalten und sich allem Anschein nach in ihrer Gegenwart wohl gefühlt, doch er hatte niemals etwas gesagt oder getan, um ihr zu bedeuten, daß er in sie verliebt war.

Belinda schob ihre Träume von sich und bemühte sich, ihr pochendes Herz zu beruhigen. Es wäre ein großer Fehler, wenn sie ihre Pläne änderte, nur weil sie hoffte, daß Andy sie eines Tages heiraten würde. In eine solche Lage durfte sie sich nicht bringen. Auch Andy durfte sie so etwas nicht zumuten. Nein, beschloß sie, sie durfte sich einfach keine Traumschlösser bauen, die doch nur eines Tages in sich zusammenstürzen würden.

„Ich werde mich nach einer Krankenschwester umschauen“, nahm sie sich vor, und mit Entschlossenheit machte sie sich daran, eine geeignete Person zu finden.

Am zehnten Dezember zogen drei weitere Bewohner auf Gut Marschall ein. Herr Rudgers war ein hochgewachsener, dürrer Mann mit einem struppigen Schnurrbart und fröhlich zwinkernden Augen. Belinda fand ihn auf den ersten Blick sympathisch. Sie konnte sich gut vorstellen, wie sein Sinn für Humor auf Gut Marschall für allerhand Trubel sorgen würde. Seine Augen hefteten sich gleich zu Anfang auf Fräulein Mitton, und Belinda wußte nicht, ob er sie als Zielscheibe für seine gutgemeinten Scherze auserkoren hatte oder ob er sich insgeheim zu dem alten Fräulein hingezogen fühlte. Nun, die Zeit würde seine Absichten schon an den Tag bringen; dessen war Belinda sich sicher.

Herr Lewis, verhutzelt und gebeugt von Krankheit oder von der schweren Last seines Lebens, zeigte dagegen keine Spur von Munterkeit, sondern nur Kummer. Er war jedoch ein bescheidener Mensch, nahm alle Freundlichkeit dankbar an und begnügte sich stets mit einem Stuhl in der Ecke. Belinda hoffte, daß das Leben auf Gut Marschall recht bald den tiefen Schmerz in seinem Blick lindern würde.

Frau Gibbons war lebhaft und gesprächig. Sie flatterte stets im Haus umher und stellte unablässig Fragen. Die Antworten gehörten, wie sich herausstellte, bald zum Allgemeinwissen sämtlicher Bewohner. Frau Gibbons war nämlich schwerhörig. „Wie bitte?" wiederholte sie ständig mit einer Hand am Ohr. „Ich habe nicht verstanden." Dabei war es unumgänglich, daß jedermann im ganzen Raum nur zu gut „verstanden" hatte. Belinda hegte keine Zweifel daran, daß dank Frau Gibbons' wiederholter Nachfragen alle Insassen bald auf das beste miteinander bekannt sein würden.

In der Woche vor Weihnachten zogen drei weitere Bewohner ein. Dadurch erhöhte sich ihre Zahl auf insgesamt fünf Frauen und drei Männer. Am 21. Dezember ereignete sich etwas, das an ein Wunder grenzte: ein Geistlicher im Ruhestand und seine Frau freuten sich, auf Gut Marschall eine neue Heimat zu finden. Ihr Haus war einem Brand zum Opfer gefallen, und das Ehepaar besaß keine Mittel, um es wieder aufzubauen. Belinda trauerte mit den beiden um ihren Verlust, doch sie sah in der Ankunft des Ehepaares eine Gebetserhörung.

Der freundliche ältere Herr lächelte, als Belinda ihn fragte, ob er bereit sei, die geistliche Betreuung der Heiminsassen zu übernehmen.

„Gott sei Lob und Dank, Nettie", sagte er zu seiner silberhaarigen Gattin. „Der Herr hat uns nicht nur ein neues Zuhause, sondern auch einen neuen Dienst dazu geschenkt – keine stille Ecke, wo wir unseren Lebensabend fristen müßten!"

Tränen rannen der guten Frau über die vom Alter gezeichneten Wangen.

„Gott sei Lob und Dank", sagte auch sie.

Belinda freute sich mit den beiden. Nun stand das Weihnachtsfest vor der Tür, und nachdem das Pfarrersehepaar in Frau Stafford-Smyths einstigen Gemächern untergebracht worden war, war die Zahl der Bewohner auf Gut Marschall endlich vollständig.

„Frau Potter, Sie haben nun das Sagen hier", wandte Belinda sich an die Haushälterin. „Ich möchte mich keineswegs in Ihre Angelegenheiten mischen, aber wenn ich Ihnen bei den Vorbereitungen für Ihr erstes Weihnachtsfest als Hauptverantwortliche hier behilflich sein kann, tue ich das gern."

Frau Potter lächelte.

„Das ist nett von Ihnen, Fräulein Belinda", nickte sie. „Mir war schon etwas unwohl zumute bei dem Gedanken an Weihnachten."

So schmiedeten die beiden Frauen gemeinsam Pläne für die Feiertage auf Gut Marschall. Das Vorbereiten des Festessens überließen sie dabei der Köchin und den übrigen Angestellten in der Küche.

Mit Sids Hilfe stellte Windsor eine Tanne in der Diele auf und schmückte sie mit Girlanden und Glaskugeln. Belinda besorgte die Einkäufe und wählte für jeden Bewohner des Guts ein einfaches Geschenk aus. In den kommenden Jahren würden sie jeweils einen Namen aus einem Hut ziehen und ein Geschenk von ihren Einkünften kaufen, die im Nachlaß für sie vorgesehen waren.

Auf dem langen Eßtisch glänzten das gute Porzellan und die Kristallgläser um die Wette, und auf silbernen Kerzenhaltern standen festlich verzierte Kerzen. Belinda betrachtete den Tisch und dachte dabei an vergangene Weihnachtsfeste hier auf Gut Marschall. Dieses Weihnachten versprach in der Tat, ein besonderes Fest der Freude zu werden!

Die Aussicht auf Andys Besuch erhöhte noch Belindas Vorfreude. Anfangs hatte ihr zwar sein Kommen allerhand Kopfzerbrechen bereitet. Das gesamte Personal würde sich zum Weihnachtsessen in dem Zimmer neben der Küche einfinden. Das bedeutete, daß Frau Simpson und Sidney ebenfalls dort essen würden. Belinda konnte unmöglich von Andy erwarten, mit ihren Gästen am Eßtisch zu sitzen, während seine Mutter mit dem Personal neben der Küche aß.

Doch auf einmal kam ihr eine rettende Idee. Belinda war nun nicht mehr die Gutsherrin. Es gab also keinen Grund, weshalb sie sich nicht einen Platz an dem Tisch für die Bediensteten sichern konnte. Erleichtert machte sie sich daran, den Tisch in dem Raum neben der Küche festlich zu schmücken. Sie holte ein hübsches Tischtuch aus dem Wäscheschrank, deckte den Tisch mit Porzellantellern und einem Paar Kerzenhaltern und verteilte Tannenzweige und Tannenzapfen als Tischschmuck zwischen den Gedecken. Alles wirkte sehr weihnachtlich, und Belinda war mit dem Ergebnis zufrieden.

Zu Heiligabend war alles gerichtet. Die neuen Bewohner der Villa waren eingezogen, und nur Belindas eigene Zimmer waren noch nicht anderweitig vergeben worden. Sie hatte gehofft, ihre Zimmer einer Krankenschwester überlassen zu können, doch trotz aller Bemühungen hatte sich bisher noch keine gefunden.

„Vielleicht ist es ja völlig zwecklos, mir überhaupt solche Hoffnungen zu machen“, sagte sie sich im stillen. „Ein Geistlicher im Ruhestand ist vielleicht keine so große Seltenheit, aber woher sollte eine Krankenschwester im Ruhestand kommen? Wir werden uns wahrscheinlich doch mit einem Arzt begnügen müssen, der hier Hausbesuche macht."

Die Verwaltung des Heims war geregelt, die Gelder für den laufenden Unterhalt waren gesichert! Mehrere Ärzte hatten sich gemeldet, die die Betreuung der Heimbewohner zu übernehmen bereit waren. Belinda lächelte still. Sie dachte an die langen Monate mühevoller Planung und Vorbereitung zurück. Tief in ihrem Herzen wußte sie, daß Frau Stafford-Smyth mit dem, was sie getan hatte, voll und ganz einverstanden gewesen wäre.

Wenn sie nur eine Krankenpflegerin hätte, die hier im Haus wohnen würde, dann wäre auch die letzte Hürde genommen, dachte Belinda mit einem leisen Seufzer.

Sie warf einen letzten Blick um sich. Alles war wunderhübsch und festlich; ja, das weihnachtlich geschmückte Haus wirkte richtig gemütlich und einladend.

Aus dem Musikzimmer erklang Fräulein Mittons Klavierspiel. Sie spielte Weihnachtslieder. Hin und wieder war Herrn Rudgers scherzende Stimme zu hören. „Da ist er wieder am Werk mit seinen Witzen und spaßigen Bemerkungen, um Fräulein Mitton damit aufzuziehen", dachte sie schmunzelnd. Während der kurzen Tage, die sie nun gemeinsam auf Gut Marschall wohnten, hatte sich eines jedoch geändert: Fräulein Mitton lachte nun immer häufiger über Herrn Rudgers Späße.

Vom Nordsalon her war eine angeregte Unterhaltung zu hören und hin und wieder ein lautstarkes „Wie bitte?" aus Frau Gibbons' Mund. Durch die geöffnete Tür zur Bibliothek sah Belinda Frau Bailey im Gespräch mit zwei anderen Bewohnern. Gut Marschall war mit neuem Leben erfüllt.

„Wenn doch Tante Virginia das sehen könnte!" dachte Belinda wehmütig. „Sie hätte an all dem munteren Treiben ihre helle Freude gehabt."

Gerade wollte Belinda die Treppe hinaufsteigen, als es an der Tür klingelte. Sie sah sich nach Windsor um, doch dieser schien gerade nicht in der Nähe zu sein. So ging sie selbst zur Tür. Insgeheim hoffte sie, Andy vorzufinden. Ihr Herz klopfte schneller, als sie die Tür öffnete.

Doch es war eine hochgewachsene Frau, die vor ihr stand, den Mantel fest um die kräftige Gestalt gezogen. Den Hut hielt sie sich wegen des heftigen Windes auf dem Kopf fest.

„Oh, kommen Sie nur herein!“ lud Belinda sie ein und fragte sich dabei, welches Anliegen die Frau wohl am Heiligen Abend nach Gut Marschall führte.

„Entschuldigen Sie bitte, ich hätte gern Fräulein Davis gesprochen, wenn sich das einrichten läßt.“

„Das bin ich“, antwortete Belinda. „Treten Sie nur näher!“

Belinda schaute um sich. Es gab kein leeres Zimmer, in das sie ihre Besucherin hätte führen können. Die Bibliothek und das Musikzimmer waren besetzt, ebenso der Nordsalon. Belinda zögerte und deutete dann auf den eleganten vorderen Salon. Dort hielt sich zur Zeit niemand auf, soweit sie wußte.

Doch die Frau stand nur da und starrte Belinda an.

„Aber ... aber man hat mir gesagt, Fräulein Davis sei die Gutsherrin von Gut Marschall“, stammelte sie verwirrt.

Belinda sah an sich hinunter. Über ihrem schlichten Hauskleid trug sie eine staubige Schürze. Nein, in dieser Aufmachung bot sie gewiß kaum den Anblick einer Gutsherrin, dachte sie schmunzelnd.

„Entschuldigen Sie vielmals. Ich war mit Weihnachtsvorbereitungen beschäftigt“, erklärte sie ihrer Besucherin. „Leider waren die Kisten, in denen ich herumgegraben habe, recht verstaubt.“

Sie zog ihre Schürze aus und warf sie auf den Tisch in der Diele.

„Nun, Frau ... äh, Frau ...?“

„Tupper“, beeilte sich die Fremde zu erklären, „Frau Tupper.“

„Also, Frau Tupper", fuhr Belinda fort, „was kann ich für Sie tun? Haben Sie einen Angehörigen, der hier bei uns wohnt?"

„Aber nein", antwortete die Frau hastig. „Ich habe keinerlei Verbindung zu Ihrem Haus."

Belinda wartete darauf, daß sie ihr Anliegen vorbrachte.

„Ich habe aber gehört, daß Sie eine Krankenpflegerin suchen", sagte die Frau.

„Ja, das stimmt", bestätigte Belinda.

„Nun, ich … ich bin Krankenschwester", erklärte Frau Tupper. „Ich habe meine Zeugnisse mitgebracht", und sie begann, in ihrer Handtasche zu kramen. „Sie … Sie müssen entschuldigen, daß ich unangemeldet komme … und ausgerechnet am Heiligen Abend, aber dies war meine einzige Gelegenheit. Wenn ich die Stelle nicht bekomme, muß ich morgen mit der Eisenbahn wieder nach Hause fahren."

„Nach Hause?" fragte Belinda.

„Nun, es … es ist eigentlich kein richtiges Zuhause mehr. Wir haben früher in Trellis gewohnt, mein Mann und ich. Jetzt … jetzt lebt er nicht mehr. Er hat hier in Boston im Krankenhaus gelegen, aber selbst bei der besten Pflege …" Sie unterbrach sich und wechselte dann schnell das Thema. „Als ich also hörte, daß Sie eine Pflegerin suchen, dachte ich mir, ein Versuch kann schließlich nicht schaden. Ich weiß, es ist dumm von mir" – Tränen glänzten in ihren Augen – „aber ich mag einfach nicht wieder nach Hause reisen, so ganz allein. Viel lieber würde ich hier in Boston bleiben, um in der Nähe von … von seiner letzten Ruhestätte zu sein … jedenfalls vorläufig."

„Ja, dafür habe ich volles Verständnis", erwiderte Belinda. Die Frau tat ihr plötzlich sehr leid.

„Aber bitte", forderte sie ihre Besucherin auf, „ziehen Sie doch Ihren Mantel aus und setzen Sie sich zu den übrigen um den Kamin. Der Tee wird gleich serviert. Für Heiligabend hat die Köchin uns ein ganz besonderes Gebäck zum Tee versprochen." Belinda lächelte die Frau freundlich an und führte sie zum Nordsalon, wo man in gemütlicher Runde beieinandersaß.

Belinda stellte Frau Tupper den Hausbewohnern in dem Salon vor und sorgte dafür, daß sie schnell in die Unterhaltung mit einbezogen wurde. Dann nahm sie ihre Tasse Tee und die Empfehlungsschreiben mit in ihr Zimmer und begann, die Papiere sorgfältig zu studieren. Die Frau besaß hervorragende Zeugnisse und schien für die Aufgaben auf Gut Marschall bestens geeignet zu sein. Belinda lächelte. Die letzte Lücke war geschlossen. Sie würde Frau Tupper auf Gut Marschall aufnehmen und ihr die Stelle anbieten. „Wir haben endlich die gesuchte Pflegerin!" jubelte sie innerlich. „Und zwar pünktlich zu Weihnachten!"

Belinda beschloß, Frau Tupper in dem kleinen Zimmer am Ende des Flurs unterzubringen, bis sie selbst aus ihren Räumen ausgezogen war. Gleich nach dem Fest würde sie ihre Koffer packen.

Dabei kam Belinda ein anderer Gedanke in den Sinn. Jetzt gab es keinen Grund mehr für sie, noch länger in Boston zu bleiben. Keinen einzigen Grund mehr.

Weihnachten

Noch bevor Belinda am Weihnachtsmorgen die Augen aufschlug, konnte sie hören, wie sich die ersten Frühaufsteher im Haus regten. Was war nur los? Warum waren alle schon so früh auf den Beinen? Es war doch wohl hoffentlich nichts Schlimmes geschehen?

Belinda schlüpfte in ihren warmen Morgenrock und beschloß, der Sache auf den Grund zu gehen.

Es war jedoch niemand als die neuen Bewohner der Villa, die vor lauter Festtagsfreude aufgestanden waren und im Haus umhergingen. Belinda schaute verwirrt um sich.

„Hurra! Weihnachten!" rief Frau Gibbons vergnügt.

„Sie sind ja schlimmer als Kinder", murmelte Belinda und schmunzelte dann amüsiert. Es war wunderbar, die Bewohner des Hauses zu Weihnachten so voller Freude zu sehen. Sie vermutete, daß manch einer von ihnen dieses Jahr zum ersten Mal seit langer Zeit ein wahrhaft frohes Weihnachten erlebte.

„Ich glaube, es ist zwecklos, wieder zu Bett zu gehen", sagte sich Belinda und zog die Vorhänge beiseite, um in den frischen, klaren Morgen hinauszuschauen.

Die Sonne war noch nicht aufgegangen, doch der Wind hatte sich über Nacht gelegt, und eine frische Schneedecke lag über der Landschaft. Die Bäume deuteten mit weiß verschneiten Zweigen zum Himmel.

„Wenn die Sonne erst scheint, wird es draußen wie im Bilderbuch aussehen", sagte sich Belinda. Am westlichen Horizont verblich gerade der silberne Mond.

„Heute ist Weihnachten. Eigentlich hatte ich ja gehofft, zu Weihnachten daheim bei meinen Eltern zu sein", dachte Belinda. Wie immer in der Weihnachtszeit zog es sie mit Macht zu ihren Lieben daheim.

„Wir werden beide Schlitten anspannen müssen, um alle zur Kirche zu bringen“, überlegte Belinda, als ihre praktische Seite die Oberhand gewonnen hatte. „Ja, das wäre besser, als Windsor zweimal hin- und herzuschicken.“

Frau Potter hatte zwar nicht darauf bestanden, daß das gesamte Personal den Gottesdienst besuchte, doch sie gab einem jeden der Bediensteten gern die Gelegenheit dazu. Zu Belindas großer Freude hatten sich alle zehn Bewohner der Villa zum Kirchenbesuch angemeldet. Windsor würde den Schlitten kutschieren, den er schon seit Jahren gelenkt hatte, während Sidney den kürzlich gekauften übernehmen sollte. Selbst bei zwei großen Schlitten würde jeder Platz besetzt sein.

„Wenigstens wird dabei niemand frieren müssen!“ lächelte Belinda im stillen. „Wir sitzen ja wie die Heringe in dem Schlitten!“

Beim gemeinsamen Frühstück war Belindas Gegenwart nicht erforderlich, so daß Ella ihr ein Frühstückstablett aufs Zimmer brachte. Belinda genoß das frische Obst und die Butterhörnchen, die die Köchin für sie zubereitet hatte, in aller Ruhe. Frisches Obst mit Butterhörnchen war Belindas Lieblingsfrühstück, und die Köchin wußte das. Belinda schenkte sich eine zweite Tasse Kaffee ein und schaute zu, wie die Sonne langsam über dem Horizont in die Höhe kletterte und die schneebedeckten Bäume mit einem samtweichen Rotgold übergoß.

„Welch ein schöner Tag, selbst wenn es draußen eiskalt ist!“ dachte Belinda. Sie freute sich auf die Schlittenfahrt zur Kirche.

Doch es gab einen zweiten Grund, weshalb sie sich auf die Fahrt zur Kirche freute. Sie würde Andy dort treffen, und im Anschluß an den Gottesdienst würde er zum Festessen und dem anschließenden fröhlichen Beisammensein mit nach Gut Marschall zurückkehren. Es versprach ein herrlicher Weihnachtstag zu werden.

Jedermann war bei bester Stimmung, als man die Schlitten bestieg. Selbst der sonst so schweigsame Herr Lewis konnte sich hin und wieder eines Lächelns nicht erwehren. Belinda freute sich darüber, wie auch er von der allgemeinen Fröhlichkeit angesteckt zu sein schien.

Hinter Belindas Schlitten folgte der Schlitten, den Sidney kutschierte. Sie winkte ihm von ihrem Platz aus zu, und er erwiderte ihr Winken fröhlich.

Sid hatte sich schnell auf Gut Marschall eingelebt. Er hatte sich als Student bei der Bostoner Universität eingeschrieben und verbrachte den größten Teil seiner Zeit über seinen Lehrbüchern. Nebenher half er gern bei allerlei Arbeiten im Haus und auf dem Grundstück. Sowohl Windsor als auch Thomas hatten Belinda gesagt, welche Erleichterung Sids Hilfe für sie bedeutete. Ella lebte stets auf, sobald Sid erschien. Belinda konnte es ihr nicht verübeln. Sid war ein stattlicher, sympathischer junger Mann mit höflichen Manieren. Belinda bezweifelte nicht, daß er im Leben das erreichen würde, was er sich vorgenommen hatte. Darin glich er seinem älteren Bruder, fand sie.

Der Gottesdienst war sehr feierlich und voll von dem Lob Gottes. Belindas Herz stimmte in den Lobgesang ein. Andy saß zwischen Belinda und seiner Mutter. Auch er schien von der festlichen Stimmung angesteckt zu sein. Die Augen der Mutter leuchteten vor Stolz, als sie nun zwischen ihren beiden erwachsenen Söhnen in der Kirche saß. Alles hatte sich für sie zum Guten gewendet. Mit dankbarem Herzen stimmte sie in den Gesang der alten Weihnachtslieder mit ein.

„Wie habt ihr nur alle in die Schlitten gepaßt?“ wollte Andy wissen, als er mit Belinda die Kirche verließ und einen der Schlitten bestieg.

„Weißt du, es war richtig lustig“, anwortete Belinda lachend. „Es hat mich an die Schlittenfahrten daheim erinnert, als ich noch ein kleines Schulmädchen war.“

Andy lächelte und bot ihr den Arm, um ihr beim Einsteigen behilflich zu sein.

„Da bleibt nur zu hoffen, daß mir niemand Stroh in den Hemdkragen steckt“, erwiderte er vergnügt.

„Dann setz dich am besten nicht neben Herrn Rudgers“, warnte Belinda ihn. „Der hat nämlich nichts als Schabernack im Kopf!“

„Ach, ihr habt also auch einen Spaßvogel unter euren Gästen?“

„Ich glaube, Herrn Rudgers ist fast alles zuzutrauen“, meinte Belinda, „wenn er sich auch zur Zeit damit zu begnügen scheint, Fräulein Mitton aufs Korn zu nehmen.“

„Und wie nimmt sie das auf?“ erkundigte sich Andy.

„Weißt du“, schmunzelte Belinda, „anfangs wußte sie wohl nicht recht, wie ihr geschah. Sie hat die Stirn gerunzelt und ist ihm tunlichst aus dem Weg gegangen. Seine Scherze schienen wohl unter ihrer Würde zu sein. Doch allmählich fand sie Gefallen daran. Ehrlich gesagt, scheint sie all die Späße nun regelrecht zu genießen. Es ist gewiß schon lange her, seitdem ein Mann ihr soviel Aufmerksamkeit geschenkt hat.“

„Ach ja, das schwache Geschlecht!“ sagte Andy mit einem scherzhaft übertriebenen Seufzer. „Wie unergründlich die Frauen doch sind!“

Irgendwie fanden alle wieder Platz in den beiden Schlitten, und dann ging die Fahrt auch schon los. Die Pferde schnaubten und warfen die Köpfe in die Luft, als wollten sie am liebsten im Galopp losstürmen. Herr Rudgers ruderte aufgeregt mit den Armen und rief: „Nur zu, Windsor! Lassen Sie sie ruhig traben!“, worauf Fräulein Mitton wie ein Schulmädchen aufkreischte. Belinda warf Andy einen verstohlenen Blick zu. Er zwinkerte mit den Augen. Die Passagiere glichen einer ausgelassenen Kinderschar, und der Schlitten war von Gelächter und munterem Plaudern erfüllt. Belinda fragte sich, ob es in dem zweiten Schlitten auch nur annähernd so lustig zuging.

Mit vor Kälte geröteten Wangen erreichten sie Gut Marschall. Sie klopften sich den Schnee von den Stiefeln und betraten das Haus.

„Das war ein herrlicher Gottesdienst!“ meinte Frau Bailey. „Hab’ lange nicht mehr so etwas Ergreifendes erlebt.“

„Ich frage mich nur, woher sie diesen seltsamen Pfarrer haben“, sagte Frau Gibbons auf ihre unverblümte Art. „So etwas von Sauertopf! Ihm muß wohl eine Laus über die Leber gelaufen sein! – Fräulein!“ rief sie nach Belinda. „Was ist nur mit diesem Pfarrer los?“

Belinda schüttelte den Kopf.

„Ich habe nicht die geringste Ahnung, was mit ihm los sein soll“, antwortete sie.

„Wie bitte?“ rief Frau Gibbons zurück. „Hab’ kein Wort verstanden!“

Es war Belinda unmöglich, das Gesagte zu wiederholen. Das allgemeine Stimmengewirr war viel zu laut.

Herr Rudgers hielt unauffällig einen Zipfel von Fräulein Mittons Schal fest, so daß es ihr zu ihrer Verwunderung nicht gelingen wollte, ihn abzustreifen, so heftig sie auch daran zog. Selbst Herr Lewis mußte über den verwirrten Ausdruck in dem Gesicht der alten Dame schmunzeln.

Endlich legte sich der Trubel ein wenig, und die Hausbewohner wurden zum Tee in den Nordsalon gebeten. Das Festessen sollte um fünf Uhr serviert werden.

Belinda sah zu, wie sich ihre Schützlinge, in kleinen Gruppen verteilt, auf Sessel und Sofas setzten. Schon jetzt hatten einige von ihnen Freundschaft miteinander geschlossen. Belinda freute sich von Herzen darüber, wie heimisch sich alle hier zu fühlen schienen.

„Komm mit mir!“ sagte Belinda zu Andy und ging zu dem Zimmer neben der Küche voraus.

„Bist du nun zur Dienerschaft abkommandiert worden?“ hänselte er sie.

„Jawohl, und so ist es mir am liebsten“, antwortete Belinda munter. „Du ahnst ja nicht, wie oft ich das Personal um dieses gemütliche Zimmer beneidet habe. Hier haben sie geplaudert und gelacht, während ich ganz allein in dem piekfeinen Eßzimmer sitzen mußte und mich nach Gesellschaft gesehnt habe."

„Nach welcher Art von Gesellschaft?" wollte Andy wissen.

„Nach jemandem, der mich versteht", antwortete Belinda, „ganz gleich, von welcher Hautfarbe, welchem Rang oder Beruf."

Andy nickte. Es stimmte tatsächlich: niemand konnte Belinda den Vorwurf machen, hochnäsig zu sein.

„Ich hole uns Tee", sagte Belinda. „Setz dich nur schon an den Kamin!"

Das Zimmer wirkte geradezu wohnlich. Das Personal verbrachte manche Stunde hier. An einem Ende, unweit der Tür zur Küche, stand ein langer, breiter Tisch, an dem die Bediensteten ihre Mahlzeiten einnahmen. Am anderen Ende des Zimmers standen Stühle um einen großen steinernen Kamin, in dem ein knisterndes Feuer brannte. Dazu diente das Zimmer auch als Arbeitsraum. Hier wurden Flickarbeiten erledigt, und die Wäschemangel stand an einer Wand. Daneben wurde wochentags die saubere Wäsche auf einem langen, schmalen Tisch sortiert und gefaltet.

„Wenn Wände sprechen könnten!" sagte Andy nachdenklich und sah sich in dem Zimmer um. „Hier ist es bestimmt bei der Arbeit manches Mal recht munter zugegangen."

„Ja, ganz sicher", erwiderte Belinda. Damit ging sie in die Küche, um ein Tablett mit Tee und Gebäck zu holen.

„Die Köchin sagt, mehr bekommen wir nicht!" erklärte sie lachend, als sie mit dem Tablett zurückkehrte. „Sie befürchtet, daß wir uns sonst den Appetit auf ihr Festessen verderben."

Andy musterte den gedeckten Tisch am anderen Ende des Zimmers.

„Wenn es so gut schmeckt, wie der Tisch aussieht, dann werde ich mich hüten, mir den Appetit zu verderben!"

„Hab' ich dir schon die gute Nachricht erzählt?" sagte

Belinda, als sie den Tee ausschenkte. „Wir haben endlich eine Krankenschwester!“

„Wirklich? Wo hast du sie denn aufgetrieben?“

„Eigentlich hat sie uns aufgetrieben, nicht wir sie“, antwortete Belinda und erzählte Andy von Frau Tuppers Ankunft am Heiligen Abend.

„Dann ist also jetzt so gut wie alles geregelt, nicht wahr?“

„Ja, das war mein letztes Anliegen. Ich hatte so sehr gehofft, bis Weihnachten alles in Ordnung zu haben – und so ist es auch gekommen. Pünktlich zum Fest waren alle Probleme gelöst. Ich kann's immer noch kaum fassen!“ Belinda schüttelte überwältigt den Kopf, und in ihren Augen schimmerte es feucht.

Andy trank von seinem Tee und schwieg eine Zeitlang. Er betrachtete Belinda nachdenklich. Sie spürte seinen Blick auf sich und sah auf.

„Weißt du, du bist wirklich ein ungewöhnliches Wesen“, sagte er leise. „Wer sonst hätte dieses ... dieses wertvolle Erbe mit einem ganzen Haus voll bedürftiger Menschen geteilt? Ich staune über dich, Belinda. Du bist der großzügigste Mensch, der mir je begegnet ist.“

Belinda senkte den Blick vor der unverhohlenen Hochachtung in Andys Augen.

„Bitte“, sagte sie verlegen, „mach nur keine Wohltäterin aus mir!“

„Ich meine es ernst“, erwiderte er sanft. „Ich bewundere dich. Sehr sogar.“

„Ich ... ich weiß doch genau, daß Tante Virginia von mir erwartet hat, es zu einem ... zu einem guten Zweck zu verwenden, anstatt es für mich selbst zu behalten“, erklärte Belinda stockend.

„Aber sie hat es nur deshalb erwartet, weil sie genau wußte, was für ein Mensch Belinda Davis ist“, entgegnete Andy.

Belinda zuckte befangen mit den Achseln und nahm einen Schluck von ihrem Tee.

„Das ist es auch, was mir an deiner Familie so sehr imponiert“, fuhr Andy fort. „So denkt ihr nämlich allesamt, als wäre das Leben nur dazu da, um ... um es mit anderen zu teilen. Bei euch ist Selbstlosigkeit so natürlich wie das Atmen.“

Belinda dachte über seine Worte nach. Vielleicht hatte er recht, was ihren Vater betraf – und ihre Mutter und auch Larry. Sie hatte es oft an ihnen beobachtet, ohne sich je darüber zu wundern.

„Das war es auch, was mich davon überzeugte, daß es mit dem Christsein mehr auf sich haben mußte, als ich mir je vorgestellt hatte“, fuhr Andy fort. „Dein Vater ist ein Mensch, der seinen Glauben auslebt.“

Nun standen Belinda Tränen in den Augen. Voll Sehnsucht dachte sie an ihre Lieben zu Hause. Mühsam blinzelte sie gegen ihre Tränen an.

„Ich kann mich wirklich sehr glücklich schätzen“, sagte sie leise. „Das weiß ich. Ich sage es mir auch oft, aber ...“ Sie lächelte trotz ihrer Tränen. „Weißt du, es tut gut, wenn jemand anders freundliche Worte über meine Familie äußert.“

Von der Tür her war ein Geräusch zu hören. Ella trat ein.

„Windsor und Sid kommen gleisch vom Stall zurück“, sagte sie gutgelaunt. „Soll isch auch Tee für sie bringen?“

Belinda nickte.

„Und sagen Sie auch Frau Simpson Bescheid, Ella. Sie möge bitte auch kommen.“

Nach und nach versammelten sich alle um den offenen Kamin. Die vertraute Zweisamkeit zwischen Belinda und Andy war vorüber. Statt dessen erfüllten Gelächter und muntere Scherze das Zimmer. Belinda beobachtete, wie Andy und Sid einander vergnügte Bemerkungen zuwarfen. Die Freude und der Stolz im Gesicht ihrer Mutter waren unverkennbar. Im stillen war Belinda sehr froh, Frau Simpson eingestellt zu haben. Es tat Andy sichtlich wohl, seine Mutter und seinen Bruder um sich zu haben.

Doch bei diesem Gedanken wurde ihr auch klar, daß sie nun den einzigen Grund für seine mögliche Rückkehr in seine kleine Heimatstadt nach Boston geholt hatte: seine Angehörigen.

Auch der Rest des Tages war geprägt von Freude und Frohsinn. Belinda ging im Haus umher und schmunzelte über das Geplauder und Gelächter der Hausbewohner bei Spielen und Weihnachtsmusik. Herr Lewis brachte zur großen Überraschung aller einen abgegriffenen Geigenkasten zum Vorschein und begleitete die alten Weihnachtslieder, die Fräulein Mitton auf dem Klavier spielte, mit der Geige. Zwar waren seine Finger ein wenig von der Gicht verkrümmt, und die Töne klangen nicht mehr so klar wie einst, doch die Zuhörer waren begeistert und klatschten nach jedem Lied Beifall. Der alte Mann mit seiner Geige hatte endlich ein Zuhause gefunden, dachte Belinda befriedigt.

Schließlich wurde es Zeit für das Festessen, das die Köchin zubereitet hatte. Die Gäste wurden an den Tisch im Eßzimmer gebeten, während sich das Personal in dem kleinen Zimmer neben der Küche versammelte. Belinda wußte, daß die Runde, die nun in dem schlichten Raum der Bediensteten beieinandersaß, das Essen nicht weniger genoß als die Gruppe in dem vornehmen Eßzimmer.

Anfangs hatte sie den Eindruck, als verursache ihre Gegenwart eine Spur von Befangenheit bei Windsor, Frau Potter und der Köchin, doch dies verlor sich schnell in der allgemeinen Fröhlichkeit. Der sonst so korrekte, würdevolle Windsor bewies zu Belindas Erstaunen einen ausgeprägten Sinn für Humor.

Nach dem Essen fanden sich alle in dem großen Salon ein, um gemeinsam Weihnachtslieder zu singen. Fräulein Mitton war enttäuscht, den Gesang nicht auf dem Klavier begleiten zu können, doch das Instrument stand im Musikzimmer.

Belinda bat Andy, die Weihnachtsgeschichte aus der

Bibel vorzulesen. Er tat es so ehrfurchtsvoll und eindringlich, daß es in manchem Auge verdächtig glitzerte.

Sid sprach ein kurzes Gebet, und dann richteten sich die Blicke aller auf die Geschenke unter dem Weihnachtsbaum. Belinda war froh, in letzter Minute noch eine Gabe für die neu dazugekommene Krankenschwester gefunden zu haben. Ella wurde dazu bestimmt, die Geschenke zu verteilen, und sie erbat sich schüchtern Sids Hilfe bei dieser Aufgabe.

Ausrufe der Freude und Überraschung wurden im Kreis der Anwesenden laut, als jeder der Reihe nach sein Geschenk auspackte. „Die Weihnachtsfeier ist rundherum gelungen", stellte Belinda zufrieden fest. Dann wurde es auch bald Zeit, daß sich die Bediensteten wieder an ihre Arbeit machten und das Geschirr spülten, während die älteren Herrschaften wieder an den Kamin zurückkehrten.

Andy wandte sich an Belinda.

„Dies war das schönste Weihnachtsfest meines Lebens", sagte er. „Vielen Dank, daß du mich dazu eingeladen hast!"

Belinda lächelte.

„Nun muß ich mich aber wieder auf den Heimweg machen. Du bist sicher sehr müde."

„Sid bringt dich mit dem Schlitten nach Hause. Er hat mich schon deswegen gefragt."

„Ich ... ich hatte eigentlich gehofft, noch ein bißchen mit dir plaudern zu können", gestand Andy. Er wirkte enttäuscht.

Belindas Augen weiteten sich vor Überraschung.

„Aber natürlich", antwortete sie, während ihr Herz schneller zu pochen begann. „Ich hole nur schnell meinen Mantel."

„Macht's dir auch nichts aus?"

Belinda schüttelte energisch den Kopf. Eines stand fest: es machte ihr nicht das geringste aus, sich noch eine Weile mit Andy zu unterhalten.

Abschied

Belindas Herz pochte heftig, als Andy ihr in den Schlitten half. Der Abend war wie geschaffen für eine Fahrt im Pferdeschlitten. Die Luft war klar und kalt, und am Himmel funkelten die Sterne. „Soll dies nun der Ausklang eines traumhaft schönen Tages werden?“ fragte Belinda sich im stillen. Sidney setzte sich vorn in den Schlitten und nahm die Zügel.

„Also schön, Bruderherz“, spaßte er, „nehmen wir heute die malerische Strecke für Ausflügler?“

Andy lachte und ermahnte Sidney, nur gut beim Kutschieren achtzugeben. Dieser winkte ihm gutmütig zu und ließ die Pferde lostraben.

Der Schnee knirschte unter den Schlittenkufen. Belinda fühlte sich wieder in ihre Jungmädchenzeit zurückversetzt. So jung und unbeschwert wie in diesen Minuten war ihr seit langem nicht mehr zumute gewesen.

Andy legte die warme Decke um sie und erkundigte sich besorgt, ob sie auch nicht friere. Belinda hätte es gewiß nicht einmal wahrgenommen, wenn sie dem Erfrieren nahe gewesen wäre, doch sie nickte und versicherte ihm, daß es ihr an nichts fehle.

„Das war ein herrlicher Tag“, fuhr Andy fort, „ein Weihnachtsfest, wie man es sich immer wünscht.“

„Ja, es war sehr schön.“

„Hast du die Gesichter um den Weihnachtsbaum beobachtet?“ fragte Andy. „Die alten Leute waren ja plötzlich wie Kinder!“

„Für viele von ihnen war es sicher das erste richtige Weihnachten seit Jahren“, sagte Belinda nachdenklich. „Einige kommen aus recht schwierigen Verhältnissen oder großer Einsamkeit.“

„Davon war heute nicht viel zu spüren. Die Freude war bei allen groß."

Belinda dachte an den Tag zurück. Ja, es war ein wunderschönes Weihnachtsfest gewesen.

„Ich bedaure nur eines", sagte sie traurig.

„Was denn?" fragte Andy und legte ihr den Arm kameradschaftlich um die Schultern.

„Frau Tupper, die Krankenschwester. Ich hätte ihr anbieten sollen, mit ihr zu ... zum Grab ihres verstorbenen Mannes zu fahren. Sie vermißt ihn so sehr! Ich glaube, ich an ihrer Stelle würde ..."

„Wußtest du denn nicht Bescheid?" fragte Andy.

Belinda warf ihm im Mondlicht einen fragenden Blick zu.

„Windsor hat sie doch zum Friedhof gebracht", erklärte Andy.

„Windsor?"

Andy nickte.

„Woher weißt du denn das?"

„Sid hat's mir erzählt. Er hat sich erboten, den Schlitten zu kutschieren, aber Windsor hat darauf bestanden, es selbst zu tun."

„Wo habe ich da nur gesteckt?" fragte Belinda.

„Du warst vollauf damit beschäftigt, deine neue Familie zu versorgen. Es war ungefähr um halb vier."

Belinda fand zunächst keine Worte.

„Der gute Windsor!" murmelte sie dann. „Je länger ich ihn kenne, desto lieber mag ich ihn."

„Er ist ein netter Kerl, nicht wahr?" meinte auch Andy.

Die Straßen der Stadt waren verlassen und still. Nur hier und da kamen sie an einem Haus vorbei, aus dem noch frohes Lachen und Singen auf die Straße drangen.

Andy legte den Arm fester um Belinda. Sie hörte, wie er tief Luft holte. Ihr Herz schlug heftiger.

„Belinda", begann er dann, „da ist etwas, über das ich mit dir sprechen muß."

Belinda war zumute, als müßte sie vor Spannung platzen. Sie wagte keine Antwort, sondern nickte nur.

„Weißt du noch, als wir beide noch fast Kinder waren – zu Hause in der Prärie?“

Wieder nickte Belinda.

„Weißt du noch, als ich auf das Kaninchen geschossen und deinem Pferd damit einen riesigen Schrecken eingejagt habe?“

Ein erneutes Nicken.

„Nun, ich ... ich glaube, das war der Tag, an dem ich mich in dich verliebt habe.“

Belinda saß reglos da. So oft hatte sie davon geträumt, diese Worte aus Andys Mund zu hören.

„Aber als ich dann erfuhr, daß es dein Bruder gewesen war, der mir den Arm abgenommen hatte“, fuhr Andy fort, „da brach eine Welt für mich zusammen. Ich war so zornig deshalb, daß ich nichts mehr von dir wissen wollte. Du hattest ... du hattest ihm schließlich dabei geholfen.“

Belinda spürte, wie er seinen Arm fester um sie legte.

„Und dann ist es mir dank der Hilfe deines Vaters und durch Gottes Gnade endlich gelungen, all das wieder im rechten Licht zu sehen.“

Belinda atmete die klare Nachtluft tief ein.

„Und eines Tages hatte ich den Mut – die Vermessenheit“, und in seiner Stimme lag die Spur eines Schmunzelns, „dich zu küssen.“

Belinda spürte, wie ihr die Wangen heiß wurden. Sie war froh über die Dunkelheit des Winterabends.

„Der Kuß war ernst gemeint, und zwar aus ganzem Herzen, aber ... äh, ich wußte genau, daß es mir nicht zustand, von einem Mädchen wie dir eine Erwiderung meiner Gefühle zu erwarten. Dazu hatte ich kein Recht, auch wenn das nichts an meinen Gefühlen für dich ändern konnte. Ich wollte dich gern wiedersehen, dich besuchen kommen. Ein paarmal habe ich mich sogar auf den Weg zu euch gemacht, aber jedesmal bin ich nur bis zu eurer Quelle gekommen, und dann hat meine Vernunft gesiegt, und ich bin wieder umgekehrt.“

„Davon habe ich nichts geahnt“, sagte Belinda beinahe flüsternd.

„Ich wußte genau, daß ich zuerst von daheim fortgehen und Rechtsanwalt werden mußte, bevor ich mir ernsthafte Hoffnungen auf dich machen konnte“, fuhr Andy fort. Belinda zitterte, doch nicht vor Kälte.

„Ich wollte so gern zu dir kommen und mich von dir verabschieden ... dich zu bitten, mir zu vertrauen und ... und auf mich zu warten, aber das konnte ich unmöglich von dir verlangen.“

„Oh, aber ich ...“, wollte Belinda widersprechen, doch sie unterbrach sich befangen.

„Dann“, fuhr Andy fort, „konnte ich kaum meinen Augen trauen, als ich dir eines Tages in unserem Büro begegnete. Ich, der Rechtsanwalt, und du, Belinda Davis, beide wohnhaft in Boston. Es war wie die Erhörung aller meiner Gebete. Ich konnte es kaum fassen, daß du noch immer ledig warst. Du warst bestimmt von Dutzenden von jungen Verehrern umschwärmt, die nur zu gern einen Arm für dich hergegeben hätten.“ Andy hielt inne und lachte über die Wahl seiner Worte.

„Und ich habe doch die ganze Zeit auf dich gewartet!“ rief es in Belindas Herzen, doch sie brachte die Worte nicht über die Lippen. „Das weiß ich jetzt genau, wenn es mir damals auch nicht klar war.“

„Ich ... ich brauche dir wohl nicht zu sagen, daß ... daß ich dich noch immer liebe“, flüsterte Andy. „Das wird wohl bis an mein Lebensende so bleiben. Ich hatte gehofft, aus ganzem Herzen hatte ich gehofft, daß ich dich diesmal mit Fug und Recht um deine Gegenliebe bitten dürfte. Als ich dich dann aber beobachtete, Tag für Tag, da wurde mir deutlich ...“ Andys Stimme war nun kaum noch hörbar, „ich sehe jetzt ein, daß ich das nicht von dir erwarten kann. Wenn alles anders gekommen wäre, dann ...“ Er führte den Satz nicht zu Ende.

Belinda spürte, wie etwas in ihr erstarrte. „Nein! Nein!“ schrie ihr Herz. „Sag das nur nicht! Das darfst du nicht sagen!“ Am liebsten hätte sie die Arme um Andy geworfen, um sich an seiner Schulter auszuweinen. Statt dessen saß sie nur aufrecht da und zwang sich dazu, dem zuzuhören, was er zu sagen hatte.

Seine Stimme klang leise und gequält. Sie konnte ihm anmerken, daß ihm das Sprechen nicht weniger schwerfiel als ihr das Zuhören.

„Ich liebe dich, Belinda, und weil ... weil ich dich nicht um dein Jawort bitten kann, ist mir heute klargeworden, daß ich einfach nicht mehr mit dir befreundet sein darf. Es tut mir zu weh, dich zu sehen ... von dir zu träumen. Ich halte es für das beste für uns beide, wenn wir uns nicht mehr sehen. Du ... du mußt dein eigenes Leben führen, und ich will... ich darf dir dabei nicht im Weg stehen.“

Sie hatten das Haus, in dem Andy wohnte, nun beinahe erreicht. Belinda wußte nicht, wie ihr geschah. Sie biß sich auf die Unterlippe und kämpfte gegen die Tränen an. Andy wollte sich also für immer von ihr verabschieden. „Tut er das denn nur, weil er gehört hat, daß ich wieder nach Hause fahren will, und mich nicht zu bitten wagt, statt dessen in Boston zu bleiben? Weiß er denn nicht, daß ein Mädchen manchmal gern ihren Entschluß ändert?“

Belinda hätte ihm um ein Haar gesagt, daß ihm die Entscheidung darüber nicht zustand, was das beste für sie sei, doch sie bezwang sich. Vielleicht war da etwas anderes, etwas, über das er nicht sprechen wollte. Sie durfte keine Erklärungen von Andy verlangen. Er hatte gesagt, daß sie sich trennen mußten. Sie hatte keine andere Wahl, als sich damit abzufinden.

„Ich mag dich zu sehr, um dir etwas vorzumachen“, hörte sie Andy gerade sagen. „Ich hoffe, du verstehst mich. Die Aussicht, nur einfach mit dir befreundet zu bleiben, kann ich nicht ertragen.“

Belinda zwang sich zu einem stummen Kopfnicken. Auch sie wollte keine unverbindliche Freundschaft mit ihm führen.

Sid brachte das Gespann zum Stehen. Andy zog Belinda an sich und hob ihr Gesicht im Mondschein zu sich empor.

„Lebe wohl, Belinda!“ flüsterte er und küßte sie ein letztes Mal. Belinda sah die Tränen in seinen Augen. Dann war er auch schon fort. Sid rief seinem Bruder einen Gruß nach, bevor die Pferde wieder lostrabten.

Belinda zog sich die Decke dichter um die Schultern, doch gegen das heftige Zittern, das sie ergriffen hatte, war sie machtlos. Verzweifelt rang sie um ihre Fassung, ihr Herz pochte zum Zerspringen. Sie war wie vor den Kopf geschlagen.

„Eine schöne Nacht für eine Schlittenfahrt, nicht?“ rief Sidney ihr zu. Belinda fand keine Antwort. Ihre Stimme wollte ihr nicht gehorchen. Sid pfiff fröhlich ein Lied, und Belinda zog sich die warme Decke über die Ohren, um es nicht hören zu müssen.

Irgendwie gelang es ihr, den Gästen, die noch im Salon versammelt waren, eine gute Nacht zu wünschen. Dann erklärte sie, einen langen Tag hinter sich zu haben, und zog sich in ihr Zimmer zurück.

Sie machte sich nicht einmal die Mühe, sich auszuziehen, sondern warf sich in ihrem Festkleid auf ihr Bett, und zum ersten Mal seit ihrer Kindheit weinte sie sich in den Schlaf.

Die Würfel waren gefallen. Es gab nicht viel, was Belinda dagegen ausrichten konnte. In der Frühe stand sie auf, wusch sich das verschwollene Gesicht und begann, Schränke und Kommoden zu sortieren.

Sie würde nach Hause fahren, wie sie es geplant hatte. Hier in Boston hielt sie nun nichts mehr.

Den ganzen Vormittag lang sortierte und packte sie. Ihre vornehmen Seidenkleider und Brokatschals legte sie beiseite; für ihre Heimat waren sie völlig unangebracht. Doch plötzlich fielen ihr Abbie und Kate ein. Jemand, der geschickt mit Nadel und Faden umzugehen verstand, könnte sie zu schlichten, aber eleganten Kleidern umarbeiten. Die Stoffe waren wunderhübsch. Belinda überlegte es sich anders und packte alle Kleider bis auf die zwei ausgefallensten in ihre Koffer. Diese beiden Kleider würde sie Frau Potter überlassen, beschloß sie. Frau Potter war eine wahre Künstlerin, was Schneidern betraf. Mochte sie mit den Kleidern anfangen, was sie wollte.

Jemand klopfte an die Tür, und Ella trat ein.

„Niemand hat Sie heute morgen im Haus gesehen, Fräulein. Wir haben schon befürschtet, Sie wären plötzlisch krank geworden."

Belinda versicherte ihr, daß sie völlig gesund sei.

„Ich hatte zu tun", erklärte sie dem jungen Mädchen.

Ella warf einen Blick in das Zimmer, in dem Kleidung und andere persönliche Dinge verstreut umherlagen, und ihre Miene verdunkelte sich.

„Es bleibt also doch dabei, daß Sie abreisen?"

Belinda nickte.

„Isch hatte so sehr gehofft, Sie würden Ihre Pläne ändern."

„Dazu gibt es keinen Grund", erwiderte Belinda. Die Worte kamen ihr nur mit Mühe über die Lippen.

„Es ist nur ... alles wird hier so ... so anders ohne Sie werden", sagte Ella. „Wir hatten alle gehofft, Sie würden bleiben."

Belinda sah von ihrem Koffer auf. Hatte Ella nicht übertrieben? Dennoch taten ihr diese Worte gut.

„Das Wichtigste ist jetzt geregelt", erklärte sie Ella. „Es besteht wirklich keine Notwendigkeit dazu, meine Heimkehr noch länger hinauszuschieben."

„Nun, was heißt schon Notwendigkeit, Fräulein Belinda?" sagte Ella freiheraus. „Die Wäsche wird auch weiterhin gewaschen und das Putzen erledigt, aber das heißt doch nischt, daß Sie hier überflüssig wären. Sie haben aus diesem Haus ein rischtiges Zuhause gemacht – für uns alle."

Belinda schluckte mühsam.

„Nett von Ihnen, Ella, daß Sie mir das sagen“, brachte sie schließlich hervor. Als sie zu dem Mädchen aufschaute, sah sie Tränen in ihren Augen glitzern.

„Ich werde Sie sehr vermissen, Ella.“

Das junge Mädchen blinzelte verlegen gegen ihre Tränen an.

„Isch hole Ihnen Ihr Frühstück, Fräulein Belinda“, stürzte sie aus dem Zimmer.

Der Rest des Tages verlief nicht leichter für Belinda. Die Nachricht ihrer baldigen Abreise verbreitete sich blitzschnell durch das ganze Haus. Eine betrübte Stimmung breitete sich aus. So schmeichelhaft das einerseits für Belinda sein mochte – sie wollte die lieben Alten nicht traurig sehen. So legte sie eine Pause beim Kofferpacken ein und ging nach unten, um die Leute ein wenig aufzumuntern.

Doch Belinda war nicht danach zumute, sich länger als unbedingt notwendig im Salon aufzuhalten. In den nächsten Tagen fuhr sie unauffällig mit dem Packen fort. Bis zum Wochenende wollte sie reisefertig sein.

Als der Tag ihrer geplanten Abreise kam, nahm Belinda den Butler beiseite.

„Windsor, ich würde mich gern heute nachmittag zum Bahnhof bringen lassen“, teilte sie ihm ruhig mit.

Windsor sah sie verwundert an.

„Dann wollen Sie also doch abreisen?“ fragte er mit rauher Stimme.

Belinda nickte.

„Der Zug fährt um zwei Uhr ab“, antwortete sie nüchtern.

„Wir haben ja nischt einmal rischtig Abschied gefeiert“, brachte der Butler mühsam hervor.

„Ach Windsor, was ist schon ein richtiger Abschied? Wir werden einander einfach Lebewohl sagen, wenn ich abfahre.“

„Das ist kaum ein angebrachter Abschied“, wagte Windsor zu bedenken zu geben.

„Ja, aber alles andere wäre viel zu schmerzlich“, gestand Belinda, und Windsor nickte.

„Es wird ohnehin schmerzlich werden, gnädiges Fräulein“, sagte er.

Belinda flüchtete sich in ihr Zimmer, um die letzten Kleinigkeiten einzupacken.

Als alles in ihren Koffern verstaut war, schlüpfte sie in ihren warmen Mantel und ging durch die hintere Haustür ins Freie. Sie wählte einen Pfad zwischen den Beeten, die noch vor kurzem in bunter Blumenpracht gestanden hatten. Hier und da verriet ein Zweig, daß sich ein kleines Tier in den Beeten zu schaffen gemacht hatte. Der Schnee bedeckte alles andere. Belinda wußte, daß sie den betagten Gärtner und seinen Hund im Gewächshaus antreffen würde.

„Thomas!“ rief sie vom Eingang her. „Thomas, sind Sie da?“

„Hier, Fräulein!“ antwortete eine vom Alter brüchige Stimme. Mac kam Belinda entgegengetrottet, um sie zu begrüßen.

„Ist reichlich kalt heute für einen Spaziergang“, meinte Thomas. Belinda nickte.

„Ja, es ist kälter, als ich gedacht hatte.“

„Sie werden sich noch den Tod holen!“ Besorgt schaute der alte Mann auf Belindas leichte Schuhe hinab.

„Ich gehe gleich wieder ins Haus“, versicherte sie ihm.

Nach kurzem Schweigen stieß sie hervor: „Ich bin gekommen, um mich zu verabschieden.“

Der Kopf des alten Mannes fuhr in die Höhe. In seinem Blick standen unausgesprochene Fragen.

„Ich fahre wieder in meine Heimat zurück, wie es geplant war“, fuhr Belinda fort. „Hier ist jetzt alles geregelt.“

Der alte Mann schwieg noch immer. Er legte das kleine Edelreis, das er gerade auf einen Rosenstock pfropfen wollte, beiseite und sah Belinda an.

„Ist das Ihr Ernst?“ fragte er schließlich mit zitternder Stimme.

Belinda nickte mit Tränen in den Augen. Auch dieser Abschied würde nicht so einfach werden, wie sie es sich vorgestellt hatte.

„Und Sie gehen für immer von hier fort?“

Belinda nickte.

„Wir werden Sie sehr vermissen“, sagte er leise und wandte sich ab, doch nicht schnell genug, um die Spur von Tränen zu verbergen, die ihm in den Augen glitzerten. Wieder herrschte Schweigen.

„Hier, ich hab’ etwas für Sie!“ Thomas führte Belinda zu einem Tisch an der Wand des Gewächshauses.

Belinda folgte ihm verwundert. Der alte Gärtner nahm einen Blumentopf, aus dem eine kleine Pflanze herausragte, vom Tisch und reichte ihn Belinda.

„Geben Sie acht, daß sie Ihnen nicht erfriert“, ermahnte er sie.

Belinda nahm das Geschenk entgegen, ohne zu ahnen, was sie da in den Händen hielt.

„Es ist eine ‚Prinzessin Belinda‘“, erklärte er leise.

„Ihre eigene Züchtung, Thomas?“ Belinda war überwältigt. Sie brachte kein Wort heraus.

Der Gärtner nickte und legte Mac eine Hand auf den Kopf.

„Wir werden Sie sehr vermissen“, sagte er nochmals.

„Ich ... ich werde Sie auch vermissen, sehr sogar“, flüsterte antwortete Belinda. Thomas nickte. Plötzlich schien er in Eile zu sein.

„Thomas“, rief Belinda, einem plötzlichen Gedanken folgend. Der alte Mann sah sie aus wässerigen Augen an.

„Darf ich ... darf ich Sie ganz schnell in die Arme nehmen?“

Unbeholfen humpelte er auf Belinda zu. Als er sie dann umarmte, hielt er sie viel länger umschlossen, als sie erwartet hatte. Nach einem kurzen „Auf Wiedersehen“ verbarg Belinda ihre kostbare Rose unter ihrem Mantel und flüchtete in die Villa zurück.

Der Abschied von den übrigen Hausbewohnern war nicht leichter. Belinda sehnte sich danach, einfach zu verschwinden, doch das durfte sie diesen Menschen nicht antun. Sie würde sie wohl niemals im Leben wiedersehen. Jeden von ihnen würde sie schmerzlich vermissen, besonders die Angestellten, die sie so sehr ins Herz geschlossen hatte. Sie alle waren ihr wie eine Familie gewesen. Es fiel ihr schwer, sich ein Leben ohne sie vorzustellen.

Nachdem Belinda sich hastig von den neuen Bewohnern auf Gut Marschall verabschiedet hatte, wandte sie sich zu den Bediensteten um. Frau Potter schneuzte sich heftig in ihr Taschentuch. Die Köchin wischte sich die Wangen mit einem Zipfel ihrer Schürze trocken, und Ella ließ ihren Tränen freien Lauf. Belinda fürchtete, diesen tränenreichen Abschied keine Minute länger ertragen zu können. Frau Simpson flüsterte sie rasch zu: „Ich bin so froh, daß Sie gekommen sind!“ Dann verabschiedete sie sich hastig von Sidney und eilte zu dem Pferdeschlitten ins Freie.

Den ganzen Weg zum Bahnhof mußte sie sich schneuzen. Zuletzt stand ihr noch der Abschied von Windsor bevor.

„Ich kann Ihnen gar nicht sagen, wie froh ich bin, Sie kennengelernt zu haben, Windsor“, brachte sie mühsam hervor und streckte dem förmlichen Butler die Hand entgegen. Wortlos schüttelte er sie.

„Sie sind immer so gut zu mir gewesen“, fügte Belinda hinzu.

„Isch habe nur meine Pflischt getan, gnädiges Fräulein“, sagte er dann mit bebender Stimme, „aber Sie haben über Ihre Pflicht hinaus Gutes getan.“

Belinda war über seine Worte verwundert.

„Isch habe gesehen, wie liebevoll Sie unsere Herrin umsorgt haben“, sagte Windsor offen. „Ihre Liebe ging weit über Ihre Pflischt hinaus, und isch danke Ihnen von Herzen dafür.“

Belinda war bewegt.

„Isch habe es noch keiner Menschenseele je gestanden, gnädiges Fräulein“, sagte Windsor und trat einen Schritt näher, „aber isch ... isch habe Madam sehr geliebt. Schon immer.“

Belinda stellte sich auf die Zehenspitzen und gab dem Butler einen flüchtigen Kuß auf die vom Alter gegerbte Wange. Dann wandte sie sich entschlossen ab und rannte zu dem wartenden Zug, so schnell sie ihre Beine trugen.

„Wie schön! Und wie traurig!“ dachte sie im Laufen. „Er hat sie all die Jahre über geliebt, aber er wäre lieber gestorben, als ihr seine Liebe zu gestehen! Und alles nur, weil er den Standesunterschied für ein Hindernis hielt!“

Belinda ließ sich von dem Schaffner in den Waggon helfen und setzte sich auf ihren Platz. Nun war es endgültig um ihre Fassung geschehen.

„Wie dumm die Männer doch sein können!“ dachte sie verzweifelt und ließ ihren Tränen endlich freien Lauf.

Wieder in der Heimat

Die lange Bahnreise gab Belinda die Gelegenheit, ihre Fassung wiederzuerlangen. Dazu brauchte sie tatsächlich jede Minute, gestand sie sich ein. Ihre Gefühle waren ein einziges Durcheinander. Während die Eisenbahn Stunde um Stunde vorankroch, gelang es ihr allmählich, die Dinge in einem klareren Licht zu sehen.

Es würde ihr guttun, wieder in ihrer Heimat zu leben und ihre Familie um sich zu haben. Zugegeben, manches würde nun anders sein, doch Belinda war noch jung und konnte sich auf Veränderungen einstellen. Sie hoffte, daß Larry und Jackson noch immer eine Krankenschwester brauchten. Die Krankenpflege war der einzige Beruf, auf den sie sich verstand. Eine andere Möglichkeit, sich einen Lebensunterhalt zu verdienen, hatte sie nicht, und sie hegte keineswegs die Absicht, sich daheim bei ihren Eltern einzunisten und sich von ihnen verköstigen zu lassen.

Belinda strich sanft über die zarten grünen Blätter des Rosenstöckchens, das sie sorgsam vor der Kälte geschützt hatte. Thomas hatte ihr versichert, daß die Pflanze bis zum Frühling in dem Blumentopf bleiben könnte. Belinda hatte sich vorgenommen, ihr die allerbeste Pflege angedeihen zu lassen.

Als der Zug endlich in der vertrauten kleinen Bahnstation einfuhr, kletterte Belinda die Stufen des Waggons auf den Bahnsteig hinab. Niemand war gekommen, um sie abzuholen, da sie ihren Angehörigen ihre Ankunft nicht mitgeteilt hatte. Im Bahnhof brachte sie ihr Gepäck in der Aufbewahrung unter, bis jemand es für sie holen konnte.

Nachdem sie auch ihre kostbare Pflanze abgegeben

hatte, machte sie sich auf den Weg zu Larry und Abbie. Es war zwar mitten im Winter, doch Belinda war abgehärtet. Dennoch fror sie erbärmlich, als sie endlich an die Haustür des Arzthauses klopfte.

„Belinda!“ rief Abbie überrascht und fiel ihrer Schwägerin in die Arme.

Belinda erwiderte die Umarmung. Die kleine Ruth kam herbeigelaufen, um zu sehen, was wohl der Grund der Aufregung war.

„Wen haben wir denn da?“ rief Belinda und schloß ihre Nichte in die Arme. „Du bist aber groß geworden!“

Ruth reckte sich auf Zehenspitzen in die Höhe, um sich noch größer zu machen.

„Aber komm doch herein!“ drängte Abbie. „Zieh deinen Mantel aus! Wie bist du denn hergekommen? Ich habe ja gar keine Kutsche gehört!“ Ihre Worte überstürzten sich geradezu.

„Nun, ich bin auch gar nicht mit einer Kutsche gekommen“, erklärte Belinda. „Ich habe mein Gepäck am Bahnhof abgegeben und bin zu Fuß gekommen.“

„Zu Fuß? Bei dieser Kälte? Ach Belinda, wir hatten ja keine Ahnung, daß du heute ankommen würdest, sonst hätten wir …“

„Schon gut“, beschwichtigte Belinda sie. „Das war meine eigene Schuld. Ich habe niemandem etwas von meinen Plänen geschrieben.“

„Wir haben schon so sehr auf einen Brief von dir gewartet“, sagte Abbie. „Die Jungs haben es vor lauter Spannung kaum noch ausgehalten. Jeden Tag, wenn sie von der Schule kamen, haben sie als erstes gefragt, ob du schon dein Ankunftsdatum geschrieben hättest.“

Belinda lächelte. Sie nahm sich vor, wieder ganz neu mit ihren Neffen Freundschaft zu schließen.

„Und wie geht's deiner Rasselbande?“ erkundigte sie sich.

„Prima, wirklich ausgezeichnet“, versicherte Abbie, doch Belinda sah einen Schatten in ihrem Blick.

„Und wie geht's den Eltern?“ fragte Belinda geradeheraus.

„Ach, Mama geht es nicht so gut!“ klagte Abbie, bevor ihre Schwägerin weitere Fragen stellen konnte. „Nichts Ernstes, hoffen wir, aber Larry hat ihr Bettruhe verordnet. Er ist gerade dort, um nach ihr zu sehen.“

Belinda war wie benommen vor Schreck. Sie fand nicht einmal Worte, um ihre Sorge auszudrücken.

„Es ist wohl die Grippe, meint Larry“, fuhr Abbie fort, „aber sie hat Mama arg erwischt. Es war nicht einfach für deinen Vater.“

„Warum hat mir denn niemand Bescheid gegeben?“ fragte Belinda.

„Hast du denn Larrys Brief nicht bekommen? Der wird dich wohl verfehlt haben. Er ist bestimmt noch nach Boston unterwegs. Mama ist erst seit letztem Mittwoch so krank.“

Nun wollte Belinda nichts lieber, als unverzüglich zu ihren Eltern zu fahren. Sie wurde gebraucht, um ihre Mutter zu pflegen.

„Ist jemand in der Nähe, der mich hinbringen könnte?“ fragte sie Abbie.

„Vielleicht könnten wir einen der Burschen vom Mietstall bitten – aber Larry müßte eigentlich jeden Moment zurück sein. Er wird dich zur Farm bringen.“

„Ich möchte gern sobald wie möglich losfahren“, sagte Belinda, und Abbie nickte.

„Aber natürlich!“ sagte sie. „Das ist verständlich. Wenn die Jungs nur schon daheim wären! Dann könnten wir einen von ihnen losschicken, um das Gespann zu holen. Nun setz dich erst einmal, und wärme dich bei einer Tasse Tee auf.“

„Nein, Abbie, ich möchte lieber gleich zum Mietstall gehen und mir eine Kutsche mieten“, entgegnete Belinda und zog sich die Handschuhe wieder an.

„So lasse ich dich aber gar nicht gern gehen“, meinte Abbie händeringend. „Ich weiß, wie eilig du's hast, aber es ist doch so kalt draußen!“

„So schlimm ist's auch wieder nicht", beruhigte Belinda sie. „Mach dir nur keine Sorgen um mich!" Sie nahm Ruth schnell noch einmal in die Arme, gab Abbie einen Kuß auf die Wange und eilte dann zu dem Mietstall in der Stadt.

Dort fand sie einen jungen Burschen, der bereit war, sie zur Farm zu bringen. Unterwegs machten sie am Bahnhof halt, um Belindas Gepäck aufzuladen. Den Rosenbusch ließ sie bei der Frau des Bahnhofsvorstehers zurück, die sich dazu erboten hatte, die Pflanze zu versorgen, bis der Frost sich ein wenig gelegt hatte. Dann ging die Fahrt aufs Land endgültig los.

Belinda wußte, daß es ihre Sorge um ihre Mutter war, dic sie ungeduldig machte, und es kostete sie große Mühe, den Burschen nicht zu größerer Eile anzuspornen. Als sie endlich den Hof ihrer Eltern erreicht hatten, stand Larrys Gespann noch am Zaun vor dem Haus. Belinda war erleichtert und erschrocken zugleich. Was mochte Larry hier so lange zu tun haben?

Sie stürmte ins Haus, ohne erst anzuklopfen. Clark und Larry, die gerade am Küchentisch bei einer Tasse Kaffee saßen, schauten verwundert auf.

„Belinda!" rief Clark überrascht. „Wo kommst du denn her?"

Sie konnte nicht gleich antworten. Seine Umarmung nahm ihr fast den Atem.

„Ich muß den Kutscher bezahlen und mein Gepäck ins Haus bringen", sagte sie schnell, als ihr Bruder sie zur Begrüßung in die Arme nahm. „Wo ist Mama?"

„Oben in ihrem Schlafzimmer. Sie wird sich freuen, dich zu sehen. Jetzt schläft sie allerdings gerade", antwortete Larry.

Clark schlüpfte in seine warme Jacke, um das Gepäck zu holen. Belinda ging zur Treppe, während auch Larry seine Jacke anzog.

Auf Zehenspitzen stieg sie zum oberen Stockwerk hinauf und öffnete leise die Tür zum Zimmer ihrer Mutter.

Marty schlief tatsächlich. Ihr Gesicht war bleich, doch sie sah nicht so schwerkrank aus, wie Belinda befürchtet hatte.

Belinda trat an das Bett und legte ihrer Mutter sachte eine Hand auf die Stirn. Nein, sie schien kein hohes Fieber zu haben, stellte Belinda erleichtert fest. Larry hatte sie gut versorgt. Belinda beugte sich vor, um ihr einen Kuß auf die Stirn zu geben. Dann verließ sie leise das Zimmer. Ihre Mutter brauchte den Schlaf. Später würde sich noch genug Zeit zum Reden finden.

„Warst du bei ihr?“ erkundigte sich Larry, als er mit zwei von Belindas Koffern durch die Küche kam.

„Sie schlief gerade, wie du gesagt hattest. Ich denke, sie braucht ihren Schlaf dringender als ein Plauderstündchen mit mir.“

„Das Plauderstündchen mit dir wird ihr mächtig guttun, soviel steht fest“, sagte Clark, der ebenfalls mit zwei von Belindas Taschen zu ihrem ehemaligen Schlafzimmer unterwegs war.

Belinda zog sich den Mantel aus und nahm den Hut ab, um beides auf den Schaukelstuhl in der Wohnstube zu legen. Dann kehrte sie in die Küche zurück und legte frische Holzscheite auf das Feuer im Herd. Bald war es an der Zeit zum Abendessen. „Hoffentlich weiß ich noch, wie man kocht!“ dachte sie mit einem leisen Schmunzeln.

Clark und Larry trugen eine Truhe durch die Küche.

„Hör mal, kleines Mädchen“, sagte Clark augenzwinkernd, „dein Bündel, das du hier mitgebracht hast, ist aber seit deiner Abreise beträchtlich gewachsen!“

Belinda nickte. Ihr Vater hatte wohl recht, mußte sie zugeben.

Sie schaute in die Kaffeekanne. Es war noch ein Rest da. Belinda fror noch immer nach der Fahrt durch den Schnee. Vielleicht würde sie der Kaffee wieder ein wenig aufwärmen. Sie nahm sich eine Tasse aus dem Regal.

Clark und Larry setzten sich zu Belinda an den Tisch.

„So, und nun erzähl uns erst einmal der Reihe nach,

was du alles in der Zwischenzeit erlebt hast", schlug Clark vor.

Doch es gab nicht viel, das Belinda erzählen wollte. Statt dessen erkundigte sie sich nach den neuesten Ereignissen in der Umgebung. Besonders brannte sie darauf, mehr über den Zustand ihrer Mutter in Erfahrung zu bringen. Larry erklärte ihr den bisherigen Verlauf der Krankheit, und Belinda nickte.

„Dann geht es ihr also schon ein wenig besser?" fragte sie, als er geendet hatte.

„Oh ja, viel besser", sagte er mit Erleichterung in der Stimme. „Sie konnte sogar heute schon etwas heiße Brühe zu sich nehmen und bei sich behalten."

Belinda verspürte eine tiefe Dankbarkeit.

„So, und jetzt bin ich hier, um sie zu pflegen", sagte sie. Clark und Larry waren beide froh über diese Lösung.

Marty erholte sich tatsächlich bald von ihrer Krankheit, wenn es auch insgesamt drei Wochen dauerte, bis sie wieder völlig bei Kräften war. Als Belinda ganz sicher war, daß ihre Mutter wieder vollständig genesen war und ihren Haushalt selbst führen konnte, begann sie, eigene Pläne zu schmieden.

„Ich finde, es ist an der Zeit für mich, wieder in die Stadt zu ziehen", eröffnete sie ihren Eltern eines Morgens nach der Morgenandacht.

Clark und Marty sahen sie fragend an.

„Larry sagte, Frau Jenkins sei pflegebedürftig. Ihr Mann müht sich damit ab, das Postamt zu führen und gleichzeitig seine Frau zu pflegen. Bisher hat er einfach niemand finden können, der ihm die Pflege auch nur stundenweise abnehmen würde."

Marty nickte.

„Ja, wir haben davon gehört", sagte sie zu Belinda. „Die Nachbarn haben ihr Bestes getan, aber Frau Jenkins ist nun schon so lange krank."

„Wann möchtest du denn umziehen?" fragte Clark.

„Am liebsten gleich heute vormittag", antwortete Belinda.

„Ich hol' das Gespann, sobald du bereit bist."

„Laß mir eine halbe Stunde Zeit", bat Belinda sich aus und stand auf, um die Spülschüssel vom Haken zu nehmen.

„Du, das bißchen Geschirr läßt du aber getrost stehen!" widersprach Marty, doch Belinda beharrte darauf, den Aufwasch ein letztes Mal gemeinsam mit ihrer Mutter zu erledigen.

„Larry und Abbie werden sich freuen, dich wieder bei sich zu haben", sagte Marty und stellte eine Tasse ins Regal zurück.

„Weißt du, ich habe mir Gedanken darüber gemacht", antwortete Belinda. „Ich glaube nicht, daß ich wieder bei Larry und Abbie einziehen sollte."

Marty sah sie überrascht an.

„Aber sie erwarten dich doch bestimmt", sagte sie.

„Ja, das ist schon möglich, obwohl ich nichts davon erwähnt habe, daß ich wieder bei ihnen wohnen wollte. Aber Mama, jetzt ist doch alles anders als früher. Ich bin nicht mehr das junge Mädchen von damals, das bei ihrem Bruder wohnt. Ich muß endlich auf eigenen Füßen stehen. Ich kann doch nicht ewig bei Larry und Abbie bleiben!"

Marty sah ihre Tochter besorgt an. Was Belinda gesagt hatte, klang gerade so, als sei ihr Lebensweg nun fest vorgezeichnet – als rechne sie damit, für immer allein zu bleiben. Marty wußte zwar, daß Belinda diese Entscheidung selbst zu treffen hatte, doch sie hoffte sehr, daß auch ihre Jüngste eines Tages eine eigene Familie und einen eigenen Haushalt haben würde.

„Tu nur, was du für richtig hältst", antwortete Marty leise. „Larry und Abbie werden schon Verständnis zeigen."

So geschah es, daß Belinda ein kleines Zimmer im Gasthaus der Stadt mietete. Es war zwar schlicht, aber sauber, und die übrigen Bewohner dort waren freundlich. Außerdem wohnten Larry und Abbie ganz in der Nähe. Wenn Belinda sich einsam fühlte, konnte sie sie jederzeit besuchen.

Jetzt war sie bereit für die Aufgabe, Frau Jenkins tagsüber zu versorgen. Die Ärmste wurde derart von der Arthritis geplagt, daß sie kaum noch einen Handgriff tun konnte. Belinda tat ihr Bestes, um sie zu pflegen und ihre Schmerzen zu lindern, so gut es ging.

Es war zwar nicht das Leben, das Belinda sich erträumt hatte, doch mit jedem Tag gewöhnte sie sich mehr daran. Im Grunde genommen war es sogar recht erträglich, und die Abende hatte sie zur freien Verfügung. Da sie keinerlei Möglichkeit hatte, die kleine Landkirche zu besuchen, deren Gottesdienste sie als Kind Sonntag für Sonntag miterlebt hatte, schloß sie sich der Gemeinde in der Stadt an und übernahm die Sonntagsschulklasse für Mädchen sowie die Schriftführung der Frauenhilfe. Auf diese Weise hatte sie alle Hände voll zu tun, und die Zeit verging schneller, als sie zu hoffen gewagt hatte.

Voller Zärtlichkeit pflegte sie ihr kleines Rosenstöckchen. Sie konnte kaum den Frühlingsbeginn erwarten, denn dann würde sie es in das Blumenbeet ihrer Mutter umpflanzen. Sie hoffte sehr, daß es schon im ersten Jahr eine Blüte treiben würde.

Belinda machte sich nichts vor: sie mußte an Boston und ihre Freunde dort denken. Ihren Angehörigen erzählte sie immer wieder von ihnen. Doch mit keinem Wort erwähnte sie Andy. Ihre Erinnerungen an ihn waren zu schmerzlich, um sie mit anderen zu teilen. Jeden Abend, bevor sie sich schlafen legte, schloß sie ihn jedoch in ihr Abendgebet ein.

Was lange währt …

„Ich hab' Ihnen Ihre Post mitgebracht", sagte Herr Jenkins, als er von dem vorderen Raum des Hauses, der als Postamt diente, zum Mittagessen in die Stube kam.

Belinda bedankte sich und nahm die beiden Umschläge entgegen, die er ihr reichte.

„Und wie geht's Lettie heute?" erkundigte er sich auf dem Weg zum Schlafzimmer.

„Ein wenig besser, meine ich", antwortete Belinda, doch er war schon außer Hörweite, um sich selbst vom Wohlergehen seiner Frau zu überzeugen.

Bald kehrte er zurück.

„Sie schläft gerade", sagte er erleichtert, „und sie schaut schon erholter aus als gestern."

Belinda nickte und füllte einen Teller mit Suppe für Herrn Jenkins. Er setzte sich an den Tisch, um in aller Eile sein Mittagessen zu verzehren, bevor ihn die Klingel wieder zu einem Kunden in das Postamt rufen konnte. Belinda öffnete derweil ihre beiden Briefe.

Der erste Brief war von Ella. Belinda legte ihn mit einem Lächeln wieder beiseite. Sie würde sich das Vergnügen des Lesens aufheben, bis sie allein war.

Der größere der beiden Umschläge war mit dem Absender „Keats, Cross und Newman" versehen. Hastig öffnete Belinda den Umschlag.

„Ach, so etwas Dummes!" rief sie ärgerlich, als sie den Inhalt gelesen hatte.

„Stimmt was nicht?" erkundigte sich Herr Jenkins.

„Es ist nichts Schlimmes, nur eine Unannehmlichkeit. Ich habe noch Papiere zu unterschreiben, und dabei dachte ich, alles restlos erledigt zu haben."

Herr Jenkins nickte nur. Ernsthafte Sorgen schien Belinda wahrhaftig nicht zu haben.

„Das einzige Problem ist, daß ich die Papiere in Gegenwart eines Rechtsanwalts unterschreiben muß, und das bedeutet, daß ich verreisen müßte, um …"

„Wir haben neuerdings einen hier am Ort", unterbrach sie Herr Jenkins. „Wußten Sie das denn nicht?"

„Nein, das hab' ich nicht gewußt. Seit wann denn?"

„Hat wohl vor 'ner Woche seine Praxis aufgemacht. Da drüben in dem kleinen Haus neben dem Eisenwarenladen steckt er."

Belinda war sichtlich erleichtert.

„Ach, dann ist alles ja viel einfacher, als ich dachte. Ich werde Sie nicht um Urlaub bitten müssen."

„Heut' abend könnten Sie schnell rüberlaufen", schlug Herr Jenkins vor. „Ich bleib' derweil bei Lettie. Sie können auch jetzt gleich hingehen, wenn Sie wollen."

„Nein. Heute abend reicht's noch. Dann kann ich die Papiere gleich morgen wieder zurückschicken."

Herr Jenkins nickte und leerte seinen Suppenteller. Fast war er bei seinem letzten Bissen angelangt, als auch schon die Klingel ertönte.

„Verflixt!" rief er und schob sich hastig ein Stück Brot in den Mund. „Um ein Haar hätt' ich's diesmal geschafft!" Damit ging er eilig in die Poststube zurück.

Während Frau Jenkins schlief, wusch Belinda das Geschirr ab und sorgte in den drei kleinen Räumen für Ordnung. Als ihre Patientin dann erwachte, konnte Belinda ihre gesamte Aufmerksamkeit ihr zuwenden. Sie bettete sie so bequem wie nur möglich und setzte sich dann auf einen Stuhl, um Frau Jenkins vorzulesen. Die Schmerzen der Frau waren viel erträglicher, wenn sie durch ein Buch abgelenkt wurde.

Herr Jenkins besann sich rechtzeitig auf sein Versprechen und kehrte um fünf Uhr in seine Wohnung zurück.

„Soweit ich weiß, schließt der Anwalt sein Büro um halb sechs", sagte er zu Belinda. „Laufen Sie nur schnell rüber, wenn Sie Ihre Papiere noch heute abend erledigen wollen."

Belinda nickte, sah noch einmal nach ihrer Patientin und zog sich dann ihren Mantel und ihre Überschuhe an.

„Es bleibt jetzt schon viel länger hell abends", dachte sie, während sie die Straße zu der Eisenwarenhandlung überquerte. „Dann kann es auch nicht mehr lange dauern, bis der Frühling kommt!" Eine stille Freude breitete sich in ihr aus.

Sie fand das kleine Haus, das Herr Jenkins ihr beschrieben hatte. Über der Tür hing ein schlichtes Schild mit der Aufschrift: „Rechtsanwalt und Notar", und an der Tür lud ein Schild ein: „Bitte freundlichst einzutreten." Belinda leistete der Einladung Folge.

Der Raum war schlicht ausgestattet: ein großer Schreibtisch, drei Stühle mit gerader Rückenlehne, ein paar Regale voller Bücher und ein Aktenschrank. Mit dem Rücken zur Tür gewandt, stand ein Mann über eine Aktenschublade gebeugt, wohl um eine bestimmte Akte hervorzusuchen.

„Kommen Sie nur herein!" rief er. „Ich bin gleich fertig."

Belinda fuhr zusammen. Das konnte doch nicht ...? Der Mann richtete sich auf, und Belinda erstarrte.

„Andy?"

Andy stand aufrecht da. In seinen Augen spiegelte sich dieselbe maßlose Überraschung, die auch in Belindas Gesicht zu lesen stand.

„Belinda!"

„Tut mir leid", stotterte Belinda. „Ich wußte ja nicht ..." Damit machte sie auf dem Absatz kehrt und lief wieder auf die Straße hinaus.

„Belinda! So warte doch!" rief Andy ihr nach, doch sie lief weiter, so schnell sie konnte.

Von Tränen geblendet, stolperte sie durch den festgetretenen Schnee weiter, bis Andy sie eingeholt hatte.

„Belinda, bitte warte doch! Was ist denn los? Stimmt etwas nicht?"

Er faßte sie bei der Schulter und versuchte, sie zu sich umzudrehen, doch sie riß sich nur los und lief weiter. Er immer neben ihr her.

„Bitte, Belinda. Bitte!“ sagte er eindringlich. „Wir müssen über alles reden!“

Endlich blieb Belinda stehen und sah ihn an.

„Wir haben schon über alles geredet, Andy, erinnerst du dich nicht mehr?“

Er zuckte zusammen, als sei er von einem Hieb getroffen worden.

„Doch, ich erinnere mich“, antwortete er ruhig. „Sehr gut sogar. Aber was tust du nur ...“

„Wir haben einander nicht mehr viel zu sagen“, fiel Belinda ihm kühl ins Wort, riß sich von Andys Hand los und eilte in ihre Gästepension zurück.

Dort brachte sie einen elenden Abend zu. Sie konnte es immer noch nicht fassen: Sie war also wieder in ihre Heimat gezogen in dem Glauben, Andy bei seiner Mutter und seinem Bruder in Boston zurückgelassen zu haben. Indessen baute er sich allem Anschein nach seine eigene Praxis ausgerechnet in ihrem Heimatstädtchen auf. „Ich kann's nicht noch einmal ertragen“, schluchzte Belinda. „Nein, ein zweites Mal kann ich es nicht verkraften.“ Die Heftigkeit ihrer Gefühle ließ sie am ganzen Leib erzittern.

Mit ihren rotgeweinten Augen wagte Belinda nicht, zum Abendessen in die Gaststube zu gehen. Die übrigen Hausbewohner würden sie nur neugierig oder besorgt anstarren. Und ihr war wahrscheinlich nicht danach zumute, auf mitleidige Fragen antworten zu müssen.

Sie versuchte, ein Buch zu lesen, doch die Buchstaben verschwammen ihr vor den Augen. Der Abend kroch förmlich dahin, bis es gegen acht Uhr plötzlich an der Tür klopfte. Belinda schenkte dem Klopfen keine Beachtung, doch der Besucher war beharrlich und klopfte nochmals an.

„Belinda!“ rief jemand sanft. Es war Larrys Stimme. Sie wußte, daß sie ihm antworten mußte, wenn sie vermeiden wollte, daß er im ganzen Ort nach ihr suchte. Widerstrebend öffnete sie ihm die Tür.

„Grüß dich!“ sagte er auf seine vertraute, muntere Art. Er trat ein, ging geradewegs auf das Fenster zu und sah, den Rücken zu Belinda gewandt, auf die Lichter der kleinen Stadt hinaus.

„Wie geht's deiner Patientin?“ erkundigte er sich nach einem kurzen Schweigen.

„Etwas besser, denke ich“, antwortete Belinda.

„Gut“, sagte Larry. Dann fuhr er fort: „Ich bin heute kurz bei den Eltern gewesen. Mama hat sich wieder bestens erholt.“

„Oh, das freut mich aber!“ erwiderte Belinda. Ein erneutes Schweigen folgte.

„Die Kinder lassen fragen, wann du zu Besuch kommst“, fuhr Larry fort.

Belinda gelang ein Lächeln.

„Sag ihnen, ich komme bald einmal zu euch“, antwortete sie. „Am Samstag hab' ich frei. Vielleicht kann ich dann bei euch hineinschauen.“

„Da wird sich meine Rasselbande freuen“, nickte Larry.

„Hast du viel Arbeit gehabt?“ erkundigte sich Belinda.

Larry ging nicht auf ihre Frage ein. Statt dessen wandte er sich zu ihr um und sagte: „Wir haben einen Besucher gehabt.“

„Wirklich?“ fragte Belinda mit erhobenen Augenbrauen. „Wer war's denn?“

„Andy Simpson.“ Larry behielt Belinda genau im Auge. Sie zuckte zusammen. Der Atem schien ihr zu stokken. Dann wandte sie sich hastig ab.

„Ist er der Grund, weshalb du – nach Hause zurückgekommen bist?“ fragte Larry zögernd.

„Nein“, bestritt Belinda. „Wie kommst du nur darauf? Schließlich hatte ich schon seit Monaten vor, wieder hierher zurückzukommen.“

Larry nickte.

„Er machte einen ziemlich verstörten Eindruck", fuhr er fort.

„Warum denn das?" fragte Belinda ahnungslos.

„Nun, zum einen glaubte er, du brauchtest in irgendeiner Angelegenheit einen Rechtsanwalt, aber du hast anscheinend seine Praxis verlassen, ohne dein Anliegen überhaupt vorzubringen."

„Ich ... ich war halt ... wie vom Blitz getroffen, weiter nichts", gestand Belinda. „Ich wußte doch nicht, daß er wieder hier wohnt."

„Ich kann mir nicht vorstellen, daß ein zufälliges Wiedersehen mit einem alten Freund solch eine Katastrophe sein soll", bemerkte Larry.

Belinda errötete.

„Ich gebe zu, daß ich mich wohl etwas zu hastig aus dem Staub gemacht habe", gestand sie.

„Ich vermute eher, daß es damit mehr auf sich hatte."

„So? Was denn?"

„Das weiß ich eben beim besten Willen nicht. Möchtest du's mir nicht sagen?"

Belinda senkte den Blick und schüttelte den Kopf.

„Er ist also ganz bestimmt nicht der Grund deiner Rückkehr?" fragte Larry nochmals.

„N...nein", antwortete Belinda zögernd und fügte dann in aller Aufrichtigkeit hinzu: „Aber er ist vielleicht der Grund, weshalb ich nicht in Boston geblieben bin."

„Da kann ich dir nicht recht folgen."

Belinda hob ihren tränennassen Blick.

„Ich hab' bis letzten Herbst nicht geahnt, daß Andy auch in Boston wohnte. Es war so schön, ihn wiederzusehen. Ich ... ich dachte, vielleicht ginge es ihm genauso. Ich ... ich hab' sogar geglaubt, daß er mich gern hat. Vielleicht war das auch irgendwie der Fall. Wenigstens hat er sich so ähnlich ausgedrückt ... aber dann hat er mir gesagt, daß er mich wegen ... wegen der ... Lage der Dinge, was er auch immer damit gemeint haben mag, nicht wiedersehen könnte."

Larry nickte.

„Und so bin ich also wieder nach Hause gefahren, wie ich's mir immer vorgenommen hatte ... obwohl ich gern in Boston geblieben wäre, wenn er mich nur darum gebeten hätte. Aber das hat er nicht getan, und ich ... ich hatte niemals damit gerechnet, ihm je wieder zu begegnen, bis ich ihn wie aus heiterem Himmel ..."

Weiter kam Belinda nicht. Sie wandte sich ab. Die Tränen rannen ihr ungehindert über das Gesicht.

„Wußtest du eigentlich, daß Andy der Meinung war, du wolltest in Boston bleiben und dein Heim für ältere Menschen selbst verwalten?" fragte Larry.

Belinda schüttelte den Kopf. Sie stand noch immer mit dem Rücken zu ihrem Bruder gewandt da.

„Und wußtest du, daß er schon immer die Absicht gehabt hatte, eines Tages seinen Beruf als Anwalt hier in seiner Heimatstadt auszuüben?"

„Nein", sagte sie nach einer langen Pause.

„Wußtest du, daß er nahe daran war, den Traum seines Lebens zu begraben, nämlich den Menschen hier in seinem Heimatort zu helfen, und statt dessen in Boston zu bleiben, um dich zu heiraten?"

Belindas Schultern bebten.

„Nein."

„Wußtest du, daß er dich deshalb nicht gebeten hat, seine Frau zu werden, weil er dir nicht den Luxus und die Annehmlichkeiten rauben wollte, an die du dich in Boston gewöhnt hattest?"

„Nein!" schluchzte Belinda.

Larry ging auf sie zu und legte seine Hand auf ihre zitternden Schultern.

„Über was in aller Welt habt ihr euch nur die ganze Zeit unterhalten?" fragte er mit einem scherzenden Unterton in der Stimme.

„Ach, Larry!" schluchzte Belinda und drehte sich zu ihm um. Den Kopf vergrub sie an seiner Schulter.

Er hielt sie einfach in seinen Armen und ließ sie weinen.

„Weißt du, was ich dir vorschlagen würde?“ sagte er leise, als Belindas Schluchzen nachgelassen hatte. Belinda schüttelte den Kopf.

„Ich würde dir vorschlagen, noch einmal von vorn anzufangen. Und diesmal würde ich nichts im unklaren lassen.“

„Ach, Larry“, stöhnte Belinda, „dazu ist es jetzt zu spät!“

„Zu spät? Wozu wartet Andy dann draußen vor der Tür?“ fragte ihr Bruder mit einem leisen Lachen.

„Was? Er ist hier?“ Belinda riß erschrocken die Augen auf.

„Und ob! Und wenn wir ihn nicht bald hereinlassen, wird er uns noch die Tür einschlagen.“

„Liebe Güte!“ rief Belinda und fuhr sich mit der Hand übers Gesicht und dann über die Frisur. „Ich muß ja geradezu verkommen aussehen!“

„Das wird er heute gewiß nicht bemerken“, tröstete Larry sie sanft. Er zog sich noch einmal kurz an sich, bevor er sie losließ und die Tür öffnete.

„Belinda!“ rief Andy und betrat zögernd das Zimmer. „Darf ich näher kommen?“

Belinda nickte wortlos.

„Ich ... ich habe wirklich alles restlos verdorben, nicht wahr?“ stieß er mit so heftig bebender Stimme hervor, daß Belinda ihm am liebsten die Hand entgegengestreckt hätte. Statt dessen stand sie nur regungslos da.

„Ich dachte, du sähest deine Aufgabe in Boston ... bei den bedürftigen alten Menschen ...“

Belinda nickte zum Zeichen, daß sie ihn verstand.

„Und ich ... ich wollte eigentlich immer hier in die Heimat zurückkehren“, fuhr er fort.

Belinda lachte nervös auf.

„Wie dumm von uns, nicht wahr? Wir haben beide geglaubt, die Pläne des anderen zu kennen, und dabei ...“

Doch Andy war auf sie zugekommen. Zärtlich umfaßte er ihr Gesicht und hob es zu sich in die Höhe.

„Ist es zu spät für einen neuen Anfang?“ fragte er flüsternd.

Belinda konnte nicht einmal den Kopf schütteln. Er hielt sie fest in seinem Arm. Die Stimme wollte ihr nicht gehorchen. Sie sah ihm nur ins Gesicht und legte ihm scheu die Hände auf die Schultern.

„Ich liebe dich“, flüsterte Andy. „Ich habe dich schon immer geliebt. Willst du ... willst du meine Frau werden?“

Belinda schaute dem Mann, den sie liebte, lange in die Augen. Sie wollte ihm antworten, versuchte ein Wort hervorzubringen, doch vergeblich. So schlang sie nur die Arme um seinen Hals. Er mußte es als ihr Jawort gedeutet haben, denn im nächsten Moment wurde sie zärtlich geküßt.

Dieser Frühling war der schönste ihres Lebens, fand Belinda. Jeder Tag erschien ihr sonniger, klarer und schöner als der vorherige. Marty lächelte nur. Es war nicht das erste Mal, daß sie eine verliebte Tochter hatte.

Andy machte ein kleines Haus am Stadtrand ausfindig und wurde sich mit dem Besitzer darüber einig, es zu mieten. Belinda verbrachte manche Stunde damit, sich zu überlegen, wie sie dieses herrichten und jenes neu anstreichen würde, und Andy nahm kleinere Reparaturen vor.

„Ach, es wird einfach traumhaft schön werden!“ jubelte Belinda. „Ich kann's ja kaum erwarten, bis wir einziehen!“

Andy lächelte. Das Haus war alles andere als eine Villa wie die, in der Belinda in Boston gewohnt hatte. Doch Andy zerbrach sich nun nicht mehr den Kopf darüber, daß er Belinda nur ein bescheidenes Leben bieten konnte. Ihre Liebe zu ihm war unverkennbar in ihren Augen zu lesen, und er wußte, daß sie gemeinsam glücklich werden würden.

Eines Tages, als Belinda ihr Rosenstöckchen in dem Blumentopf begoß, nahm ihre Ungeduld plötzlich überhand. Sie wollte nicht warten, bis sie in ihr neues Heim eingezogen war, sondern das Stöckchen gleich in die Erde pflanzen. So nahm Belinda eines Tages, als die Sonne hoch vom Frühlingshimmel lachte und die Erde erwärmte, den Blumentopf und machte sich auf den Weg zu dem kleinen Haus am Stadtrand.

Behutsam nahm sie den jungen Rosenstrauch aus dem Topf und setzte ihn in die Vertiefung, die sie ausgehoben hatte.

„Wachs nur, kleiner Rosenstrauch!" flüsterte sie, während sie die Wurzeln begoß und die Erde wieder um die Pflanze häufte. „Hoffentlich wirst du hier glücklich, so glücklich wie ich. Du sollst unser Haus von außen verschönern, und ich will mein Bestes tun, um innen für Gemütlichkeit zu sorgen."

Belinda erhob sich wieder, betrachtete ihre verschmutzten Hände und lächelte vor sich hin.

„Ja, und ich hoffe, du blühst", sagte sie zu ihrem Rosenbusch, „und zwar schon gleich in diesem Sommer!" Sie schwieg einen Augenblick; dann fuhr sie fort: „Aber wenn du's nicht kannst, dann warte ich eben. Endlich habe ich nämlich das Warten gelernt. Weißt du, mir geht's wie dir: ich habe meinen Platz im Leben gefunden und bin bereit, Wurzeln zu schlagen."

Die Hochzeit sollte im August in der kleinen Landkirche stattfinden. Inzwischen ging Andys Anwaltspraxis gut, und das kleine Haus war nett hergerichtet worden. Belinda hatte Vorhänge genäht und geflochtene Teppiche in den Zimmern verteilt. So schlicht das Häuschen auch war, Belinda war überglücklich. Nun würde es nicht mehr lange dauern, bis sie Andrew Simpsons Frau war.

Andys Mutter und Sidney kamen zu der Hochzeit. Als Andy und Belinda die beiden am Bahnhof abholten, schalt er seine Mutter mit einem Augenzwinkern aus.

„Als ich dich in Boston wegen Belinda gefragt hatte, warum hast du mir denn da nicht gesagt, daß sie schon nach Hause gefahren war?" stellte er sie zur Rede.

„Ich hatte doch keine Ahnung, was sich zwischen euch beiden abgespielt hatte“, verteidigte sich Frau Simpson. „Irgendwas schien mir nicht zu stimmen, wenn zwei gute Freunde plötzlich nichts vom Vorhaben des anderen wissen.“

„Und da hast du nur zu mir gesagt, daß Belinda sich dazu schon selbst äußern müßte!“

Frau Simpson zuckte mit den Achseln.

„Was sollte ich schon sagen? Schließlich wollte ich mich nicht in Belindas private Angelegenheiten einmischen.“

Andy legte den Arm um seine Belinda und zog sie an sich.

„Also schön, Ma, diesmal verzeihe ich dir noch einmal – besonders, wo alles ein gutes Ende genommen hat mit uns beiden!“ lachte er.

Belinda lächelte nur. Morgen sollte der schönste Tag ihres Lebens sein.

„Bist du soweit?“ fragte Clark seine jüngste Tochter, und Belinda warf ihm ein strahlendes Lächeln zu.

„Eine Schande ist's, eine regelrechte Schande“, sagte Clark stirnrunzelnd, als er sich zu ihr hinabbeugte und ihr einen Kuß auf die Stirn gab.

„Was ist eine Schande?“ fragte Belinda ahnungslos.

„Eine Schande, daß ich jetzt keine Töchter mehr zu vergeben habe. Jede Braut ist hübscher als die vorige!“

„Ach, Pa!“ lachte Belinda mit leuchtenden Augen.

„Bist du glücklich?“

„So glücklich wie heute bin ich noch nie gewesen. Mir ist zumute, als müßte ich vor lauter Freude platzen!“ gestand Belinda.

„Seltsam“, sann Clark, „daß ihr euch nach all den Jahren gefunden habt, du und Andy!“

„Das ist gar nicht seltsam“, lächelte Belinda verträumt. „So hat Gott es von Anfang an mit uns vorgehabt. Er mußte nur warten, bis ich endlich erwachsen war.“

Nachwort

Liebe Leserin, lieber Leser!

Die Zeit ist gekommen, wo wir Familie Davis verlassen. Viel könnte noch über jedes Glied der Familie berichtet werden, doch die Sippe ist inzwischen so groß geworden und lebt so weit verstreut, daß es schwierig wäre, mit der Entwicklung eines jeden Schritt zu halten.

Manche haben den Vorschlag gemacht, alle Familienmitglieder aus dem Westen zu einem großen Familientreffen bei Clark und Marty kommen zu lassen. Das wäre aber so gut wie unmöglich. Zum einen ist die Familie inzwischen zu zahlreich geworden, um sich noch durchzufinden. Zweitens wäre ein solches Familientreffen zu der Zeit, in der unsere Geschichte spielt, kaum durchführbar gewesen. Die Entfernungen waren zu groß.

Ich werde Ihnen also den weiteren Werdegang der Familie Davis nicht schildern. Das soll Ihrer eigenen Phantasie überlassen bleiben. Vielleicht haben Sie einen besonderen Wunsch für das Ende dieser Serie.

Haben Sie Dank dafür, mich auf der Reise durch die Jahre begleitet zu haben. Bei jeder Erzählung, die ich schreibe, ist es meine Hoffnung und mein Gebet, daß etwas darin Sie ansprechen möge und daß Gott diese Geschichten in Ihrem Leben für seine Zwecke benutzen möge. Ich weiß, daß ihm das möglich ist, und deshalb war es mir auch eine große Freude, Ihnen die Geschichte der Familie Davis zu erzählen.

Gott segne Sie!

Ihre Janette Oke

In dieser mehrteiligen Familiensaga vermittelt Janette Oke einen Eindruck von Härten und Freuden der Besiedlung des amerikanischen Westens. Die Geschichte dieser Familie steht beispielhaft für den großen Glauben und die Einsatzbereitschaft der damaligen Siedler.

LIEBE WÄCHST WIE EIN BAUM
Gebunden, 224 Seiten, Bestell-Nr. 15 364

LIEBE TRÄGT DURCH FREUD UND LEID
Gebunden, 240 Seiten, Bestell-Nr. 15 365

REISE IN EINE NEUE WELT
Gebunden, 256 Seiten, Bestell-Nr. 15 366

ÜBER ALLEM BLEIBT DIE FREUDE
Gebunden, 256 Seiten, Bestell-Nr. 15 367

NIEMALS HÖRT DIE LIEBE AUF
Gebunden, 288 Seiten, Bestell-Nr. 15 368

TRÄUME SIND WIE DER WIND
Gebunden, 256 Seiten, Bestell-Nr. 15 369

WOHIN DAS HERZ UNS FÜHRT
Gebunden, 272 Seiten, Bestell-Nr. 15 370

EIN ZUHAUSE FÜR BELINDA
Gebunden, 260 Seiten, Bestell-Nr. 15 127

Lernen Sie auch die andere Serie von Janette Oke über das entbehrungsreiche, aber auch faszinierende Leben im „wilden Westen“ Kanadas kennen.

WENN DIE LIEBE SIEGT
Gebunden, 272 Seiten, Bestell-Nr. 15 090

WENN ES FRÜHLING WIRD
Gebunden, 320 Seiten, Bestell-Nr. 15 102

WENN DER TAG ERWACHT
Gebunden, 256 Seiten, Bestell-Nr. 15 112